きたやまおさむ
よしもとばなな

幻滅と別れ話だけで終わらない
ライフストーリーの紡ぎ方

朝日出版社

珍本

よしもとばなな

きたやま先生が歩いているだけで、そこだけ世界がうまくまわっているような、光があたっているような感じがする。自分ももしかしたら大丈夫なのではないかと思えてくる。

彼はそんな人だ。

ご本人はもちろんそんなこと絶対ないとおっしゃるだろう。

いろいろなことに自覚的だし、繊細な心配りもしなくちゃいかんし、楽なんてことは一個もないし大丈夫なんかじゃない、と。

しかし神様が人間を創ったとき「こういう人もいなくちゃいけない、この人を見てみんなの心が安定してくれるといい、この人の声を聞いて励まされるといい」そんな祈りをこめて創られたんじゃないかと思うような、彼はそんな人なのだ、これがまた。

きたやま先生の生きてきた道のりがどんなにすごいものだったのか、どんなにたくさん勉強して、どんなにプレッシャーに耐えてここまで歩んできたのか、どれだけのものを見聞きしてきたのか……この本の中でも少しだけは語られているかもしれないが、たぶんそんなものではない。人類のほとんどが行っていない、誰にもわからないところまでいつのまに行ってしまったというくらいに、たいへんだったのだと察する。

それはある意味ではもちろん私も同じだ。文字通りまだ青春が終わったばかりのとき、私たちはむりやり幸せな子ども時代からひきはがされ、いきなり地獄を見た。

そのときに負った心の傷を癒やすために、私ときたやま先生は傍目にはとてもむつかしい防御策をそれぞれ編み出してきた。気難しいと思われたり、理解できないと思われたりする鎧を身につけた。それを互いに崩すことなく対話はすすんだ。

だから、いろいろな意味でかみあっていないように見えるかもしれない。

講義はしっかり行われているのに、私はそれを把握したうえで、まったく関係ない態度で予定調和をぐちゃぐちゃにして突き進んでいる。きたやま先生はあきれながらも、ときどき興味を持って突っ込んできて面白い反応を見せたりしている。

それでも、私は（たぶんきたやま先生も）、あの夏の数日間、ちょうど海辺でたまたまとなりのシートに座っていた人と、たまにそれぞれの家族の世話なんかもやきながら、世間話をちょっとだけして、ただ同じ海を並んでじっと眺めていた、そんな気持ちになって安らいでいたのである。まさに並んで同じなにかを見て、安心していたのだ。

何冊かご著書を拝読し対談集も予習して予想したとおりに、きたやま先生の理論は非の打ち所がないものであり、受け答えは鉄板のようにはっきりとしている。私にできることがあったとしたら、人間きたやまおさむのあり方を、ほんのちょっとだけでも見せてもらうことだった。

私のデタラメなしゃべり、わけのわからない確信に満ちたよくわからない理屈、バカバカしい切り返し……まったく違う世界に住む、しょうもない人間からのしょうもない問いかけ。

自分でも読んでいて「もはやこのダメさは治さなくていいのかも」とあきれるほどだ！しかし、それをあからさまにぶつけていったことを、よかったと思っている。ここまできたやま先生の魅力を引き出した本があるだろうか？

な〜んだ？ この人、なに言ってるんだ？ と思っているときのきたやま先生は、お風邪をめして弱っていらしても、生き生きとして楽しそうだった。

精神分析医でもなく、シンガーソングライターでもない、ひとりの人間としてのきたやま先生を、なんとか少しだけ見せてもらえた、そんな気がしている。だからこの珍本の出版は意味があるのだと思いたい。

簡単にまとめてしまうと「日本人のあり方をとらえなおすことで、これからの困難な時代をなんとか生きていく術を、いちばんいい加減の考え方を、ふたりで模索する」ことでこの本は成り立ったのであるが、きたやま先生の意見は机上の空論ではなく、あまりにもたくさんのものを見てきたなかで「よし、このへんだ、ここがいい」というふうに実感として述べられている。そこがすばらしい。読む人もそこを体感してサヴァイバルのツールにしてほしいと願う。

想像を絶する困難を乗り越えてきたやま先生が生き延びてきたことをありがたく思うし、かっこいいことだと思う。かっこいいことは簡単でもないし、さっぱりもあっさりもしていない、眠れぬ夜、悔しくてじめじめした思い、どこにも割り切れない心、そんなものを抱えたまま、とにかく生きてきたということだ。そんなかっこよさを持っているきたやま先生がいることを、並んで海を眺めた一ファンとして誇らしく思う。

目次

珍本　よしもとばなな　1

Ⅰ　母と子の二重性を読む

講義

自分のこころはモニタリングできない　12
精神分析とは「こころの台本」を読むこと　13
浮世絵の母子像から、こころを読み解く　16
母と子がともに見ること、思うこと　20
こころはまさに「裏」のこと　22
世界は二重にできている　25
目を合わせない聖母子のこころ　27
「愛することは、いっしょに同じ方向を見ること」　30
お母さんは「はかない」もの　32
花火が照らすこころの絆　34

こころの背後を考える　36
失われたこころのつながり　38

対話

日本人特有の「表と裏」　40
「こころの台本」を読むのは時間がかかる　45
精神科医もたまってたいへん　56
落差を楽しみ、多面性を保つための楽屋　58
添い寝という文化　61
人類の病いの原因は親にある？　65
自己は「分割」されるもの　71
よい聴き手の条件　74
喪失は美しい？　76
同じ方向を見ずに会話すること　83

Ⅱ ストーリーの表と裏を織り込んで

講義

こころの物語を分析する 94
罪悪感はどうして生まれるのか 95
『古事記』の中の「見るなの禁止」 100
きれいはみにくい、みにくいはきれい 104
みにくいものが動物になる 106
罪悪感は「すまない」物語である 110
「はかなさ」と「すまなさ」の間を生きること 112

対話

雑草のように生きることが難しい 115
文化と幻想のはざまを生きる 120
「表と裏」で二面性を解消する 123
日本人は文化にリスクを負わない 133
生き延びるための「精神分割」 139
「私」と自我 141
「私」の空間領域 145
恩は倍にして返さなくてはいけないもの? 150

甘える覚悟　158
上流は生きづらい　161
普通は奥深い　167
自分の人生という物語　177
音楽の世界は「裏」が元気だ　184
現代社会の二面性　190
人生はふたつの顔をもっている　195
鵺のように生きる　200
何かに出会えば、何かを捨てている　205
はかないものの美しさ　211

Ⅲ　人生は多面的

講義

3・11が変えたもの　218
あれこれ信じて、どれも信じない　219
「裏切る」こころは、生き延びる力　221
「ぼちぼち」がんばること　224

こころの震災は、何度も繰り返される　227
聴き手にも聴き手が必要　228
こころの消化と排出をよくするために　231
団塊世代が覚悟しなくてはならないこと　233
きれいでみにくいこの国の未来　235

対話

両眼視と二重視の世界　237
ポップとアートの違い　246
フリーダ・カーロはマグダラのマリア　250
後ろを振り返れないとつらい　256
人生の表舞台と楽屋裏の間がやっぱり面白い　259
「きたやまおさむ」と「よしもとばなな」の由来　262
「私」がこころを橋渡しする　271
よしもとばななの創造性のひみつ　274
片目が追いつかない　279
目をつむって、言葉を紡ぎだすこと　284

マスメディアは降りるのがたいへんな階段　286
文化と精神病理のつながり　293
地獄だったひととき　298
最後は自分で決めるしかない　302
注意信号でストーリーが変わる　307
こころの中に襲ってくる大津波　313

対話を終えて　317

多重視のすすめ　きたやまおさむ　328

ブックデザイン　鈴木成一デザイン室

Ⅰ　母と子の二重性を読む

自分のこころはモニタリングできない

二〇〇九年、私にとって重要なミュージシャンが二人、亡くなりました。一人はマイケル・ジャクソン、もう一人は加藤和彦という無二の親友です。この親友の死が尾を引いているさなか、私は『マイケル・ジャクソン THIS IS IT』という映画を見ました。この映画は、ライブツアーのリハーサル模様を記録したもので、本番がなかったにもかかわらず、上映された作品です。

主人公のマイケルは、自分を映したモニターを覗き込みながら、自分のパフォーマンスをチェックしています。その姿を見ながら、加藤和彦もこういう人生を送ったのだと思いました。映画の中のマイケルの姿と加藤和彦が重なって見えたのです。

加藤和彦とマイケル・ジャクソン、この二人にはとても重要な共通点があることに気づきました。それは、彼らがまるでこの世を劇場のように生きているのではないか、ということです。人の目にさらされながら、パフォーマンスを行なう彼らの人生そのものが、表舞台の上の演技のようになってしまっているのではないか、と。

モニターを見ながら、自分の演技をチェックして踊り直し、修正を重ねていくことで、完成度を高めていく。この一連の動作の中でマイケルは、自分の表の顔をセルフモニタリングすることによって、自分で自分を操り人形にしてしまっているのではないか、と私には見えた。表の顔がどう見えるかを自分の気がすむまで考えつくし、舞台上の自分の姿を徹底的に自己編集することは技術上可能なことでしょう。しかし私は、リハーサルの完成度よりも、マイケルのこころの行方のほうが気にかかったのです。セルフモニタリングできるのは表向きばかりで、こころまでは自分でモニタリングできないからです。

マイケル本人の素顔、マイケルのこころはいったいどこに行ったのか。私の加藤和彦のこころ、素顔はどこへ行ったんだ、と思いました。そう思っている私自身、今こうしてここに立っている私こそ、はたして本当の私なのだろうか、ただ人前で私を演じているピエロではないのか、そうであるとすれば、私は自分のこころをいったいどこに置いてきてしまったんだろうか、自分の素顔はどこにあるのか、と自問する思いでした。自分に向けたこうした問いかけを、マイケルにも加藤和彦にもしてみたかった。

こうして、マイケルを通じて加藤和彦という男の素顔、こころに迫りたいと考えていたのですが、奇しくも私が精神分析として一貫してつづけてきた問いかけと一致する問題ではないか、と思いいたったのです。

精神分析とは「こころの台本」を読むこと

私が専門にしている「精神分析」とはどんな学問なのか。精神分析は、臨床心理学、精神医学、そのほかのさまざまな人間学、また、文学や哲学などの人文科学に大きな影響を与えました。精神分析は、私たちのこころに無意識があることを認め、こころの動きを言語的に取り扱い、治療に結びつけていく学問です。

こころには裏がある、という表現があります。このときの「裏」という言葉が示すものを精神分析では治療の対象にします。こころの表ではなく裏のほうにこそ、人間の真実が潜んでいると考える。先ほど、「はたして本当の私なのだろうか」と述べた、この「本当の私」がどこにいるのか。それはこころの裏に潜んでいると精神分析では考えるのです。

こころの裏側には、表側には出せないもの、とくに、人間の過去からずっと引きずっている未熟な精神状態の体験が、たくさん書き込まれています。人間の無意識の言動を調べていくと、早期の乳幼児期の母や父との過去の関係が現在の私たちに大きな影響を及ぼしているということがわかってきます。

人は過去に刷り込まれた「こころの台本」と呼ぶべきものを、相手役を替えながら何度も繰り返しています。たとえば、幼いころ両親に「お母さん」「お父さん」「ママ」「パパ」と呼んでいたものが、大人になってからの夫婦関係でも、年老いても、「おい、母さん」「何、父さん」と繰り返し呼びつづけていたりする。「三つ子の魂百まで」という表現どおりに、私たちは過去を反復して繰り返してしまうところがある。

相手役を替えながら繰り返していく「こころの台本」を読むことを、精神科医は「転移」として考えます。患者さんの言葉を通じて無意識のあらわれを捉え直し、もしそれが悲劇であったり、台本に問題が見られる場合、患者さんに語り直していくことによって、言語的に治療しようと試みます。そこで精神科医は人間の基底である無意識へと手を伸ばし、こころの台本を読み取り、その物語を紡ぎ出そうとします。患者さんとの面接を通じ、患者さんとの関係の中で繰り返される言動を観察しながら、精神科医はそれをこころの台本として、言語的手段で読みとっていこうとするわけです。このように単純化してみても、これがなかなか難しい作業であることに変わりありません。

人は、別れ、苦しみ、失敗など一度経験したことを、ふたたび繰り返し体験してしまうところがある。六歳のころに、弟に自分の分まで食べられてしまった饅頭の事件を、いまだに引きずったまま七十歳になっていることもある。今でも自分の饅頭を食べるときに、無意識に盗られてしまうような気がすることの意味をよく考え直してみる。そうすることで、今現在にいたるこの反復を変えられるかもしれないと、精神分析では考えてみるのです。

たとえば、私自身の過去についてふり返ってみるときは、まずは自分の家庭環境や家系を考えてみます。そしてさらに、私たち日本人の過去についても深く探ってみる必要があるでしょう。つまり、人間というものが平均してどのような過去を送ってきているのかを考えてみなければならない。人びとがどのような乳幼児期を送っているのか、どのように傷つき、悲しみ、いかにしてものごとを解決しようとしてきたかを知ることが、精神分析では重要になります。「三つ子の魂」とはよく言ったもので、それが「百」まで続くわけです。こころのありようが三歳くらいまでにおよそ決まるとすれば、それまでの平均的なありようを知る必要がある。そうすると発達心理学を勉強して、乳幼児のあり方を探ってみなくてはなりません。

浮世絵の母子像から、こころを読み解く

とはいっても、幼児を育てているお母さんを訪問して、授乳の場面を見せてくださいとお願いしても、無意識に行なっている育児の姿を観察できるとはかぎりません。そこで、母子像を研究することで、日本人の平均的な母子関係を調べてみようと考えました。日本人の母子関係がどのように描かれてきたのか、それを浮世絵の母子像に探ってみました。国内および世界の美術館に所蔵された作品を、できるかぎり調べてみました。カメラや録音・録画機器のなかった、今から二百年以上前ですが、この時代の浮世絵には、四五〇組もの母子の姿が見られました。

浮世絵の母子像研究をしていて気づくのは、そこに描かれている子どもは圧倒的に男の子が多いということです。男の子が母親の膝の中に入っていたりしますし、春画でも、セックスする大人の男性が女性の膝の間に挟まっています。これはある意味で、膝のなかにもういっぺん入りたいという男の夢、願望といった「甘え」が見られるということでもあるでしょう。また、子どもに対して、母親が巨大な存在として描かれているのも大きな特徴でしょう。

なかでも母子像の特徴としてよく見られる「母と子の並行関係」を指摘しなくてはなりません。母子がともに同じことをしていたり、同じものを見ている場面が、とても多く見られるのです。ここでは、「母と子の並行関係」としてよく描かれている浮世絵をとりあげていくことにします。これは、玉川舟調《たまがわしゅうちょう》『四季子供あそび 秋』という作品で、人間の親子が団子のよ

玉川舟調
《四季子供あそび 秋》
一七九三年〜九八年頃
ボストン美術館蔵

うなものを一緒にこねています。母と子が同じように、横に並んだ構図で、同じ団子作りに取り組んでいます。ここには明らかな並行関係があることが見てとれます。

母と子が見つめ合うわけではなく、接触しているわけではないけれど、二人並んで、同じことをしている。母と子のこころの裏でのつながり、絆が目に浮かんでくるようです。

次の浮世絵も玉川舟調の『風流七ツ目絵合《ふうりゅうななめえあわせ》』という作品で、子どもがお母さんの腕に抱きかかえられながら、子どもが手にしているおもちゃのへびを、母子ともに眺めています。

二つの絵を見てわかることは、母と子の間で、こころの交流がなされているということです。それも、母と子は、外側と内側で二重のこころの交流をしているということがわかります。

こころの外側では、ヘビのおもちゃという現実にあるものをともに眺めています。おそらくは「へびよ、へびよ」と母から子へと語りかけるような、文化的、言語的やりとりに近いことが行われています。また、こころの内側では、母の腕や体のぬくもりを通じて、お互いの存在そのものを感じています。そして、母子が二人で共有して遊んでいること自体を、母と子のつながり、絆として、子どもは感じとっているのです。

母子関係の絆がここまで主題となって描かれる絵画はないのではないかというほど、母と子の密着した像が浮世絵には繰り返し登場します。浮世絵の母子像を観察してみるだけでも、日本人特有の感覚がどのように発生し、備わってきたのか、日本人ならではの発達心理学として提案できるのではないかと思うくらい、母と子の深い絆、乳幼児の成長過程が窺えるのです。

玉川舟調
《風流七ッ目絵合》
一七八九～一八〇一年
神奈川県立歴史博物館所蔵

母と子がともに見ること、思うこと

この揚洲周延《ようしゅうちかのぶ》『幼稚苑《ようちえん》 鯉《こい》とと』という作品でも、母と子はともに肩をならべ、同じおもちゃの鯉を眺めながら（「外的交流」）、鯉というものを共有すること（「内的交流」）が、同時に起こっています。母子の「外的交流」と「内的交流」が二重に行われています。

外的交流として、おもちゃの鯉を母が片手で釣り上げるようなかたちで、二人して鯉を眺めている（私はこれを「共視」と呼びます）。その一方で、母は鯉を子どもに見せるように、子どもの顔にも同時に視線を注いでいることが見てとれます。ここでも、「おととよ、おさかなよ」と母が子に向かって言葉を発しながら、子どもは、このおもちゃの鯉と遊ぶことにより、魚の名前について、また、魚や魚釣りという文化を、一緒に学んでいるのです。

一方、反対の左腕で、母は子をしっかり抱き寄せて、母と子の身体的交流を果たしています。肩を並べて、横並びになっていることで、こころのふれ合いがなされています。こころの内的交流ですね。ここでは、母と子が身体を触れ合うと同時に、情緒的交流、こころの通い合いがなされています。

この絵に表れている学習プロセスを、心理学では「共同注意《ジョイント・アテンション》」（joint attention）といいます。これは、生後まもなくの乳児の目が、単に視覚を刺激されて反応する目から、母の視線を通じて、母子以外の何かに視線を注ぐことを覚えはじめる現象を指します。子どもは、母の視線が

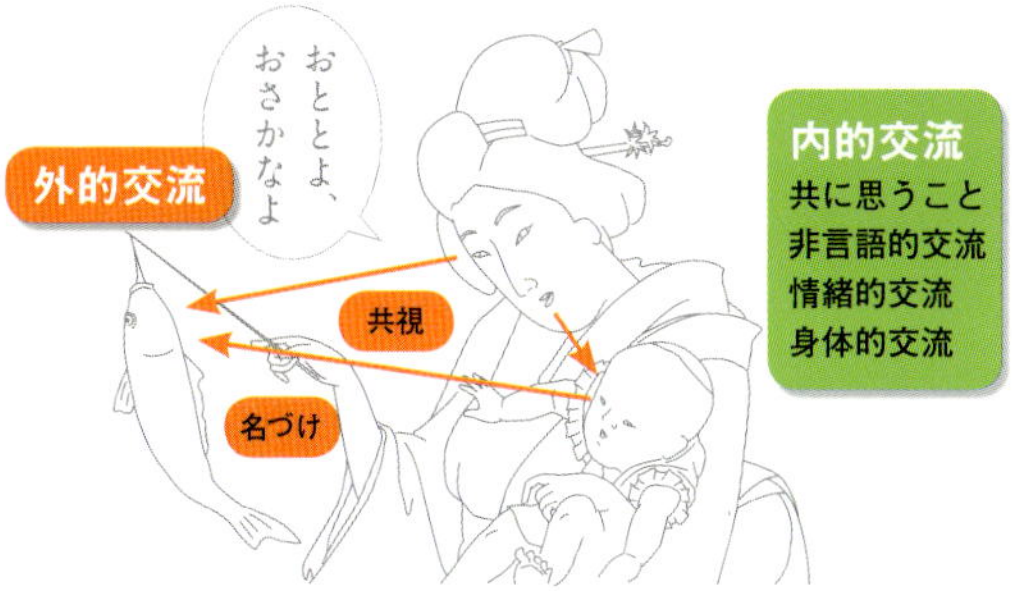

母と子の二重交流の図
楊洲周延《幼稚苑 鯉とと》
一九〇五年
公文教育研究会所蔵

何を指しているかを感じとることで、視線の先に何をとらえているのか、さらには、母がどのような心的状態にあるのかを知り、自分のこころと母のこころが、鯉を通じて相互に理解しあうコミュニケーションの方法を獲得するのです。「共同注意」「共視」は、親から子へと、文化と言語の習得が自然に継承されていくうえで、重要なものです。

次の喜多川歌麿《きたがわうたまろ》の『婦人相学拾躰《ふじんそうがくじったい》 風車《かざぐるま》』という作品でも、母は子どもを自分の腕に引き寄せることを忘れていません。歌麿は風車だけを描こうとしているのではなく、やはりこの腕を描くことを絶対に忘れていません。この身体的な交流を介した母と子のこころのつながりのなかで、風車をともに眺めているという、二重の交流を描こうとしています。「風車よ、風車よ」と言いながら、わが子を抱き寄せて、風車をともに眺めている。それを親子ともに楽しんでいるあいだに、風車という文化が、親から子へと継承され、「風車」という呼び方や言葉も、子どもは母から自然に学んでいるのです。

こころはまさに「裏」のこと

私は精神科医として、悲しみ、絶望、くやしさ、裏切られたときの思いなど、多くの人の苦しい思いを聴いてきました。それはもちろん、精神科医が人のこころの内側を考える仕事だからです。人が自分の苦しい気持ちをどこで他人に打ち明けられるのかというと、外向きの、元気そうな表舞台の上ではない。それが舞台の「裏」であれば、自然に打ち明けられることがあ

喜多川歌麿
《婦人相学拾躰 風車》
一八〇三年
サンフランシスコ美術館蔵

ります。たとえば、母親が「いらいらする」と口に出したわけでもないのに、一緒にいる子どもが、今日のお母さんはいつもと調子が違う、イライラしているという、母親のこころのメッセージを聴くこともあるのです。これは母と子が「こころ」の内的交流をしている証拠でしょう。

「こころ」のことを、日本では「裏」と呼ぶことがあります。「裏」という言葉は、もののふつうには見えていないほうの面を指します。こころは目には見えないものだから裏と呼ばれるようになったのでしょう。「うら恥ずかしい」「うらさびしい」というときの「うら」は、やはりこころが恥ずかしい、さびしいということですね。「うらみ」「うらぎり」「裏腹」「表裏」というときの「裏」もそうです。「裏」には「内側」という意味もあり、「胸裏《きょうり》にしまっておく」という言い方があるように、何かがこころの裏側で起こっていることを示しています。

言葉に探ってみても、日本人は、こころが表ではなく裏にあることを自然に悟っていたことがわかります。本音と建前では、本音のほうにこころがあり、表と裏ならば、裏のほうにこころがある。「顔で笑ってこころで泣く」と言うように、本当の思いというのはやはりこころのほうにあるからこそ、裏側で泣いている。そして、表向きの笑顔と裏側の泣き顔との間には、裏腹、表裏がある。要するに、こころの交流、人間関係というのは、表の舞台と裏の楽屋から成り立っているところがある。

世界が舞台であるとするならば、この舞台は表向きのこころであって、大人が立っている表舞台の背後にはかならず裏、こころがある。この裏はこころのふるさとのようなところがあり、子どものころにお母さんから、「大丈夫、結構うまくいってる」と囁きかけられているところがある。これは比喩にとどまるものではなく、お母さんが、時どき、無意識というこころの裏から顔を覗かせたりしている。記者会見を行なっている表舞台の裏では、お母さんが息子に対して、「『頭真っ白になった』って言いなさい」って言われているような感覚があるのではないでしょうか。

世界は二重にできている

私は学生時代に、世界は舞台なんだということを痛感しました。私立の中高一貫校に通っていたのですが、そのミッションスクールの校風がたいへん厳しかった。ズボンのすそも二三センチ以上の幅がないといけなかった。当時、マンボズボンというのが流行って、みんなズボンを細くしようとするんですね。私はたぶん一九センチとか、二〇センチのズボンを履いて学校に行ったんだと思う。それはもちろん、母親にズボンを細くしてもらったわけですね。「お母さん、頼むから細くしてよ」って頼んで、そうしてもらった。

それを履いていって、学校で先生に捕まってしまったことがあります。風紀係というところに連れていかれ、先生に「お前、これ誰がやったんだ」と言われて、「私がやりました」と答えたら、母親を呼ぶということになって、私の隣に母親が呼ばれました。学校の先生は、「『お前、これ誰がやったんだ』ってこの子に聞いたら、北山は『私がやりました』って言うんですが、お母さん、これは誰がやったんですか?」と、先生がまた同じことを母親に聞くんです。急に呼び出された母と私は何も口裏を合わせていない。ところが、私の横に立っているうちの母親は、「ええ、先生。これはこの子がやったんです」とはっきりそう言ったわけです。

私はそのとき、世界は劇場なんだということを学んだのです。みなさんもそういう経験があるのではないでしょうか。世界は、表舞台と楽屋裏によって、二重にできあがっているものであって、私たち親子は、この世界の裏側でつながっているんですね。でも、人前という舞台に

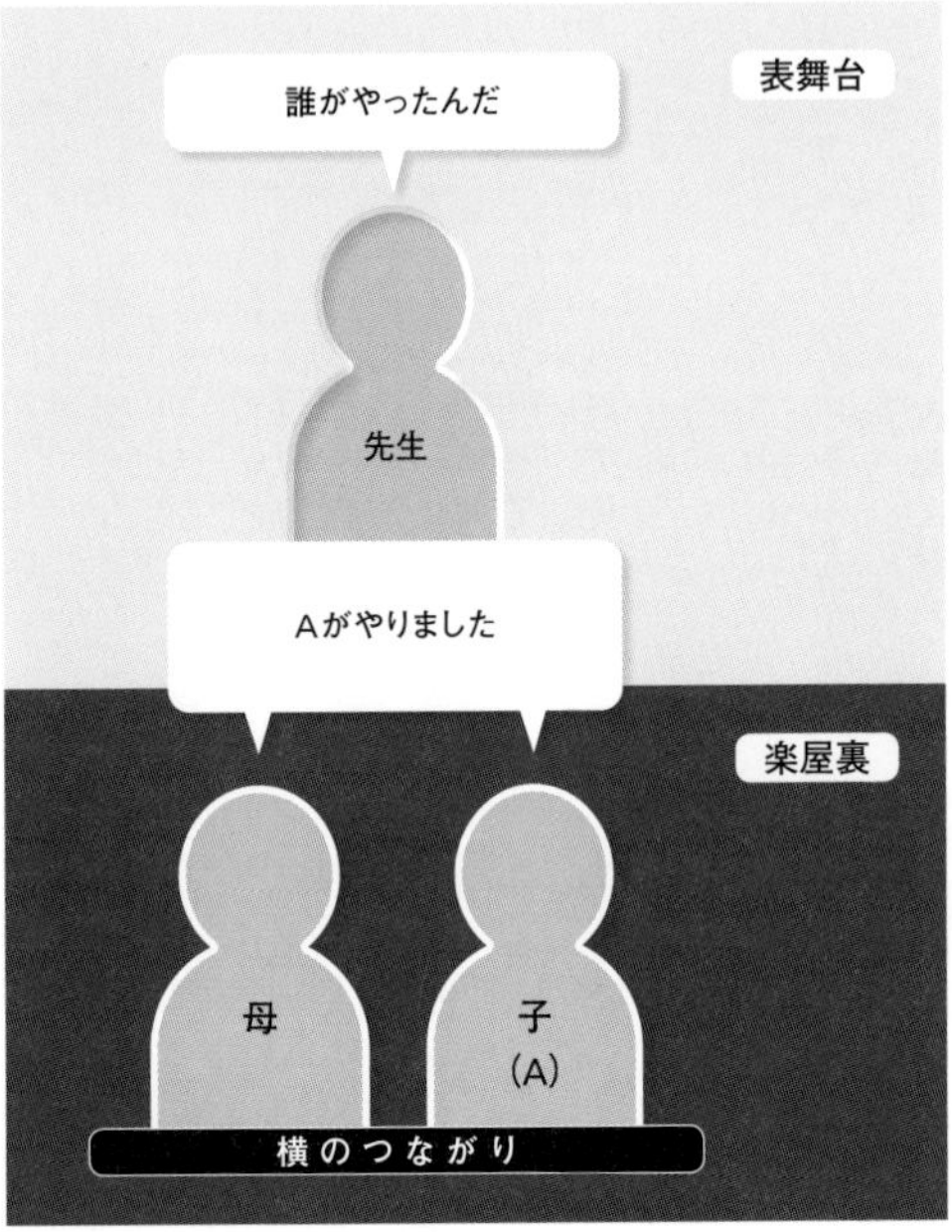

世界は、表舞台と楽屋裏の
劇場の構造になっている

立つと、別の顔を見せている。親子は、この世界の表とこころの裏で二重につながりあっているということを実感しました。これは日本人にかぎった話ではないと思いますが、裏で、後ろでつながっていることを、日本人は浮世絵で丁寧に、正直に描いている。ここが面白いところだと思います。世界と関わるときは「表で笑って、裏で泣いて」という、世界とこころの二重性を日本人はよく心得ているのではないでしょうか。

目を合わせない聖母子のこころ

浮世絵のなかの母子像だけでなく、海外の母子像との比較研究もやってみたのですが、欧米の絵画で母子像というと、キリストの聖母子像が主なものになります。聖母マリアとイエス・キリストを描いたものです。西洋絵画では、発注者が聖職者や権力者であったり購買者層が違いますから、一般人の母子像をわざわざ注文するわけがない。日本では浮世絵も江戸の商人が買っていたから、一般人の母子像がいっぱいできあがったという事情があります。

聖母子の関係は非常に特殊な親子関係で、この世に絶望しているマリア、それを慰めるキリストとして描かれ、息子が母親を愛している様子が見られます。浮世絵に見られるような、母が子を愛している様子とはきわめて対照的です。マリアとキリストが目を合わせてお互いに慈しみ合っている絵であるとしたらどうでしょうか。そうなると、まず信者が困ってしまうでしょう。聖母子像はあくまで信者に開かれたものでなくてはならず、信者が参加する余地がないといけないからです。聖母子像もそうですが、西洋の宗教画に描かれる人物は、顔を見合せていないことが多いのです。

これは、ボッティチェッリの『ザクロの聖母』という有名な作品です。マリアはぼうっと遠くを眺めて、なんだか浮かない表情をしています。マリアの手によって抱きかかえられたキリストの、左手にはザクロが握られていますね。ザクロは見た目の形状からも、出血、ケガ、切り裂かれるといった連想が浮かびますね。キリスト教の文脈においてもこうした象徴性があり、このザクロは、キリストの将来における犠牲、つまり人びとのために死ぬことを暗示しています。将来わが子キリストが人びとのために死ぬということを、マリアは予見し、死の未来のためにキリストが生まれてきたことをマリアは知っているのではないか。そうだとすれば、マリアにとって、ザクロが暗示しているキリストの死という未来は、母親としてちっともうれしくない。要するに、マリアはキリストが成長することに絶望しているのです。だからこそ、マリアはキリストから目を背けているのではないか、と解釈することもできるでしょう。そのように見てみれば、本当に気の毒な絵に思えてきます。

子のキリストが、お母さんどうしたのかな、何を考えているのかなという思いで、マリアの顔を見上げている聖母子画も多くあります。信者はそれを見て、マリアの絶望に共感するのでしょう。マリアの絶望に思いを馳せるからこそ、信者は祈らずにいられなくなるのです。

ボッティチェッリ
《ザクロの聖母》
一四八七年頃
ウフィツィ美術館蔵

「愛することは、いっしょに同じ方向を見ること」

さて日本の話に戻りますが、浮世絵の母子像でもそうでしたが、映画作品にも二人の夫婦の横つながりの並行関係が見られます。小説家サン＝テグジュペリは、「愛するということは、おたがいに顔を見あうことではなくて、いっしょに同じ方向をみることだ」という名言を残しましたが、こうした「共視」の場面が、小津《おづ》安二郎《やすじろう》監督の映画で如実に表現されています。『東京物語』という名作があります。老夫婦が東京に旅行に出かけてひどい目に遭うという話ですが、旅の出発場面でも、二人はさして意味のある会話を交わしません。それどころか、何かぶすっとしながら、ただ肩を並べ、ちょっと奥さんのほうが少し後ろに控えている。それでもこの横並びの様子を見ているだけで、私たち観客は、無言のまま、心を通わせあう夫婦の絆を感じとることができるでしょう。蓮實《はすみ》重彦《しげひこ》さんは著書『監督 小津安二郎』で、「小津にあって、生きているものたちは、言葉を交わし合うよりも、さらには正面から見つめ合うことよりも、二人並んで同じ方向に視線を向け、同じ一つの対象を瞳でまさぐることが、より直接的な交感の瞬間を形づくるのである」と分析しています。まさしくそのとおりのことが行われていて、笠智衆《りゅうちしゅう》さんと東山千栄子《ひがしやまちえこ》さん演じる夫婦の横並びの姿は、母子の情緒的交流が反復されている象徴的な絵でしょう。横つながりによって情緒的交流がなされることを学び、日本人はこころの奥深くに刻み込み、これを「愛の台本」として繰り返しているのではないでしょうか。

小津安二郎《東京物語》一九五三年
松竹

お母さんは「はかない」もの

これは栄松斎長喜《えいしょうさいちょうき》の『蛍狩《ほたるが》り』という作品です。ホタルが夜空を跳びながら、命のともしびを灯すさまを親子で眺めています。日本人はホタルののようなはかない生き物を愛していきます。蛍の光のように、ついていたものが消え、生きるものが死んでいくはかないフェードアウトが大好きなんですね。人が消えていくところが美しく、そのはかなさを愛している。このはかなさを「もののあはれ」ともいいますね。日本人は「雪兎」や「シャボン玉」を、はかないもの、もののあはれとして浮世絵に描いたりしています。

ホタルだ、ホタルだと言って喜んでいる子どもと、側にそっと涼しげな顔をしたお母さんがここでは描かれています。この絵を見ていると、なんとなく自分の小さなころを思い出してしまいます。

結局、人生は、この「はかない」場面に終始するのではないでしょうか。いつも連れ添っていた母子も、やがては互いに離れていくというはかなさを、この絵はちゃんと描き込んでいます。親子の関係がどれほど緊密にみえても、はかなさが、開かれた二者関係に留めている。つまり、この子が成長していっても、「はかなさ」はこころの台本として、成人してからの男女や夫婦関係においても、母とのはかない思い出としてつきまとうのでしょう。ふたりの関係のなかで、いつか別れがくることのはかなさを忘れぬまま、私たちは成長していくのです。

栄松斎長喜
《四季美人 蛍狩り》
一七九二～九三年
大英博物館蔵

花火が照らすこころの絆

しかし、最後の最後で、私たちはいくつになっても、重要なことを忘れないのだと思います。それは、私たちの後ろに立って、支えてくれている母の腕の存在です。これが私たちにとっての後ろ盾となって背後を支えてくれている。私が今日こうして人前で話ができるのも、きっと私の母が一歩前へと、背中を押してくれているからだと思うのです。私の父も含めて、何か後ろ盾になってくれたあの腕の記憶が支えとなっている。これが私を一歩前へと、押してくれている感じがするんですね。そして人間が、母の腕から出発して、これを失って終わるんではないかと思うことに「はかなさ」があるんですね。次の世代の後ろに、今度は自分が親として回る番となって、結局はお母さんの腕を失う。そして、親がいつかいなくなっても、子どもたちの後ろ側に立ちながら、やはり見えないこころの絆でつながりあっている。見えない横のつながり、後ろのつながりを　感じながら、私たちは生きていくわけです。

　これは小林清親《こばやしきよちか》の『東京名所図 両国花火之図』という絵ですが、絵の中心寄りに、舳《へ》先《さき》で海上の花火を見上げる母子の姿が描かれています。この母子の姿を、あたかも世界中が守っているかのような、明るい花火が包み込んでいます。ここにも、「花火よ、花火よ」と後ろから囁いて、この子の背中を支えているお母さんの腕がありますね。そして、舟の上の母の後ろにも、親せきのおばさんや義理のお母さんがいたり、その後ろでは親父が金を払っているとい

小林清親
《東京名所図 両国花火之図》
一八八〇年頃
神奈川県立歴史博物館所蔵

う感じで、家族みんなで子どもを支えているのでしょう。誰ひとり欠けてもこの花火の鑑賞は成立しない、子どもを中心にして同心円を描いているんだという思想が、ここに描かれているように感じられます。

どうして混むのがわかっていて、みんなして花火を見に外へと出かけるのでしょうか。花火ははかなくもすぐに終わってしまうものであることも、外が蒸し暑く、花火の帰りは混雑することも知っている。それでは、いったいみんなで何をしに行くのか。私はじつは、花火よりも、この横のこころのつながりを楽しみに来ているのではないかと思う。花火を見ました、でも、みんなと見たんだということを、ともに楽しみたいからではないかと思います。

こころの背後を考える

鈴木春信《すずきはるのぶ》『月見の兎』という作品では、日本ではウサギまで、肩を並べて母子のようなつながりが描かれています。「月に早く帰ろうかな」と話し合っているのかもしれません。繰り返し述べますが、こころはやはり裏側にあって、裏でのこころの交流、つながりが、私たちの表舞台の安心感を支えてくれている。私たちは世界と関わるときに、こうしたこころの絆を後ろ盾にして世界と関わることで、なんとなく自信を持って生きることができる。私がこうして立って述べているときも、自分の背中を両親が押してくれているように、こころのつながりを支えとして今でも感じているんです。それを感じていられるからこそ、ここに立っていられるとい

鈴木春信
《月見の兎》
ライデン国立民族学博物館蔵

うことが言える。

精神分析における治療的側面でも、この後ろ盾が人間にとってとても重要なものになります。しかし、この後ろの支えが信じられないという患者さんたちもたくさんいらっしゃって、裏切りの悲劇というのは裏で起こってしまう。だからこそ、人はたいへん苦しむのですね。

精神分析の仕事は、この裏側のこころを読むことです。表面ではきれいごとを言ったり、美しいかたちを整えていても、仮面夫婦、仮面親子もじつは裏側で傷ついている。本当のこと、こころの外傷は、裏で起こっている。それが事件として浮上してくるとき、こころの表と裏の間で起こる葛藤や乖離に、私たちはたいへん驚くことになる。だからこそ精神分析では、裏を見なくてはならない。こころの裏を想像し、裏に思いをはせていなくてはならないのです。

失われたこころのつながり

一篇の歌についてのお話をして、この講義を終えたいと思います。

『あの素晴しい愛をもう一度』。当時青年だった私はこんな詞を書きました。

あの時 同じ花を見て
美しいと言った二人の
心と心が今はもう通わない

あの時 ずっと夕焼けを
追いかけていった二人の
心と心が今はもう通わない

ここで描かれている、横並びで世界を眺める「心と心」は、ご紹介した母子のこころのつながりと重なりあうことがわかるしょう。私が詞をつくり、加藤和彦が作曲したこの歌の中の「心」について、今日までずっと研究することになるとは、当時の私は思いもよらなかったことです。私は今、加藤和彦のこころはどこへ行ってしまったのか、ひょっとすると歌をつくった七一年のあのころに、私たちの「心と心」が通わなくなっていったのではないか、と振り返りながら、この歌の意味を、改めて考えてみたりしています。

みなさんはこの詞を読んで、どんな二人の「心と心」を思い描くでしょうか。いずれも、大切な誰かとのこころのつながりを思い浮かべてみるのではないでしょうか。誰かと出会うときには、いつの間にか誰かを失っていたりする。母と子の「心と心」はいつの間にか離れ、友人同士の「心と心」や、恋人同士の「心と心」となり、夫婦の「心と心」にもなっている。当時の私は、知らず知らずのうちに、このような心の台本のありようさえも、思い描いていたのかもしれません。

日本人特有の「表と裏」

よしもと（ば）素朴な質問ですが、精神分析とは何かを教えてください。

きたやま（き）講義でも述べましたが、具体的な精神分析というのは単純化して言うなら、無意識にとどまろうとする「こころのかたち」を描き出すための方法と言えます。欧米の設定では、週に四回以上面接をして、カウチ（長椅子）に患者さんが横になって、枕元で分析家が話を聴いて無意識を探っていく方法として実践されています。たとえば、そこで精神分析家が時間を割いて料金をいただくという現実があるわけですけれども、弁護士さんだってそれくらい費用がかかったりする。それを週四回、四週間で、ひと月に結構な値段になったりするわけですよね。決して安い料金ではないし、保険がきかず現金でいただくことになったりするわけです。こうした週四回の実践法が、八十年くらい前に日本に輸入されたんですね。当時の金銭価値からしても高かったでしょう。ニューヨークで精神分析を受けるとさらに高くて何倍もするんですけれども、日本では、それがあまり行われていない。来られる方がそれほどいらっしゃらないという現実がある。たとえば、高額な料金を払って通っても、こころの分析に三～四年はかかるわけです。そうすると、一年間に一五〇回やることになりますが、欧米では、年に五〇〇回〜一〇〇〇回くらい通ってこられるということがそんなに珍しいことではないんです。週四回以上、一回につき四十五〜五十分、資格を持った精神分析家がそれを行なうということになっていても、フランスや中南米では大流行しても、日本ではそれがなかなか受け入れられない。アメリカでは、一九五〇年から六〇年、七〇年とステータス・シンボルのように精神分析が行われた時期があって、日本ではどうなるのかなと思って三十数年間、僕も実践してきたんだけれども、ほとんど数える程度の人しかそれを受ける準備がないという状況が続いているんですね。

㋩　今もですか？

㋖　今もです。少しずつそれが受け入れられつつあるように思っていますが、結構、慎重なんですね。じつは、これは費用や時間の問題ばかりではないと思う。むしろ日本人のキャラクターというか、日本文化というものが、自分のこころの中を他人に明かすという方法、そして、こころの裏側を見ていくという目的に対してお金を払う、それも赤の他人に依頼するということに抵抗感があるんじゃないか。日本で実践されている精神分析的治療は、だいたい平均して週一回か二回なんだよね。みなさん、週一、二回なら通ってこられることにあまり抵抗がなくて、それも、十年も、あるいは二十年も通ってこられる方がこれまでの経験では結構いらっしゃるかなと思うんですよ。ですから、細く長くというか、太く短くワッとやるというよりも、こころって、二十年ぐらい観察させていただければ、「なるほど、この方はこういう人だ」ということで理解が深まるし、ご本人も自分のことにだいたい気づいていかれるというプロセスもある。精神分析ひとつとっても、文化がずいぶん違うことに直面して、今日にいたっているわけです。人間というものには表と裏があって、表から裏に入るところで大きな抵抗が日本人にはあって、もともと裏の問題を人に話すということになかなか容易ならざるもの、困難を感じて私たちのところにいらっしゃる。それで、この表と裏の日本人の二重構造というものに関心を持ち、『フロイトと日本人』という本で明らかにしましたが、八十年前に日本に精神分析を輸入したパイオニアたちがいるんだけれども、そういった人たちの実践も、欧米では週四回以上ということがわかっていながら、週一回ぐらいのところでみなさんにお越しいただくようになったということが最初からあったようですね。だから、欧米で行われている頻度のことを思えば、日本ではまず、表面的な入り口のかかわり合いから、ゆっくり、ゆっくりと、深層にいたるという発想がわれわれのなかで共有されているようで、精神分析のあり方が欧米と日本とではずいぶん違うということにまずは直面したわけですね。僕はそれで三十年間やってきたんだけど、日本人の表と裏の仕組みがどう始まっているのかに興味を持った。それは、育児のあり方、日本文化のあり方というのは育児を通して子どもたちに伝わるものだから、どうも、表と裏の使い分けとか表と裏の二重性が非常に早期から人間に植えつけられていて、それがパーソナリティになってしまって、みなさんの言動を決定しているように思うんですね。それともうひとつは、私は歴史の専門家ではないけれども、この二重性というものはどんなかたちで日本の中で繰り返されてきているのかというと、ちょっと目を向けるだけで、たしかに、原発事故の報告ひとつとっても、そこに表と裏がある。あるいは、戦後すぐのことですが、それまでは戦争に加担して賛成していた先生たちが、戦後直後にコロッと変わってしまい、アメリカ一辺倒になって態度が変わったってみなさん証言しておられる。キリスト教の輸入のされ方にしても、こころの底からキリスト教を信じて、キリスト教者として自分というものを表明していたら、当時、えらい迫害に遭ってしまって、結局、生き残った方々の多くは表では踏み絵をしながら、こころの底ではキリストを信じていたというようなありようですね。あるいは、このキリスト教の一部のあり方って日本人の表と裏のことをすごくよく例証できるんだけれども、たとえば、戦争中に神社の参拝を強制されるわけだけれども、その神社の参拝を認めておきながらキリスト教者でありうるというあり方を日本の教団は認めるわけですね。ところが、韓国なんかではそれを偶像崇拝ということで拒否することで、多くの殉教者が出るんですよね。だから、生き残るためにも多くの人に表裏があることになる。

㊩　ありますね。日本特有の表裏。

(き)　そりゃそうですよね。こころを明かすというか、本心というものが、どうも、なかなか表明しにくい国なんだな、と。だから、精神分析といってこころを見つめる、こころのありようを直視するということをやろうとしても、その前に、表から裏に入るところでえらく強い抵抗に遭ってしまう。これは精神分析ばかりではなくて、他のものごとでも、こころにアプローチしようとすると、どうしてもそうなっていくということが最初の問題意識としてある。これは西洋化していく日本文化の中できっとそのうち変わるだろうと思ったんだけど、ほとんど変わらないですね。

(ば)　変わらなさそうですね。根っこにある感じがします。

(き)　それがあって、どこで受け継がれるのかというと、講義で述べたように、母親が表の世界に対して子どもの目を向けさせながら、その裏側で、「内的交流」と僕は呼んでいるんだけれども、そこでは裏の交流をしていて、母と子は二重の交流をいつもなし遂げている。耳元でささやき、世界を見せながら紹介しているところで、母から子へと表と裏の交流をすでに教え込まれているあり方みたいなものが原点にあって、それが繰り返されて、私たちは表と裏をかたちづくり、その間にギャップをつくってしまっている。この二重のシステムを、コミュニケーションのあり方として伝達し、継承し、反復していているという構図を、「ああ、そういうことなんだな」というふうに思うにいたっている。それを「和魂洋才」と言ってもいいと思う。あるいは、戦争なんかでも、戦争を開始するときに、日本は負けそうだと知っていながら、戦争を決定するときだけは勝てるというふうに言っちゃって戦争を始めたり、「それで戦争を始めたんじゃ困ったものだ」みたいなことなんだけど、どうも、本音を言わずに建て前を言ってしまって、本音の部分は守ろうとする。それは、本音を言うとやばいというか、軽々に本音は言わないほうがいいというふうに思い込んでいる。それを「基本的不信感」と呼んでもいいのかなと思っているんですけどね。

「こころの台本」を読むのは時間がかかる

㋖ 人には非常に早期に形成されたこころの台本があって、そのこころの台本を、相手役を替えながら反復している。「雀百まで踊り忘れず」とか「三つ子の魂百まで」というので、その反復が悲劇であるならば、読み取ったほうがいい。読み取らないと、それを変えようにも変えられない。何を反復しているのかが、私にとって、精神療法だとか診療と言われるもののいちばんの眼目というか、注目するところですよね。だけど、それがハッピーエンドになるなんていう楽観的な考えはあまりない。まず読み取るだけでもたいへんなことで、なかなか変えられないものです。それをどんなふうに展開していくのかというと、「自分はこんなふうに生きてきた」「こんなふうに私は生きてます」というふうに、だいたい、みんな、自分の物語を持ちながら生きていますと話す。それを観察する聴き手の私が、「こんなところや、あんなこともあるでしょう」と言って、患者さんに返していくと、人は、「ああ、そういうところもありました」「こういうこともありました」といろいろと思い出していく。それはある意味で、患者さんの人生の物語が深くなっていったり、より詳細に、より正確になっていくわけです。他者の照らし返しなくしてはできないことであって、私が、自分自身、気づいている私の生き方というものは、断片的かつ部分的でしかないものだと思いますけどね。

ⓑ 薄めるのは可能なんですかね。

ⓚ 薄めるというのは？

ⓑ 自分の物語を。その人固有の妄想というか。ダイレクトにやっているからたいへんになっちゃうのであって、そのつどちょっとずらすとか、ちょっと薄めるということでは解決がつく可能性はないんですか。

ⓚ 人は、気づいてしまったものを忘れることはなかなかできないんじゃない？

ⓑ 忘れることに目標をおくと強化されちゃわないですか。強化されて病状が悪化するような気がします。

ⓚ 読むとか気づくということは、ある意味、降りているということでしかない……。

ⓑ わかったらある程度対処できる、と。

ⓚ　あるいは、読んだ時点で、すでにそこからひとつ距離を置いていると思うんですよね。つまり、「私はばかだな」と言ってばかをやっているということはなかなか難しくて、「私ってこういうところがあるんだよな」っていうふうに気づいているときには、そういうことからはちょっと距離を置いていると思うんだよね。だから、人は、「私って、こういうことを繰り返しています」と言うときには、今おっしゃったように、すでにずれているというか。

ⓑ　そういうずれをつくっていけると可能性が出てくるんじゃないかな、と思うのですが。

ⓚ　おそらく、すでに、そういうふうに語り合っているときっていうのは、ずれているんじゃないですか。

ⓑ　ちょっと大丈夫な部分が見えているということですね。

ⓚ　うん。

ⓑ　改善の余地というか。

ⓚ　うん。そういうふうに言えるんじゃないですか。

ⓑ　私、いくつかですけど、そういう劇的なカウンセリングの経験が自分にあって、そういうことを見ると、面白いですね。ひとつは、クラシカルホメオパシー（ドイツの医者ザムエル・ハーネマンの理論を遵守するホメオパシーの一派。健康な人に特定症状を引き起こす物質は、

その症状を示す病人を治療するために利用できる治療剤《レメディ》であるという法則をハーネマンは発表し、レメディは希釈すればするほど治療の効力を高めるとするホメオパシーという医術を発明した）というものがあって、それを取材で受けていたんですけど、本当にしんどくて、あんなにつらいとは思わなかった。まずその部屋に行くのが嫌なんですよね。「きっと精神分析ってこういう気持ちがするんだろうな」とそのとき思ったんですけど、足が向かないというんでしょうか。できれば避けたいというか。それで、普通のもっと嫌なことってあるでしょう、行きたくない会合とか。そういうときの、朝から「嫌だ、嫌だ、嫌だ」というのとはまた違って、もっと独特の行きたくない気持ちが芽生えるんですよね。それで、「これは、自分は相当困っているんだな」とそのときにわかったんですけど、「かなり核心なんだな」って。それは、とにかく自分に固有の妄想を探り当てるというセッションなんですよ。厳しかったですね。

㋖　探り当てられたんですか。

㋩　探り当てられて、ひとつレメディが決定されるんですけど、レメディ自体の力がどれぐらいなのかは私にはまだわからないですけどね。植物か動物か鉱物か、そのものの持っている性質が自分に一致するものをひとつだけ探すというセッションなんですよ。それも結構時間がかかって、一年、二年とかかって。

㋖　すごいな（笑）。

ⓑ　でも、それは面白かった。ずっと記録するんですね。テープを起こして自分でまた確認するんですよ。
ⓚ　自分でやるんですか。
ⓑ　それは先生がやるんですけど。何回も聴いているうちに、いつも同じことを言っているということにハタと気づくんですよ。最終的にいつも同じことを言っていて、「これだ」というものがわかって。自分では、「これだ」というものは、もちろん、自分の思いたい「これ」じゃないんですよね。それはそうですよね、それが人間ですからね。
ⓚ　だから、それこそ精神分析と同じようなところがありますよ。
ⓑ　でも、あれは怖かったな。「それがわかるタイミングが必ずあるんだ」って言うんですよね。先生が言うには、ですけど。わかったときは、そんなに感激しなかったんですよ。もう疲れ果てていたから「もうどうでもいいや」ぐらいの気分だったんですけれども、後でテープを全部起こしたものを読んでいったら、最初と終わりで自分の人格が違うんですよ、若干。でも、それが若干だということがまたとても大事な気がして。
ⓚ　なるほど。
ⓑ　「これは、かなり意味があったな」と思ったことのひとつです。でも、「きっと、本気で精神分析を受けるって、ああいうような手ごたえがあるんだろうな」ということをそのときに感じました。

㋖　だから、今おっしゃったように、やっぱり、繰り返しやられる業とか性《さが》と言われる反復で、自分で気がついて、そして、気がつくだけでずいぶん、気がつく前と後では違うじゃないですか。そういう経験のための時間と空間を保証していこうというわけですよね。だから、そういうふうに鉱物とか何とかおっしゃったけれども、そういうものもないみたいな。

㋩　そういう寄りどころにできるツールもないんですものね。

㋖　白紙で、とにかく何が問題なのかを、とりあえず白紙の状態で虚心坦懐に聴かせていただくところから精神分析をスタートする。そうすると、一年か二年、何年か経つとそれが見えてくる。それぐらいのテンポでやらないと、それで決めつけられたり「それはてんびん座のせいだ」と言われたりしても、それはとってつけたような答えのひとつであって、やっぱり、自分で発見していくということが大事じゃないかなと思うんだよ。

㋩　そうですよね。自分で気がつかないと気がつかないですしね。そこで先生が「てんびん座だからじゃないですか」って言ったら怒って帰っちゃいますよ、「もう払いません」って。

㋖　だから、人は、ＡＢ型のせいだとかみずがめ座のせいだというふうに、既成の何かのせいにしたがる習性があるんだけど、やっぱり、こころの中の問題なのでこころの中に答えがあるという発想ですから、私たち精神科医の側には、どなたがやってくる前にもあらかじめの答えはないんですよ。だから、その人に会うまでは、どういう反復がその方の問題なのか、私たちは答えがない状態でお待ちするということが原則ですね。たとえば、黒人で、四十七歳で、こういう症状を持っておられて、症状が三ヵ月続いて、というようなことをコンピュータで検索すれば、診断はたぶんこうだろうというようなものが出てくる可能性は大ですよね。それはあくまで分類診断ですよね。その人の個性だとかそういったものは抜きにして、たぶん、洋の東西でも、同じ分類診断で人を分類してみて、アジア人であればこういう病気である可能性が高いとか、「腰が痛い、腰が痛いと言っているけど、うつ病なのではないか」というような答えが出てきますよね。そうすると、またこれも統計的手法で、そういう症状で四十八歳であれば、こういう治療をすれば治る率がいちばん高いというようなデータも容易に蓄積されてくるわけだ。それは、医者が誰であっても同じ診断じゃなくちゃいけないと思う。だから、それは、その方がそこにやってくる前からすでにデータがあって、その方がその中に入れば、医者が誰であろうが、その方についてはこういう答えが出てくるということがいちばんの理想ですよね。それが分類診断というものであって、処方としての治療方法があるわけです。それはわれわれが非常に知りたいことであって、患者さんもそれを求めてやってくるわけだ。そうすると、六錠のところ八錠使ったほうがいいとか、処方する錠剤の数も決まってくるし、それを目指しているのが生物学的な診断、あるいはＤＳＭ

（「Diagnostic and Statistical Manual of Mental Disorders」、アメリカ精神医学の定める「精神障害の診断と統計マニュアル」の略）というんだよね。そういったものがマニュアル化されているわけです。でも、それは、こういうお母さんがいて、お母さんとの関係がこんなぐあいで、でも、昨日はこんな夢を見て、今日は目の前にいる先生がひげを生やしているので気分が悪いということとは関係のない分類です。つまり、個別の精神科医が個別の患者と会って、その日、晴れていたか、五月の初旬だったか、あるいは、お母さんの状態が、今日は交通事故に遭ったので、こんなことがあって家の中は混乱しているといった個別の話とはまったく別の科学的診断が生物学的診断であり、統計に基づいた正確な診断といわれるものです。ところが、もうひとつ、私たち精神科医は人間的理解ということを行わねばならない。この人間的理解を物語派というんだけど、その人にしかない人生というものを描き出すための物語に基づき、その人固有の物語に向けた精神医学のありようがあると思うわけです。これは非常に文学的で、詩的で、比喩的で、患者さん個人の人生によって決定されているような内容だと思うんです。それも、要するに、その精神科医じゃなきゃ、「この先生は見立てがいい」とか「この先生は女の先生だ」とか、そんな要素によっても決定されていくような物語だと思うんだよ。そうしたら、別の精神科医に行けば別の話になるかもしれないと思うぐらい個別性のある診断、判断であって、描写だと思うんだよね。これは個別的なもので、分類とかマニュアル化ができない。精神医療って、この両方の両輪から成り立っていると思うし、成り立つべきだと思うんだよね。だから、ひとつはＥＢＭ（「Evidence-Based Medicine」、臨床結果などの証拠に基づく医療を指す）という科学的診断方法があり、こちらはＮＢＭ（「Narrative-Based Medicine」、対話を通じて患者が語る物語に着目し、患者の問題に全人的にアプローチする臨床手法）といわれている。このナラティブとは「お話」ということ。さて、この両輪を走らせて先生は患者さんの診療に当たらねばならないんだけれども、前者は、たぶん、コンピュータのようなしっかり頭脳を持っている人間であればあるほど正確な診断ができるんだと思うし、このごろ、先生は相手の顔を見ないでコンピュータを見ながら治療記録をつくったり書いたりしているんですよね。前に処方したデータは何だったのかって画面に出てくるんですけれども、後者の話は、どうやって教育したらよいのか、それが得意な人間と得意じゃない人間をどう区別したらいいのか。

㋩ 向き不向きがありそうですものね。

㋖ そういうようなことになるわけですよね。後者は非常に文学的と言ってもいいと思うんだよね。だから、昔の先生は、文学者でありながら精神科医だったんだよ。文章もうまかったし、同時に科学者でもあった。フロイトはその代表だと思うんだけど、つまり、文系と理系の両方を跨いでいたわけです。ところが、そういう先生が今いなくなりつつある。ある意味で、文学的な素養がなくても、ＥＢＭで十分、ということは、ほかの身体医学とあまり変わらないことになってしまう。

ば　本来、体のお医者さんも、できれば文学的要素やなんらかの表現力を持っていてほしいですね。

き　ヒポクラテスの時代のことをお考えいただいたらわかると思うし、日本で医療が始まった昔、太鼓持ち医者と言われていた人びとがいるんだけど、そういった人たちは、治療方法をそんなに持っていなかったんだよ。検査にしても、そんなに検査方法もなかったし、診断にしても、そんなになかったと思うんだよね。ということになると、治療方法とは、患者さんの話を聴くことぐらいがとにかくいちばんできることだったと思うんだよね。そして、実際、患者さんの話を聴くだけで多くの患者さんがよくなっていったんだろうと思うし、よくならない人はよくならなかったと思うんだよ。そういう意味では、リスニングという、われわれが「傾聴」と呼ぶんだけど、耳を傾けて聴くということが主流の医学だったと思うんだよ、それしか治療方法がなかったから。そして、気の利いた慰みの言葉も言わざるをえなかったと思う。だけど、その営みは非常にシャーマンとも重なっていただろうし、宗教あるいは芸能などにも通じるような医者のあり方だったと思うんだ、とくに今から二千年前は。そういった歴史の中に精神医学も位置づけられるべきであって、その当時は、人によっては、「血液型のせいだ」とか「それは鬼門だ」とかって言って。

ば　悪魔が憑いたとかね。

き　そんなふうに言って判断したり、適当にお祓いしたり、あるいは、もっと深刻になって、「壺を買え」というようなこともやっていたかもしれないと思うんだよね。それが今や、そういった要素がなくなってしまって、いわゆる科学としてのEBMだけが主流になりつつあって、何か忘れられているものがあるんじゃないかなということが私たちの思いですね。そうすると、こころの問題だけを扱う専門家が登場するわけです。それがクリニカル・サイコロジスト（臨床心理士）というような人たちで、医者は体を診るだけ、そして、処方をし、検査を依頼するという存在で、話を聴く部分はクリニカル・サイコロジストにお願いしましょうということで、ばななさんも対談された河合隼雄さんなんかがそれを独立した仕事として日本の中に確立しようとして始められたわけですよね。私たちもそれに協力しているわけだけれども、医者があまりにも忙しくて患者さんの話を聴く暇がないものだから、「それならば、話を聴く専門家をつくりましょう」と言って、こころの治療者として別に養成しているというのが今の流れのひとつですね。カウンセラーといわれている人たちですね。本当は、それは両方一緒にあるべきだと私は思うし、そういう医者も少なからずいらっしゃるんですけどね。

ば　本来のもっとのどかな状況であれば、そのほうがいいような気がします。

き　でも、そうすると、一人の医者が一人の患者に四十五分から五十分割かねばならないんですね、一回の面接で。

ば　そうですね。ある意味不可能ですよね。

き　そうすると、医療の責任も重くて八時間労働で八人診たらもうへとへとですから。

ば　へとへとですね。実力も出せない。

き　だから、どうしても、五〇人ぐらい流して診ている医者と、話を聴く人に分化してしまっている状態なんですね。ここは現代の方々にはわかってもらわなきゃ仕方がない部分でありますが。医者は、経済効率を考えるならば、どうしても一人の患者さんに対して十〜十五分ぐらいしか時間が割けないんですよね。そして、パラメディカルといって、スタッフをうまく使い分けていくということが今の普通の医療のあり方ですね。

ば　なるほどね。すごくよく理解できます。

き　私たちは、その両方をやることを理想としていたんですけどね。なかなか、それはうまくいかないです。

ば　現実的に不可能ですね。

精神科医もたまってたいへん

ば　私がいちばんきたやま先生がすごいなと思うのは、そこがいちばんと言われるとものすごく腹立たしいと思われると思うんですけど、精神科医の先生って、だんだんたまっていくでしょう。
㊔　たまっていくよ。
㋫　それがあまり感じられない方は、ほかにいないですね、私の知っている範囲では。
㊔　「たまっていくでしょう」って、たとえばどういうこと。
㋫　いろんな人のいろんな話を聴いているうちに何か自分のこころやかたちを変形させて受けていくようなところがあるような気がするんですよね。外観でも内側でもいいんですけど。それがきたやま先生にはまったく感じられないので、昔からそこを疑問に思っていたんですけど、「何でそうでいられるのかしら」って。
㊔　僕は、ありがたいことに、はけ口を持っているからだと思うんだよね。
㋫　そうですよね。あと、人に見られることで、人前に出ることで、折れないですよね、姿勢が。
㊔　折れないって、どこが（笑）。
㋫　たいてい、普通の人って、自分も含めて、大勢の人の前に立つと、ちょっと陰に隠れるんですよ、姿勢のどこかが。そういう構えがないですもんね。天性の人前に出ていく人の態度ですよね。非常に肉体的というか。
㊔　いいのか悪いのかわからない。

ば　あれはたいへんな仕事だと思う。みんな変になってるもん。

き　たいへんだけど、みんな変になっていますけど、やっぱり、変な部分を出せるところを持っているんだと僕は思うよ。やっぱり、それは、みんなの前でしゃべったり歌ったり演奏したり、それともうひとつは、みんな変ですけど、ミュージシャンの友人がいっぱいいて、その仲間の中で……。

ば　やっぱり、もうひとつの顔があることが重要なんですね。

き　それは、やっぱり、僕は、その世界でバンドと一緒に飲んだり食ったり、そして演奏したりして、そこから出てきてここに来ている、あるいは診察室に行くというときの車中や電車の中は最高ですよ。そのあまりの落差がね（笑）。

落差を楽しみ、多面性を保つための楽屋

き　その間の落差を楽しめるというか、そこで発狂していますよね、舞台の上の演奏活動って。「プレイング」ってよく言ったもので、「プレイ」って「遊び」という意味があるけれども、同時に「演奏する」とか「演じる」という意味合いがあるじゃない。そういう演じる空間を持っていられるということが私にとってはありがたい、人工の発散装置だからね。普通の精神科医だったら、もっともだえ苦しんで、もっとたわめてとい

うか、あるいは、ひょっとしたら、ゆがんだかたちでのたうち回っておられる可能性があるけれども、僕の場合は、それを処理する楽屋があるということがありがたいことですね。だから、それは、処理するプレイングのプレイヤーとしての空間のほうが先にあったものだから、精神科医になる前に。

㋩ そうですよね。非常に特殊なことだと思います。

㋖ それがひとつありますね。それと、僕のところにお見えになるということは、私の「芸能人」のことを知っておられる方が多い。あるいは、そのことを意識しておられたり、治療のプロセスでそのことに気づかれるということは当然あるわけで、僕も、そういった部分については非常に意識させられる場面がある。人によっては、これはあまりにも語弊があるとおっしゃって遠慮されているときでも、それ抜きにして僕を語ることはできないのでしょうね。

㋩ 語弊があるけれど、ほかの先生方のほうに関する私の評価で、「このような見た目になってしまって、この人たちはいいんだろうか」というふうに私はいつも精神科の先生たちにお目にかかると思うことが多いのです。

㋖ 「見た目」っていうのはどういうこと（笑）。

㋩ 私の独特の観点だと思うんですけれども、もはやゆがめて対処しているんだなとしか思えないんです。ものすごい猫背だったり、たとえばですよ。あと、ものすごく斜めだったり。

ⓚ 斜め。

ⓑ 体やこころの姿勢がです。

ⓚ 僕は、若いころからの差別についての関心と同じように、僕が関心があったものは、多面性と言っているんだけど、人間って、さっき育児の必要性で言ったように、ものすごい未熟なんだけど、頭だけでかいとか、フロイトの話の中にも出てくるんですが、人間が、馬であると同時に御者であったり、あるいは、人間って、表があるけれども裏もある。たぶん、僕は自分自身がそうなんだと思うんだよ。だから、一方で音楽をやれていて、ありがたいとかってよく言ってはいるけれども、僕はその両面がないと生きていけないんだと思う。

ⓑ でも、そうですね、きっと。そこが面白くて仕方ないところです。

ⓚ 人間って、ひょっとしたら、本来的にそうかもしれないとさえ思うんだよね。「表裏がない」ってばななさんはご自分のことを自認しておられるけれども、僕自身は、逆に言うと、表裏がある、あるいは、表と裏と斜めだったりするという、その全部の多重性を私が楽しんでいるというおかげで、逆に私は私でいられるという。

ⓑ あんなふうにならないという（笑）。「あんなふう」って言っていいのかな。でも、そのことはかなり意識的に訓練してきたと私も自分について思います。

(き)　たぶん、片一方を隠すと、片一方を抑えつけると、私たちは、ある意味で、自分が『つるのおんがえし』のツルである部分を隠すと、それがばれることを恐れなくちゃいけないし、自分が半分獣であるところを怖がると、それについて一生懸命悩まなくちゃいけないんだけど、ひょっとしたら、僕は、その両方を、あるいは三つを、同時にやっていてもいいんだという道をたどることができたのかもしれないですね。

(ば)　なるほど。面白いですね。

添い寝という文化

(き)　講義でご紹介した浮世絵の中の母子像について、どう思われましたか。

(ば)　もっともだと思いました。単に納得しちゃっているんですよ、「そうだな」と。ほかの国では違うんですか。そうですよね、違うという例も出ていましたもんね。

(き)　それはだから、本音と建て前の両方を、二重のコミュニケーションをしていないんじゃないかということがありますね。たとえば、僕らがパーティーに出ていて、壇上で誰かがしゃべっているんだけど、フロアでは何も聴かないでみんな隣とベラベラベラしゃべっているというような光景、でも、顔は向こうに向けているという、ああいう使い分けって日本人的だよ。ほかの国ならば、どっちかになるんですよ。

ⓑ ああ、そうか。あくまで自分を自分の内側から見るんですね。
ⓚ 前を向いて話を聴くか、こっちで誰かとしゃべるかであって、日本のパーティーのように、会議に出て、そこにいるんだけど、聴いていないとか。
ⓑ でも、会議はやったという。
ⓚ でも、会議には寝るつもりで出てくるとか、あんなこと、西洋人にはなかなか考えられないみたいよ。
ⓑ そうみたいですね。まったく理解できないとよく言われます。
ⓚ 要するに、日本人は、その両方をやってのけることができる。ある意味で鵺《ぬえ》だと思うんだけれども、そういうコミュニケーションは母子関係のところで成立するというふうに言ったけれども。
ⓑ はいはい。クッションがある関係ですよね。
ⓚ 「何で」というふうにみんなが言うと、横にいながら前を向いているというのは、やっぱり、添い寝するからなんだよ。お母さんと子どもが肩を並べて寝ながら両方で天井を見て、一緒に本を読んだりもするじゃない。だから、一緒に肩を並べて寝ているということがまず基本にあるんだよね。欧米の場合は、あるいは、ひょっとしたら多くのアジアの場合もそうかもしれないんだけど、みんな、寝ているときのポジションは比較研究の対象になかなかできないので、それは日本の場合の川の字文化。川の字文化って

いうのは、お父さんと子どもとお母さんが三つになって三人が同じ流れで寝ているという光景なんだけど、これは、やっぱり、珍しい。特に欧米にはないもんね。

ぱ　ないですね。

き　だから、天井を眺めながら二人が肩を並べて寝ているということを反復した痕跡が大きくなってからも、表と裏というような二重性となって出てくるんだと思う。

ぱ　もっともです。乳児期にしみついたもので変えようがないですからね。

き　欧米の絵画ではあまりこれも描かれていないですよ。今回の講義でお見せしたように、日本人は後ろからあそこを本当に丁寧に描いていますからね。だから、それは欧米の人たちも感心する。だから、頻度から言って、日本人があれを楽しんでいる確率は高いですね。

ぱ　そうですね。それに対して何の異存もありません。母親が同時にいろんなことができるというのは、私はただ単に性差だと思います。お父さんにはできないですから、どうやっても。やっぱり、それは性差だなと思うんですけど、それとは別に、すごく自分で面白かったのは、私はホラー映画マニアなんですね。これまでの人生でホラー映画が見られなかった時期は一回もないんですけど、子どもがゼロ歳から二歳までは見られなかった、本能的に。やっぱり、深いところで弱いから死んだらどうしようと思うんじゃないですかね、子どもが。

ⓚ　ホラー映画って、どんなものをごらんになるんですか。何でも？
ⓑ　何でもですけど、イタリア系。
ⓚ　イタリアのホラー映画。イタリアのホラー映画ってあるんですか。
ⓑ　あるんです。イタリアのジャンルとして存在しているんです、イタリアンホラーっていうのが。
ⓚ　イタリアンホラーなんていうのがあるんだ。
ⓑ　主にそれを見て育ってきたから、だから私はイタリアで人気があるんだなと思います。影響を受けているから。
ⓚ　イタリアンホラー、知らないな。
ⓑ　あるんですよ。
ⓚ　僕もホラー映画は好きですけれども、それは、もちろん、欧米のものだけですね。イタリアンホラーなんてＤＶＤで出ているんだ。
ⓑ　そうですね。有名なところでは『サスペリア』とか。
ⓚ　あれはイタリア映画でしたか。
ⓑ　あれはイタリア映画です。撮り方からして全部イタリア独特のものなのです。

人類の病いの原因は親にある？

㋩　私の子どもは男の子なのですが、そうしたら、謎が解けましたね。まあ、何でも結論が出やすいのが私の悪い特徴で、生前の伊丹十三《いたみじゅうぞう》監督に「あなたは何でもすぐに結論が出すぎるよ」って言われたんだけど、でも、彼は出てなかったから死んじゃったみたいな感じで、ちょっとガーンとなりましたけどね。

㋖　それを飛ばさないでよ。

㋩　結論までは行かないか。人類の仕組みというんですか、何というか、「ああ、そうなんだ」って思ったんですよね、男の子を産んで。今まで男性に関して「何でここでこうなんだ」っていうことが全部わかったっていうか、結局、萩尾望都《はぎおもと》先生の『残酷な神が支配する』という漫画を読まれたことはありますか。十巻ぐらいあって。あれは、やっぱり、すごいんですよ。結局、母子というのは、ほとんど呪いというか、これがあるかぎり人類は同じだなと思いました。決定的なものですね。

㋖　だから、中身を教えてよ（笑）。総論を言わないで、各論を教えてよ。

㋩　そういう説明を口頭でするのが下手だから作家なんですけど、母親の持っている権力というんですか、パワーですか、それに勝るものはこの世の中にない。

㋖　すべてをコントロールできる。

㋩゙　この世のすべてがほとんどそれで成り立っているから、男の人が男社会をつくった理由もそこにあるし、「これはどうすることもできないな」と思いましたね。人類というものの病い。

㋖　要するに、母親がすべてを……。

㋩゙　母親がこの世にあるかぎり、人間が子どもを産んで、それを育てているのが母親であるかぎり、人類の病いがなくなることはないだろうという結論がひとつ出たのともうひとつは、たとえばバロウズ（一九五〇年代のビート・ジェネレーションを代表するアメリカの小説家）とか、ほかにもいましたよね、そういうことを考えた人、あとヒッピー的なコミューン的な考え、要するに、「じゃあ、子どもはみんなで育てよう。親から放して村にしてしまえ。その辺にいつも子どもがいて、誰が親かわからない状態であれば理想社会ができるのではないか」という考えはまったく間違っているなとも思いました。

㋖　それで、男の子のわからなかったことの何がわかったの。

㋩゙　「男性とはこういうものなんだ」ということがわかりました。

㋖　だから、何だっていうのよ。男は何だっていうんだよ（笑）。

㋩゙　うーん、「こういうふうに扱ってもらいたいものなんだ」ですかね。つまり、「たぶん、何歳になってもお母さんに認めてもらいたいものなんだ。しかも、その認めてもらい方も、自分にとっていちばん納得のいく、認めてもらい方じゃなくては嫌なんだ。要するに、『あんたがどんなでも好きよ』というんじゃだめなんだ、究極的には」と、わかりました。それで、だいたい、この大人のつくっている社会というのは、模倣、つまり、妻って他人ですよね。誰にとっても、どの男性にとっても、妻って他人ですよね。妻は、自分の夫を扱いやすくするために、夫の母とか一般的な母親像とか理想の母親像を模倣して操っているんだなと。ほとんど、この世の八〇％くらいはそうやって回っていて、すごいなと思いました。私はまったくそれがない世界にいようと心がけているので。

Ⓚ ない世界って、だから、それもまたあなたのお母さんのなせるわざじゃないの？

Ⓑ それは違うと思います。何か特殊な配合なんですね。

Ⓚ たまたま生き延びたの？

Ⓑ そうだと思いますよ。

Ⓚ さっきの説明からいくと、なぜこんなにお母さんの力が強いのかというと、子どもがあまりにも未熟に生まれすぎている。だから、この世の中の誰かがお母さんとして子どもの半人前のところを半分引き受けて、子ども身になって育ててやらなくちゃいけない。これが献身的育児なんだ、と。特定の誰かが献身的に子どもの身になって、未熟な子どもの身を引き受けて能力のあるものへとご案内しないとならない。これがゆえに、要するに、未熟な乳幼児は母親的存在の影響を受けざるをえないわけだよね。あま

りにも未熟な魂であるがゆえに、完成形へと持っていかれるところでものすごくお世話になるわけだ。

ぱ　とても大きな影響ですね。

き　影響を受けてしまう。だから、これはある意味でやむをえないし。誰かが引き受けなくちゃいけない。いちばんそのことについて得意そうなのが、生物学的には母親である。これをお父さんがやったら、えらい勘違いが生じてしまう可能性があったり、赤の他人がやると、その身になれなかったりして、ずれがあまりにも大きくなりすぎるというようなことが言われている。それでよろしいですか。

ぱ　はい。

き　そうなんだ、やっぱり。

ぱ　その権力の大きさは、置きかえれば男の人が総理大臣になるとか政治家になるとほとんど近いぐらいの権力の発現ですからね。また、どのような人でもそんなに大きな努力もなく同じように発現できるという、そこには「こんなに?」と思いました。

き　母親になるということがね。

ぱ　もし一かけらでも悪意を持ったら、それも全部実現できるわけですから。「こんなようになってしまえ」みたいに思って、それをおくびにも出さないこともできますし。

き　そうだよね。

ば　「恐ろしいことだな」と思って。社会においても。「そこまでだったか」って。すごい権力を女性は持っていることを、女性は知っていますね、一般的に。知って使っているんだなっていうことがわかってきました。つまり善意だけでできていない世界の成り立ちみたいなことが。

き　だから、その意味じゃ、表と裏の使い方や、ある意味で表と裏のない生き方にしても、すべて、そのときに経験した、ゼロ歳児、一歳児、二歳児のときに経験した母子関係に起源を持つということが大きいんだよね。だから、母子関係が変わらないかぎり、日本人は根本的に変わらないというわけだよね。

ば　そうですね。ある意味、「人類は」まで言ってもいいかもしれないですね。

き　そうだよな。それはそうだ。

ば　こころの病いの九割ぐらいそこから来ているところが。交通事故で頭を打っちゃったとか以外は、そうかもしれないとさえ思えてきました。

き　それを言うと精神科的な問題は全部母親のせいだということになっちゃうので、それで世の母親がえらい困っちゃった時代があるので、精神分析が行きすぎるとそういう発想になるんだよね。

ば　母親のせいとあと、人類に言語があるからじゃないかと思うんですけど。

き　そうなんだけど、三分の一が文化で、育児のせい、環境のせい。三分の一が、遺伝のせいということもあるし。

(ば) ああ、遺伝。

(き) だから、その遺伝というのもそうだけど、もちろん、お父さんにも責任があるわけで、それともうひとつは、まだわからない要素というのがあるんですよね。このわからない要素も三分の一ぐらいあるので、三分の一が育ち、三分の一が遺伝、三分の一がわからないというのが……。

(ば) 病いを後押しするのは、やっぱり、親じゃないですかね。

(き) そうだけどね……。

(ば) 同じような状況でも発病しない人もいますから。

(き) もちろん、そうなんだけど、やっぱり、これは遺伝が決定しているとか、まだ原因がわかっていない問題があるんですよね。だから、それは、統合失調症の原因ですらまだわかっていない。完全に解明されていない。

(ば) 悪魔だとか霊だとか言う人もまだいますからね。

(き) そうです。ですから、簡単に育児がものごとを決定するとは言えないんですよね。それは、人類の起源とかっていうよりも、たとえば、アフリカの奥地で八人ぐらいの部落っていうのも当然あるじゃないですか。そこへ行っても、やっぱり、広場に出てこれない広場恐怖《アゴラフォビア》の人もいれば、精神病的な人もいるんだよね。だから、すべてが文明の病いとか、すべてが何とかのせいと片づけるわけにはいかないんですよね。

（ば）　そうですよね。それは深く納得します。

（き）　やっぱり、遺伝子がある程度決定しているという部分があるかぎりは、それは、今から二千年前にもあったと言わざるをえないですよね。ただ、文化の中に吸収されて、ある意味で、そういった人たちにも役割があったという流れがあったり、そういった人たちは世の中から排除されて非常に早期に脱落していったという例もあれば、いろんなことがある。あるいは、当時の精神病の方々ってどこにいたかというと、ロマンチックな民俗学的観点からは、一部は山の中に隠れていた、山や森の中に紛れ込んだというんだけど、だから、雪男とか雪女の伝説になったっていうようなこともありえるので、闇がなくなりすべて都市化してくると、彼らの行き場がなくなっちゃったということがある。

（ば）　なくなっちゃったのかもしれない。沖縄とかだと「ユタとかになりなさい」なんて言ってすまされちゃうけど。

自己は「分割」されるもの

（き）　僕はR・D・レイン（イギリスの精神分析医。患者と医学的な症例付け《ラベリング》された人びとは病院から社会へと解放されるべきだという、反精神医学運動の中心人物となった）に惹かれてイギリスへ行ったんですけど、レインという人は、D・ウィニコット（イギリスの小児科医、精神分析医。小児科医の豊富な臨床体験から数々の精神療法の考え方を提唱した）のお弟子さんなんですね。「ひき裂かれた自己」というのは、今日の表と裏や二重の自己に通じる話なんだけど、環境の要請が強くて、あるいは、環境が失敗したにもかかわらず、子どもがそれを補うかたちで適応的な自己をつくるということと、でもそのときに、本人の本来的な自己を犠牲にしているということの間で、個人がひき裂かれる。それを「ひき裂かれた自己」「ディヴァイデッド・セルフ」（The divided self）というんですよね。でも今は、ディヴァイデッドというタイトルなのに、「ひき裂かれた」と言うと取り返しのつかないニュアンスが生じるいい例ですね。本来は「分割された」という意味だよ。だからある意味で、訳が極端に、センセーショナルになっているんだよね。そういうわけで、人格の分裂は環境側の失敗であるとなってくると、精神病的な事態も環境が原因であるということになって、「環境欠損病」というような意味の言葉まで使うんだよね。これは単純化すると、何もかも環境のせいになるということ。だから、社会的に世の中がよくなれば精神病は少なくなるという理屈になる。つまり、精神医学は個人を治すのではなくて社会を改善しなくちゃいけない、社会的な変革こそが精神科医の役割であるというような理論になりますね。それで、当時、精神病の人たちが住む家をつくって、そういった家にみんなを集めて暮らした。それではすぐには目を見張るような結果が出なかったんですね。だから、そういう極端なことでは無理なんですよ。

㊤　日本でうまくいっている例はありますよね。

㊄　どこにですか。

㊤　「べてるの家」とか。うまくいっていると呼んでいいかどうか、私も住んだことはないのでわからないですけど、バランスをとってうまく回っているという印象を受けています。

㊄　そうですかね。僕、名前は聞いたことがありますけれども。それでなのかどうか、詳細はわかりませんが、レインも最後はバランスを崩して死ぬんですよ。

㊤　家族もめちゃくちゃですよね、エッセイを読むと。書いているものが好きだったので事実を知った時には悲しい気持ちになりました。

㊄　僕、レインのセミナーに何回か出て、あこがれて自宅にも行ったけれども、ちょっと失望しましたね。そういうふうに、精神医学といっても、そんなにとんでもないことを極端に推し進めてものごとが変わるものではないですよね。やっぱり、複合因ですから。人間って、今日こんな姿でここに私がいるのは、あいつのせいでこんなになったなんて単純なものじゃないわけですよ。僕がこんなことになっているのは、僕のせいでもあるし、お母さんのせいでもあるし、お父さんのせいでもあるし、時代のせいでもある。

それは、「あれだけなかったらこんなことにならなかった」なんていう単純な因果律、そういうもので理解はできないですよね。

ば　そうできたらいいですけどね。

よい聴き手の条件

き　私たちに妙なひとつの幻想があると思うんだけれども、精神科医と患者とが対等であって、そして、意見交換したり、お互いに語り合ったり、腹を割ってしゃべったりというようなイメージの診療を理想化しやすいと思うんだ。患者と精神科医が友人であるようなお話ですよ。でも、それはあまりにもロマンティックな、人の治療とか人間の取り扱いに関するロマンティックな幻想だと思うんだよね。あくまでも私たちプロフェッショナルの精神科医は、一日五～六人、あるいは七～八人、あるいは十人の患者を相手にしているわけで、患者の一人ひとりと夢の交換なんかできないわけですよ。だから、そんなことが一〇〇〇回あったセッションの中で一回起こっていた。それは珍しいことではないかもしれないし、それには意味があったかもしれない。非常に大きなターニングポイントをつくったかもしれないけれども、残りの九九九回ではやっていないというわけですからね。でも、患者さんって、あるいはマスコミ的な興味から見た精神医学って、そのことだけを話題にするけれども、九九九回はまじめに患者さんの話を聴いている地味な診療がずっと続くわけじゃないですか。精神医学的な面接って、そんなに面白いことが起こったり、とんでもないことが起こったりはしません。いちばん普通のセッションというのは、面白くないどころか退屈でさえあるし、退屈を我慢して四十五分が過ぎるということも起きるし、その診療の中では、患者さんが眠ったり、僕が眠ったり眠くなったりすることだってあるわけだよね。要するに、こちらの限界っていうのを露呈してしまったら、結局、相手もがっかりするわけで、聴いてもらうということを相手が喜んでもらうためにも、こちらがある限界の中でちゃんとおさめておかないといけない。こちらの限界を超えてまで聴いて、後で向こうに罪悪感が生じるような聴き方はまずいんです。それと、私は、よい聴き手っていうのはみんなよい聴き手を持っているんじゃないかと思うんですよ。ばななさんが僕のことを見て「先生にはこういうところがないですね」と言うのは、やっぱり、僕は外でこういう対話の機会を持っているからだと思うんですよね。こんなふうに人に話を聴いてもらえて、適当なことを言って喜んでもらえるという瞬間が私にあることはとってもうれしいことですよ。これは、患者さんの話を聴いて、一緒に問題を抱えて差し上げて、悶々としている人間のライフスタイルとしては、私は、ある意味では、はけ口を持っていると感じますね。だからよい聴き手も、周囲によい聴き手を持っているんじゃないかと思う。やっぱり、自分の中に、ある意味で、自分を置いておくところを持ちつつも、人の話を聴いて、それを自分のこころの中に置いておくということが私たちの仕事ですから、患者さんの秘密、「昨日、こんな患者がいた」とか「さっき、こんな患者を診て眠くなったよ」と僕は決して言えないわけですから。それでも、もしそういうことがあっても、何かに置きかえてはけ口として聴いてもらえている誰かがいるとしたら、僕にとってはありがたいことですね。だから、みなさんも、よい聴き手になるためには、よい聴き手を手に入れることが大切なんだと思います。

ⓑ　そこに意図があれば、ミリ単位の歩みでも聴いてもらえたことを生かせる方向に進んでいける気がします。

喪失は美しい？

ⓚ　話が変わりますが、二〇一一年の問題は、「年忘れ」とか「忘年会」という日本人でも、きっと年忘れって言えないものになってしまったと思うんだよ。

ⓑ　言えないですね。もう元には戻れないことを日々思うばかりです。

ⓚ　よいお年なんか迎えられないですよね。

ⓑ　あと、ひとつ言いたいことがありました。あまりプライベートなことはお話しさ

れないということは知っているんですけれども。

ⓚ　いやいや、それは精神科医の方法なのです。どうぞ、どうぞ。

ⓑ　いちばん私にとってインパクトがあるきたやま先生の特徴は、別れというものに対する……なんて言ったらいいんだろう。何かの別れに面したときに、ものすごいテンション、ほかの人にない、何て言うか、芸術家としてのきたやま先生のいちばんの特徴だと思うんですよね。

ⓚ　抽象的なので、具体的に。

ⓑ　そうでしょう。そこは、やっぱり、ユング派だから、こんな言い方ですよ。

ⓚ　どういうところ、どういうところ、どういうときに。

ⓑ　じゃあ、具体的に言うと、たとえば、自切俳人《ジキルハイド》の『オールナイト・ニッポン』が終わるときも、あんな悲しい気持ちになったことはないですよ、ラジオ番組が終わるくらいで。それは、ファンだったからとか聴いていたからとかじゃなくて、きたやま先生の態度がものすごく特徴的だったんです。

ⓚ　どんな態度なんだろう。

ⓑ　去っていくときの感じがほかの人にないくらい激しい。でも、その目から見てみると、作品もすべてその傾向がありますよね。だから、たとえば、アートって、だいたい、「この人にはこのオブセッションがある」みたいな、それが作品としての価値を高

めているでしょう。そういう意味では、きたやま先生の去り際は最も大きな特徴だと思うんですけれども。原因が思い当たるところはありますか。

(き) まず第一番目に、これは、もちろん、僕のパーソナリティが、あるいは、長い間培ったものではなくて、非常に早期の乳幼児期に決定されたものがあると思うんだよ。それは、まず第一番目に、「帰って来たヨッパライ」の物語どおりだと思うんだよ。「酒はうまいし ねえちゃんはきれいだ」と騒いでいても、きっとおやじがやってきてとか神様がやってきて、最後は追放するんだという予感がするんだよね。楽園から。だから、フォークル（ザ・フォーク・クルセダーズの略。加藤和彦、きたやまおさむ、平沼義男を中心に、一九六五年結成された音楽制作集団）のデビューのときも十ヵ月でやめた。オールナイト・ニッポンのときも二年ぐらいでやめた。あるいは、今回のラジオ番組もやめます。遊びですから、何回も何回もやめられるんだよね。加藤和彦という男もそういう男だったんだよね。長くやっているといたたまれなくなる。「同じことを繰り返すと、結局、やめるときが向こうからやってくる。じゃあ、私たちのほうからやめてやろうじゃないか」という思いがあるんだと思うんだよ。だから、こちらからやめるというか、相手が聴いているときにやめるというか。

(ば) その決心みたいなものは強くあるんですね。

(き) 遊びや文化活動では、あるんだと思うんだよ。「もう終わりだな」と思うのが、こちらのほうが早く飽きてしまうという傾向があって、相手がこちらを向いているときにやめるんだと思う。それは、僕が学んだというか、そういう姿勢は粋っていう感じなんだと思うんだよね。そこで恋に落ちて芸者と駆け落ちするわけにはいかない。

ば　心中したりはしない。

き　これ以上恋が燃え上がる前に「ここらでおさらば」みたいな感じを粋というのではないかと思うんだよね。それが色恋の、あるいは芸能のひとつの美学であったと思うんですよね。そういう意味では、『木枯らし紋次郎』とか、あなたは知らないかもしれないけど、『シェーン』という西部劇の最後のところで去っていくあの感じが。ひとつは、うちのおやじがそういうおやじだったと思うんだよね。一回出てきて「もっとまじめにやれ」って言って、二回目に出てきたときにはやめなくちゃいけないので、いずれ楽しいことは終わるんだ、楽しいことはやめざるをえないんだという反復が最初にあって、同時に、日本文化というものが粋という美学を私に教えてくれていたと思うんだよね。もうひとつは、精神分析というものが喪失を重視するというところがある。どんな話も出会いばっかり強調して、別れることを語り合わないということが日常の生活だけれど、ほとんどのものが突然何の前触れもなく終わってしまう。つまり、たとえば刑事もののドラマも、聴いている人が少なくなったら、突然、誰かが殉死したことになって終わってしまうとか、あるいは、面白くなくなったら、それで「じゃあ、来週で打ち切ります」とかって言って、番組のほうから、あるいは相手のほうから消えてしまう。あるいは、実際の別れも、恋も人生も何もかも、突然みんな死去していくんだよ。加藤和彦もそうだったし、みんな前触れもなく、何も語り合うこともなく消えていくのが世の中だと思うんだよ。ところが、カウンセリング、特に精神分析的なカウンセリングって、終結期というものをすごく重視するんですよ。精神分析って、初期と中期と終結期っていうのがあるならば、ターミネーション、つまり終わる時期のことをすごく大事にするんだよ。それは、「あなたは、これから私と別れるんだけど、ひとりでやっていけるだろうか」ということ。こんなことを語り合う二人っていうのは、たぶん、世の中にあまりいないんだよ。

ば　何月何日に別れましょう、という二人ですか？

き　そう。「三月三十一日に私は別れるんだれども、あと三回お目にかかれるんですけど、やっていけるでしょうか」とか「やっていけないかもしれないね」というようなことを語り合いながら、「僕たちって、明日から会えないね」と言って別れていく二人というのはこの世の中であまりあり得ないと思うんだよね。僕は、精神分析的な精神療法のいちばんの考え方で、ここまで、ものごとを失うことがいちばん大事で、失うかわりに文化が、お母さんを失うことのかわりに文化が生まれるというお話をした。いちばんの人間の悲劇は、愛する人を失うこと、あるいは大事な人を失うことがいちばんの悲劇で、それを何とかして乗り越えていく、克服していくということが人間のいちばんの関心事だと思うし、今回の津波のことも震災のことも、大量の喪失が起こっているんだけれども、その悲劇のいちばんの決定的な問題は、みんな何の前触れもなく失ったということです。

ば　そうですね。

き　だから、僕は、「われわれは別れていく、これから二度と会えない、どこでお目にかかるかわからない終わり方になりますね」というようなことを語り合う終わり方ってものすごく価値の高いものだと思う。

ば　そうですね。あまりそう考えたことはなかったけれど、そうかもしれません。急だからこそ傷が残りすぎるのかも。

き　こんなにありがたいものは、こんなにめったにないことはないと思うんだよ。だから、イルカの『なごり雪』で「……時計を気にしてる……」、あんなことを言いながら別れていく二人なんていないんだよ。みんな「はい、さよならね」とか言って、後から「ああ言えばよかった、こう言えばよかった、時計を気にすればよかった」とかって思うんだよ。本当はね、私たちは、語り合いながら、じっくり話し合いながら別れていきたいものだと思うんですよね。

ば　そうですね。死に際もそうなりたいとみんな思っているんでしょうけれども。

(き)　お父さんともお母さんとも恋人とも、みんなそうだと思うんだけど、そういう「喪」の語り合いの瞬間を提供するのが精神療法の終結期なんですよ。

(ば)　なるほど。

(き)　そういうことを「対象喪失」っていうんですけれども、対象喪失の悲劇を克服することは、それを語り合いながら別れていくことともにあるとわれわれは学ぶので、終結期を大事にする。僕が自切俳人の番組をやったのは、すでに精神分析と出会ってからなのです。僕の歌の中には、『風』や『あの素晴しい愛をもう一度』とか、とにかく喪失や別れの歌が多いけれども、みんなそのことに重きを置いていると言われれば、これは私の強迫観念《オブセッション》であり、人生で教えられたことでもあり、文化から学んだことでもあり、実践でいちばん大事にしていることなんですよね。だから、「立つ鳥跡を濁さず」というわけではないけれども、別れをもってすべてが決定されるように思うんですよね。だから、そういう意味では、今おっしゃったところは私の大事にしているところなので、指摘していただいてうれしいです。

(ば)　私たちはタイプが違うから読者も半々で、抽象的なことが得意な人たちも半分、私のほうの読者にいますから、たぶん、かなり抽象的な会話であっても意図は伝わるとは思います。

(き)　なるほど。そうだよな、なるほど。

同じ方向を見ずに会話すること

ば　うちも紙一重ですから、私と姉なんて完全にいつ病院に行ってもおかしくなかったと思うくらいで、青春時代なんてすごいありさまでしたし、よく言われるように、「えっ、みんなは人の言っている言葉が色で見えていないの？」というふうでしたから。

き　「色で見ていないの？」ってどういう意味。

ば　「人の言葉が色で見えたり色に置きかえられたりしていないんだ」とか。

き　それはこういうことらしいんだよね。幼いころって、耳で聴いたからといって耳で反応しているとはかぎらないんだよ。要するに、聴覚とか視覚だとか触覚だとかが分化してしまったのは大人になってからなんだよ。幼いころは、耳で聴いても目で反応していたかもしれないんだよ。

ば　その癖が残っているんだ。

き　目や耳や何もかもが一緒になって反応していた可能性があるんだよ。だから、低い音がブルーだとかっていうふうに思っているという感じは、じつは、昔はそのようなものがみんな一緒くたになって経験できていたものが残っているからなんですよ。それは、ある意味で、貴重な、特異な体験で、オリジナリティの起源ですよね。私たちは、耳のことは耳でやらなきゃいけないと思いすぎている。この対話もとくに方向を定めていないけどね、せっかくの出会いだから、ほかのところでは言ったことがないこと、考えたことがないことを展開するのがいいと思うんだよね。だから、僕が最初から思っている、ある意味では、典型的な日本人論があるじゃない。表裏があるとか、表裏の使い分けをしているという、わりと古典的な日本人像、多かれ少なかれみんなやっているけれども、それを越えて、その間に何かが生まれるというか、表と裏の間とか、そういう可能性を開いていきたいなと思っているんだけど。

ば　そうですね。

き　さっき、僕も粋とかって言ってるんだもんな。やっぱり、美学がないと生きていけないでしょう。だから、静かに暮らすことと都会のど真ん中で人の思いを引き受けることとの落差が開く。

ば　でも、人前に出たときのきたやま先生のどんどんどんどん前に出ていく感じって、なかなか誰にでもできることじゃないので、やっぱり、才能っていうのはこういうことなんだなと思いました。あとの人がだんだん小さくなっていくんですよね。あの感じは、やっぱり、すごいですね。どんどん反射的に対応するようになり、冴えていくというか。やっぱり、向き不向きですね。

き　それと、身についたものがあるよな。

ぱ　もともとはなかったんですか。

き　わかりません。やっぱり、母親の言うとおりになっているんじゃないですか、僕も、お母さんの。

ぱ　やっぱり親は相当大きいですよね。

き　あなたの言うとおりじゃないですか。普通のお母さんの手のひらの上で。うちの母は、コンサートや講演会をやると入りや出来を普通に心配しているのでしょう。

ぱ　きたやま先生は、日本人特有の並んで同じ景色を見るという共有の仕方について長年かかって実感されているのだと思いますが、それが精神分析をするとき、あるいは、ものを考えるうえで、現実なり、事実が浮かび上がってきたということ以上に何かの解決とか、長年疑問に思っていたことがその考え方で解けたということがありますか？

き　それは、右向け右という感じになりやすいと思うんです。「ジョイント・アテンション」の形式、つまり、親密な他者と同じ対象を見ることで横につながりたいという欲求が実現するところで、肩を並べて同じ景色を見やすいという日本人の傾向で、それで安心感を抱く。花見、雪見、紅葉狩りで、みんなが繰り返しているものの原点は、お母さんと子どもが、川の字文化で、横になって天井を眺めている、絵本を読んでいる、すなわち、同じ夢を見ているという感じだと思うんです。だから、添い寝という状態についてお母さんから聴くとね、生まれたときから肩を並べて世界を見ているというのは子どもの原点で、みんなその状態に戻りたがるんだ、と。それは同じ景色を見ているということが安心感を生み、当たり前のようになってしまっていて、人間は他の景色が見られなくなってしまう。何かが面白いよと言われたら、すぐそちらを見てしまう。それでみんなが同じ方向を向いてしまうというこの国の民族性というか、国民のあり方がある。私たちが西洋へ行ったら、国旗を眺めるとき、国家を歌うとき、みな同じ方向を向きますが、それ以外のときは、みんなが違う方向を向いていますよね。それを当然とするというのは、最初の子ども部屋と親の寝室が分かれているという、違う方向を向いて寝ているということに根ざしています。だから、この国にいながらどこかよその景色を見たいとか、お母さんのそばにいながらまったく違うことを考えている子どものあり方というのは、忘れられやすい、あるいは、子どもにとってそういう状態がいけないことであるかのようで、裏を見るこころのありようには不適切であるという感覚がともなっていると思うんです。だから、子どもが何か違うことを言ったり、変わったことを言ったり、とんでもないことを言ったりすると、すぐにおかしい、変だ、あるいは、外れている、日本人らしくないといった、いろいろな名づけ方があるでしょうが、私たちの感覚の外にあるものとして非常識、非国民といった感覚で、その子の個性的なものの感じ方を取り扱ってしまうので、それが強化されて、違う考え方をする子どもが、こころのありようを自己卑下したり、まずいことのように生きておられる方々がいらっしゃる。それは、お母さんの夢ではなく、お父さんの期待でも、日本人の期待ではなかったとしても、普通にあっていい場合がいっぱいありうるわけですよ。そのことを語り合ったり、お母さんの悪口を言ったり、日本のことをずうっと変だと思って生きたり、家のあり方もおかしいのではないかと疑うようなこころのあり方に関して、その起源を考え、それを彼らの期待に応えていないから悪いことであるかのように感じている。そんなことを誰彼なく話し合っていけば、彼も彼女もほっとしていくというプロセスがあります。あれはあれなりにたしかに一見平和で幸せそうな光景なんだけど、あの外にいるこころのありようのことを想像していただくとね、私たちのところにいらっしゃる方々の悩ましさというのは、ちょっと類推していただけるのではないかと思うんです。そういうようなことが、よくあります。だから、親に対して反抗したい気持ちとか、親の考え方ではぜんぜんないんだけれども、というような思いを抱いている子どもたちは多い。正直言って、ほとんどの子が、小さいころそんなようなことを思っているわけだからね。

(ば)　日本人に顕著なこととして、同じ場面を眺めているということさえ共有されていれば、細かくは問わないのがよい、みたいな部分はありますよね。

(き)　そうですよね。

(ば)　それゆえに、人びとの細かいこころの動きが表に出ないで、鬱積することもあります。

㊔　もう、夫婦なんかでもそう。典型的なんじゃないですかね。結婚式のスピーチなんかでさ、夫婦っていうのはお互いに見つめ合うのではなくて、肩を並べて同じ方向に向くことだ、なんていう典型的なスピーチがある。

㊫　そうですよね、はい。

㊔　僕の友だちの映画監督が、講演会でも言っているから、夫婦をバス停に待たせておいて、同じ方向を向きながらバスがまだ来ないなと言いながら、お互いに会話のないのが日本の夫婦だっていうの。もし、バスの来ることなんか忘れてお互いに顔を見ながら会話をしていたら、それは不倫だっていうんだよね。

㊫　うーん、たしかに（笑）。

㊔　映画監督がものを観察しているものの見方でいうとね、たしかにそうかもしれない。日本の夫婦なんて会話なんかあってたまるか、みたいな。で、日本映画というものを見ていると、夫婦が出てくるとほとんど会話がない。ただ、「今日は晴れているね」というそんな感じ。

㊫　場を共有しているということが最重要。

㊔　そう。景色を共有している、空気を吸っているというのと同じ。そういうありようです。でも、お互いにぜんぜん違うことを考えていることを棚上げにしている、そういうことかな。それは日本文化の持っている強制的な何かある種の人間関係のあり方だ

と思うんですよ。

ば　うん、うん。

き　だから、精神分析って、基本はですね、そのカウチに横になって、よく、ニューヨークの映画なんかで出てくるように、語られて、私はそこに座って話を聴くわけですよね。だから、ある意味、同じ景色、同じ方向を見ないんですよ。精神分析の方法は普通と違う。普通はまあ、こうやって顔を見合わせてくると、何か同じことについて、空間を共有しながら語っているじゃない。でも、精神分析の基本は同じ景色を見ないで、ただこころだけで、あるいは言葉だけでやり取りするという方法をとるんですよ。で、お互い相手が何をしているかとか、どんなことを考えているかは、空想してもらうという方法をとるんだよね。それはある意味ですでに、普通、日本人が人間関係の中ではとることのないあり方を方法にしている。違う方向を向いて、考えているということです。違う方向を向いて考えているコミュニケーション、これはある意味で、異文化コミュニケーションみたいなものですね。

ば　そうですね。たしかに日本の人が一般的に友だちとか、家族に何かがあって、慰めようと思ったら、向き合って話したり、好きなことを言ってみなさいという状態ではなくて、どこかに一緒に行って、ただ、場面を共有するという慰め方になりますもんね。

き　そうですよね。子どものあやし方や、子どもとの遊び方にしてもそうだけど、本当は、「ほら、これ面白いよ、面白いよ」ってね、すぐに何か、「こっち見て、こっち見て」というふうにもっていきやすい。子どもが見ている方向に、何見ているの、というふうにこっちが寄り添うっていうあり方があってもいいし、一緒に二人で世界を探検していくという親子関係があってもいいんだけど、「こっちよ、こっちよ、こっちの大学行ったらどう?」みたいな。「こういう勉強したらどう」っていう。

ば なりやすいですよね。

き なりやすいのは、おもちゃの差し出し方のところからもうあるんじゃないか、という私たちの考えですね。それが、ある意味で、ばななさんのお家は、わりとそういうものがなかったし、なんかこう、何やってもいいんじゃないの、という世界の差し出し方だったのかなって空想するわけです。

ば そうでもなかった。うちは、あんまり子どもの育つ環境としては適切ではなかったと思う。

き 何が適切なのかはシンプルに言えないんだけど。何が適切でなかったの?

ば やっぱり外部と内部というのが、あんまりはっきりとしていなかったような気がしますけどね。守られていなかったというんですか。子どもとして守られていなかったようなところがある気がします。

き 内と外の内側に子どもがいて、お父さんお母さんが外側を守ってというありようじゃなくて。最初から外にさらされていた。

ば　そうですね。そういう感じは何となくもっています。

き　だから、そのあり方が、今日、今回の対話のいちばん最初にやった、内と外の区別があんまりないあり方をつくったんだと思うんだよね。

ば　そうですかね、微妙ですけれどね。

き　裏と表がないというか……。混ざっている。

ば　うん、そこはまあ微妙な気持ちです。ちょっとどういうふうに説明していいかまだわからないんです。

き　よしもとばななのでき方っていう。

ば　そこに最終的に行かないとですね。

き　それだから、自己紹介をしていただかないと。

ば　それは大丈夫です。その場になれば、言葉にできる気がします。

き　だから、ひとつそうなんじゃないですか。だから、内側に子どもが置かれる、子どもらしく内側に置いておいてもらえるというんじゃなくて、結構、もう、外にさらされていた、と。

ば　そうですね、うん。

き　内と外のなさみたいなのが、あなたのパーソナリティの一部を形成した。内と外の間に、境界線《バウンダリー》があんまりない。

ば　はい。それを子どもが望んでいるか、望んでいないかはまた別の話ですよね、環境というか。

き　そうだね。普通はそれで無防備で、そういうふうに守られていないと、外に出ていくときに、まあ傷つきやすかったり、壊されやすかったりするわけじゃないですか。それがまあ、あんまりなかったとしたらですね、それはそれなりの配慮があったんではないかなと想像するんだけどね。

ば　うーん。配慮、うーん。かなり傷つきましたけれどね。

Ⅱ　ストーリーの表と裏を織り込んで

講義

こころの物語を分析する

私は精神分析医として、日本文化の中で精神分析を行なうということをこれまで強く意識してきました。精神分析医の多くが、この仕事と深く関わっていくうえで精神分析を受けるのですが、私もロンドンで精神分析を受けました。もちろん、どのような精神分析もそうなのですが、私の場合はとくに十分なものといえるものではなかった。だからこそ、精神分析を継続することが私にとって大事だと感じるにいたったのだと思います。

私は精神分析を考えるうえで、日本の神話や昔話を活用してきました。この方法にはたいへん大きなメリットがありました。それは、私が面接している患者さんのプライバシーを詳細に報告、公開することなしに、精神分析についての私の考え方を提示できるという点です。精神分析は、人の言動を決定するこころの領域としての無意識を大きく認め、言語的治療に結びつけるものです。それでは精神分析にとって、神話や昔話などの文化はどんな位置を占めているのでしょうか。

私は「文化精神分析学」と呼んでいるのですが、文化に映し出された自分を読むこと、それも日頃見たくないと思っている自分を文化のなかに発見することで、自分のこころの台本を読み取りやすくなるのではないかと考えました。人びとのあいだで継承されてきた神話や昔話という文化の中で、人のこころがどのように語られているのかを知ることで、私自身を、ひいては私を含めた平均的な日本人の無意識を考えるための精神分析の方法として捉えてみたわけです。

日本の神話や昔話には、歌謡曲や現代の流行歌だけでは浮かび上がってこない、日本人独特のこころの物語が表現され、詩的で豊穣な世界が広がっています。神話や昔話の研究は私にとって、精神分析の素材を得る以上の、日本固有の貴重な深層心理学にいたる道へと通じる経験になったのではないかと考えています。

罪悪感はどうして生まれるのか

日本の神話や昔話の中で、人びとのこころのありようがどのように描かれているのか。とくに、「罪悪感」がどのように生まれてくるのかを、これから探ってみたいと思います。私自身、非常に関心を持ってきたテーマということでもありますが、精神分析の成り立ちそのものが罪悪感の心理学といってよいほど、人間の罪悪感と切り離せません。その証拠に、フロイトは、この罪悪感の問題に長いあいだ取り組みつづけ、終生これに苦しみつづけたのです。

罪悪感の発生の仕方について、精神分析家が多くを語り、これを論じてきました。その代表格として挙げられるのがフロイトとメラニー・クライン（オーストリア出身の精神分析家。児童臨床を通じて、子どもの無意識的幻想に着目した対象関係論を展開した）です。この二人の理論を紹介することから、罪悪感について考えていきたいと思います。

次の図の上部の三角形は、フロイトが発見した、父と母と子の三者関係の中で起こっているこころの構造を示すものです（子が娘の場合、〈母‐息子〉の関係は、〈父‐娘〉として考えます）。この三角関係は、正確に言うと、父親を殺した後に、母との近親姦にいたってしまう息子のオイディプス（エディプス）のギリシャ悲劇『オイディプス王』の物語にちなみ、「エディプス・コンプレックス」と呼ばれています。オイディプスは自分が本当の息子であることを知らぬまま、父親を殺して母親と姦淫することによって、「父親殺し」「近親姦」の罪を問われるのです。

母と子の関係は、密着型の、近親姦的なやりとりになりやすい特徴がある、とフロイトは指摘しました。子は母の愛を一身に受け、独り占めしたいと思っている。そうした母と子の密着した関係に割って入り、横やりを入れるのが父の存在です。父に対しては、叱られる、威嚇されるという脅威や畏怖の念を子どもは抱きます。子は父の介入によって、密着していた母との甘い二者の関係を断念させられ、母に対して幻滅してしまうのです。

さらに子どもは、母親に対して悪いことをしているという罪悪感が芽生えます。また、母に対する愛着が強かったがためにかえって幻滅にいたり、母に対して憎しみなど負の感情を抱くことさえある。父親の介入によって子どもは、自分がよい子でありたいと同時に悪い子であるという「両面性《アンビバレンツ》」（同じ対象に対して、好意と嫌悪など、相反する感情を同時に抱くこと）というこころの葛藤を経験します。こうして、よい子でありながら悪い子であるという分裂に直面することで、子どものこころの中から罪悪感が生まれるという奥の深い理論です。

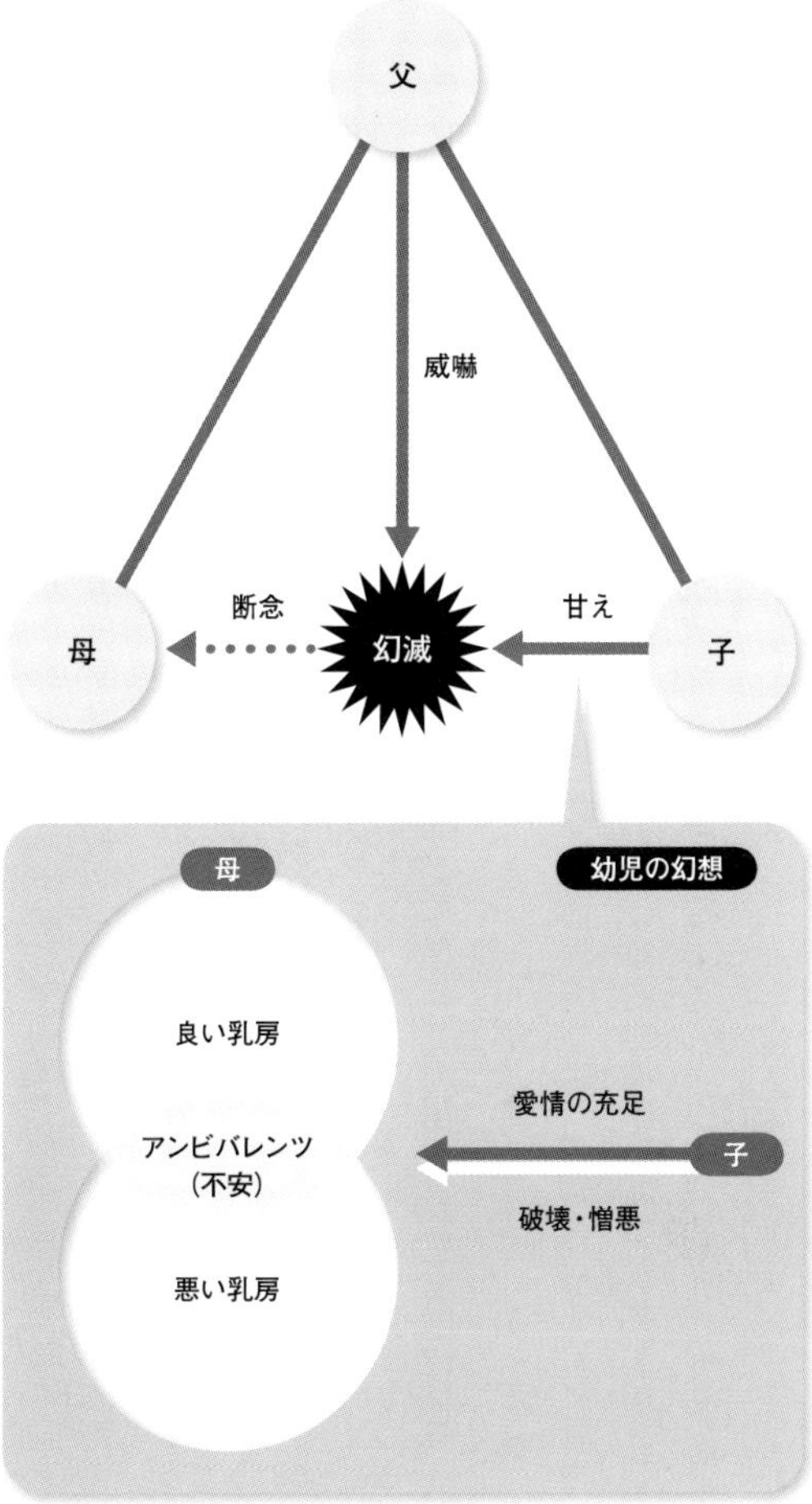

罪悪感の発生を説明する、
フロイトのエディプス・コンプレックスの三角形の図(上)と
メラニー・クラインの「良い乳房と悪い乳房」の図(下)

もうひとりのメラニー・クラインは、フロイトの「エディプス・コンプレックス」に影響を受けながら、乳幼児の子どもと母親の二者関係に焦点を絞った、独自の罪悪感の理論を展開します。図の下部のように、クラインは、母との間で起こっている幼児のこころの構造を考えました。

はじめに乳幼児が愛情やぬくもりを感じるのは、母の乳房でしょう。幼児が生きるために必要な授乳によって、乳児は母から栄養を摂取するばかりでなく、自分の愛情をも満たし、母と一体化する気持ちになっています。このとき、子どものなかで母は、良い乳房という母性の象徴と感じられているのですが、自分が乳を吸うことで、自分の良い乳房＝母というイメージ（幻想）を破壊し、傷つけてしまっていると、幼児はときに感じるのです。お腹がすいているはずなのに、乳児が授乳を拒む場面も、そのようなことが起きている場合がある。つまりここでは、乳幼児が母を愛しているにもかかわらず、自分が攻撃する、憎む、傷つけるという、こころの事実に直面しているのです。クラインの理論では、母親に対する行動や言動が主な症例として扱われていますが、母をすごく愛していると同時に、母なんか死んでしまえと言ってしまったり、感じたり、思ってしまうという不安、良い乳房と悪い乳房の間で葛藤するために、罪悪感が生じているのです。

大人にしてみても同様に、愛しているにもかかわらず、相手を嫌ったり、憎んでいるような態度を示してしてしまって、相反する二つの感情の板挟みになってしまうことが多々ありますね。愛しているにもかかわらず、その相手を自分が傷つけてしまう矛盾に直面するとき、人は「ああ、悪かったな」と痛感する気持ちが自分の中から芽生えてくるわけです。

わかりやすい例として、ヴィクトル・ユーゴーの小説『レ・ミゼラブル』（『あぁ無情』）の話があります。絵本やミュージカルなどでもお馴染みの話です。主人公のジャン・ヴァルジャンはある日、愛する神父の銀食器を盗んでしまう。その罪を問われ、憲兵に連行されるジャン・ヴァルジャン。ところが神父は、あれは自分があげたものだと告げて、彼を放免させるわけですね。そのうえ、ジャン・ヴァルジャンに対して、彼が盗みをはたらいた銀の燭台を差し出すという場面があります。あの神父さんに許してもらったとき、悪かったと感じるというふうに理解されがちですが、そうではありません。あの愛している神父を自分が傷つけてしまったということに直面して、罪悪感に苦しむのです。決して憲兵に罪を叱られたから悪いと感じるわけではありません。なるほど、神父との関係において、主人公のこころの中で罪悪感が生まれるのだと納得させられます。

フロイトの「エディプス・コンプレックス」における母と子の関係でも、こころの二面性の葛藤が生じていますが、フロイトとクラインの理論を比べてみると、母と子の関係で起きる罪悪感の考え方が異なっていることがわかります。フロイトの場合、母と子の間に、父という第三者の存在が介入することによって子どもに罪悪感が生じます。いわば、外側から暴力を押しつけられるかたちで、子どもに罪悪感が芽生えるのに対し、クラインの場合は、罪悪感というものが外側から押しつけられるものではなくて、子どものこころの内側から生まれるものである、と考えます。子ども自身が母に対して抱く幻想のなかで罪悪感が芽生え、不安を覚えている。

フロイトとクライン、この二人の大きな理論と出会うことで、私は三十年間、精神分析における罪悪感の研究を進めてきたのですが、私自身の、また日本人にとっての罪悪感を考えるうえで、日本神話や昔話は豊富な材料を提供してくれます。

『古事記』の中の「見るなの禁止」

フロイトがギリシャ神話に材をとったように、人類の、人間の無意識に繰り返される「こころの台本」が広く共有された例として、日本の神話というものが位置づけられるのかどうか、それを『古事記』に探りながら、罪悪感について考えてみましょう。神話は、私たち日本人のこころに通底する台本の基盤ではないかと思い、日本誕生の神話である『古事記』を調べてみたところ、フロイトとクラインの理論から学んだこころの構造が、この神話の中でも語られていることがわかります。『古事記』の上巻《かみつまき》の冒頭にある「イザナキ・イザナミ神話」という国産み神話をみていくことから始めましょう。

天と地がはじめて別れたとき、さまざまな万物、自然の神々が出現してくるのですが、最後に、完全に人のかたちをしたイザナキ（伊耶那岐神）という父神とイザナミ（伊耶那美神）という母神、二人の神が産まれてきます。人間の男女と同じですね。この二人の神は、「天《あま》つ神《かみ》」たちから、かたちのない地を国土として整えなさいと命じられます。そこで、天地の間に架けられた橋のうえから何かを海水に滴らせてかきまわすと、オノゴロジマ（淤能碁呂島）という島ができた。この島に降り立ったイザナキとイザナミは、日本の国々（島々）や神々を次々と造っていくのが「イザナキ・イザナミ神話」です。

『古事記』が面白いのは、イザナキとイザナミが失敗した子ども（島）も造っていることです。二人は失敗したことを天つ神に相談しにいくと、「女が男より先に求婚するのはよろしくないのだ」と諭され、もう一度、結婚をやり直します。今度は、男のイザナキから先に声をかけ、イザナミと結婚することで、淡路島や四国、九州など、次々と日本列島をかたち造っていくのです。

これだけでも、『古事記』の世界が、たいへん不思議な、想像力に満ちた物語であることがわかりますが、日本の国土を産み終えたイザナキとイザナミは、ものすごい数の神々を産んでいくことになります。イザナミは最後に火の神々を産むことになるのですが、イザナミの女陰《ほと》、つまり生殖器から火の神々を産むことでたいへんなやけどを負って病いに伏し、とうとう死んでしまいます。この火は、子どもをたくさん産むことによる大量出血を指すものと解釈することもできるでしょう。

当然、イザナキはイザナミを失ったことで悲嘆にくれて、死者の世界である黄泉《よみ》の国に隠れたイザナミを訪ねます。イザナミが訪ねるのは、イザナミが黄泉から還ること、すなわち「よみがえり」を期待してのことだったのですが、ここから「イザナキ・イザナミ神話」は悲劇へと転じます。

黄泉の国にやってきたイザナキは、「私とおまえで造ったこの国は、まだ造り終わっていない。

だから完成するために、還ってきてくれないか」と、イザナミに向かって懇願します。するとイザナミは、「私は黄泉の国の食べ物を口にしてしまった。しかし、愛しいあなたがここまでやってきたのは恐れ多く、還りたいと思うので、黄泉の国の神に相談してきましょう。私の姿を決して見ないでください」と言い残し、奥へと隠れてしまいます。ここでイザナミは、「な視《み》たまひそ」、つまり「見てくれるな」とイザナキに禁止を課します。しかし待ちわびたイザナキは、「見るなの禁止」という禁忌《タブー》を破って、ひとつ火を灯して奥へと入っていったところで、とんでもないものを発見してしまう。それは愛するイザナミの腐乱した死体だったのです。

　イザナミの死体の周囲にはさまざまな雷《いかづち》の神が取り舞いている。そのありさまを、イザナキは「見畏《かしこ》みて逃げ」帰ってしまう。イザナキは、イザナミの死体をそのままに、見捨てて帰ってしまった。するとイザナミは、「よくも私に恥をかかせましたね」と、黄泉国の醜女《しこめ》を遣って、イザナキを追いかけさせるのです。「見畏みて」まではいいのですが、そこでイザナキに逃げられ、恥をかかされたとイザナミは怒っている。イザナキは追っ手の醜女たちを撃退し、さらに、イザナミの死体から生まれた雷の神々の追っ手をも、黄泉比良坂《よもつひらさか》で払いのけるのですが、最後には、イザナミ自身が追いかけてきます。この様子を画家の青木繁《あおきしげる》が次のように描いていますが、黄泉比良坂は死者の国と生者の国の境となっています。この坂に壁をつくることで、イザナキはイザナミを完全に死者の国に閉じ込めてしまう。

　ここで、イザナミに課せられた「見るなの禁止」について考えてみると、クラインが考えた、幼児の幻想のなかの母親像と重なることに気づきます。イザナキは、次々と国々や神々を産み

青木繁
《黄泉比良坂》
一九〇三年
東京藝術大学所蔵

落としていく生産的なイザナミに対して、母親的側面を見ていたと考えられる。母親が国々や神々の子どもたちを生産していくと同時に、自分の身体を傷つけてゆく。そんな母親の姿を、見たいようで見たくないというアンビバレンツがイザナキのこころのなかに発生し、葛藤するからこそ、「見るなの禁止」をめぐるイザナキとイザナミの悲劇の物語が成立しているのです。

きれいはみにくい、みにくいはきれい

イザナミを封じ込めた後、イザナキは、「穢《きたな》き国」を訪ねたということで、身につけていたものを捨てたり、水の中に入って身体を清めるなどの禊《みそぎ》や清め、お祓《はら》いを行ないます。汚いものをきれいにしようとするのですね。この禊をすることで多くの神々が生まれるのですが、最後の禊として目や鼻を洗う場面があります。イザナキが黄泉の国の穢れを見た左目を洗ったときに天照大御神《あまてらすおおみかみ》が生まれ、やはり黄泉の国の穢れを嗅いだ鼻を洗うと、スサノヲ（建速須佐之男命《たけはやすさのおのみこと》）という神が生まれるのです。イザナキ・イザナミ神話は、日本で最初の不潔恐怖の記録だったのではないかと言われていますが、たしかに不潔を恐れる人間のこころがよく描かれていますね。きれいな水ときたないものが出会う禊のなかで、またきれいな神々がそこから生まれてくる。つまり、清めは、きれいときたないが見分けのつかないものであることを表していますが、イザナキは、イザナミの死体をそのままに逃げ出した罪悪感を解消したいがために、禊にいそしんで、きれいな水で流そうとしているとも読めます。

ところがイザナキの罪悪感は、禊で生まれたスサノヲへと引き継がれることになるのです。スサノヲは、いわばイザナキがイザナミに対して犯した原罪に苦しむかのように、大人になるまでずっと泣きわめきつづけます。イザナキにその理由を問われると、「私は亡き母のいる国に行こうと思って泣いている」と答え、イザナキから追放されてしまうのです。

イザナキが解消しようとした罪悪感は、いわばこころの「醜いもの」「穢（汚）いもの」であると解釈することができます。イザナミのように、豊かで次々ときれいなものを産み落としてくれた母神が、醜い面をさらけ出して腐ってしまう姿に幻滅して、そこから逃走してしまう。あるいは、はじめは生まれたてのきれいなスサノヲの行動に幻滅していき、やがてはスサノヲを追放し、排除しようとする。そのときのこころの痛みを「みにくい」というのでしょう。よいもの、きれいなものと感じていたこころが「見にくい」こころとなり、「穢い」こころになっていく。また、イザナキがイザナミの死体の汚さを前にして、思わず逃げ出してしまったように、イザナキはスサノヲの「みにくさ」に対して、嫌悪感も抱いたのでしょう。

この嫌悪するこころの困難をどう克服すべきか。これは臨床心理学や精神医学、精神分析の問題として私が考えつづけている問題です。こうした「みにくい」こころ、「きたない」こころを、日本人はどのように処理しようとしてきたのでしょうか。

ひとつは、イザナキがイザナミを閉じこめるように、穢いもの、醜いものとして閉じこめてしまう、日常的な禁忌にしてしまうという方法があります。出産して死ぬかもしれない危機的な母親を、実際に産小屋に隔離してしまう。産小屋とは、生理やお産の女性が隔離された小屋のことを指しますが、母子の出産、産死における「見るなの禁止」といってよいでしょう。『古事記』と同様にして、多くのお母さんが出産をし、それも過剰に出産したりすることで死んでいったのではないか、ということが考えられます。多くのお母さんが死産ないし産死と隣り合わせでこの危機的事態を迎える状態を、産小屋として隔離したという歴史的事実が残されています。全国各地にこの産小屋が存在し、大正時代まで使われていたという記録さえありますが、記録によれば、お産は穢れたものということで隔離されて、こういう小屋が扱われ、位置づけられているようです。やはり人にとって出産が、忌避すべき恐ろしいもの、みにくいものであることがわかります。出産における「見るなの禁止」は、深層心理学的にも非常に根深い問題として残っている。

みにくいものが動物になる

この「みにくいもの」を物語として解決するために、『古事記』の禊や清めのほかに、主人公の男性が、相手の女性を動物化して排除するという昔話の方法があります。あいつにはタヌキやキツネが憑いたんだと言って、もともと動物だったんだという排除の論理があります。やはり、女性の出産する場面を男性が見たくないものとして扱い、「動物化《アニマライゼーション》」の物語として処理することが、昔話には多く見られる形式です。きたないもの、みにくいものを自分のこころから排除して動物にしてしまうことで、こころをきれいさっぱり、きれいなものにしたい心性で

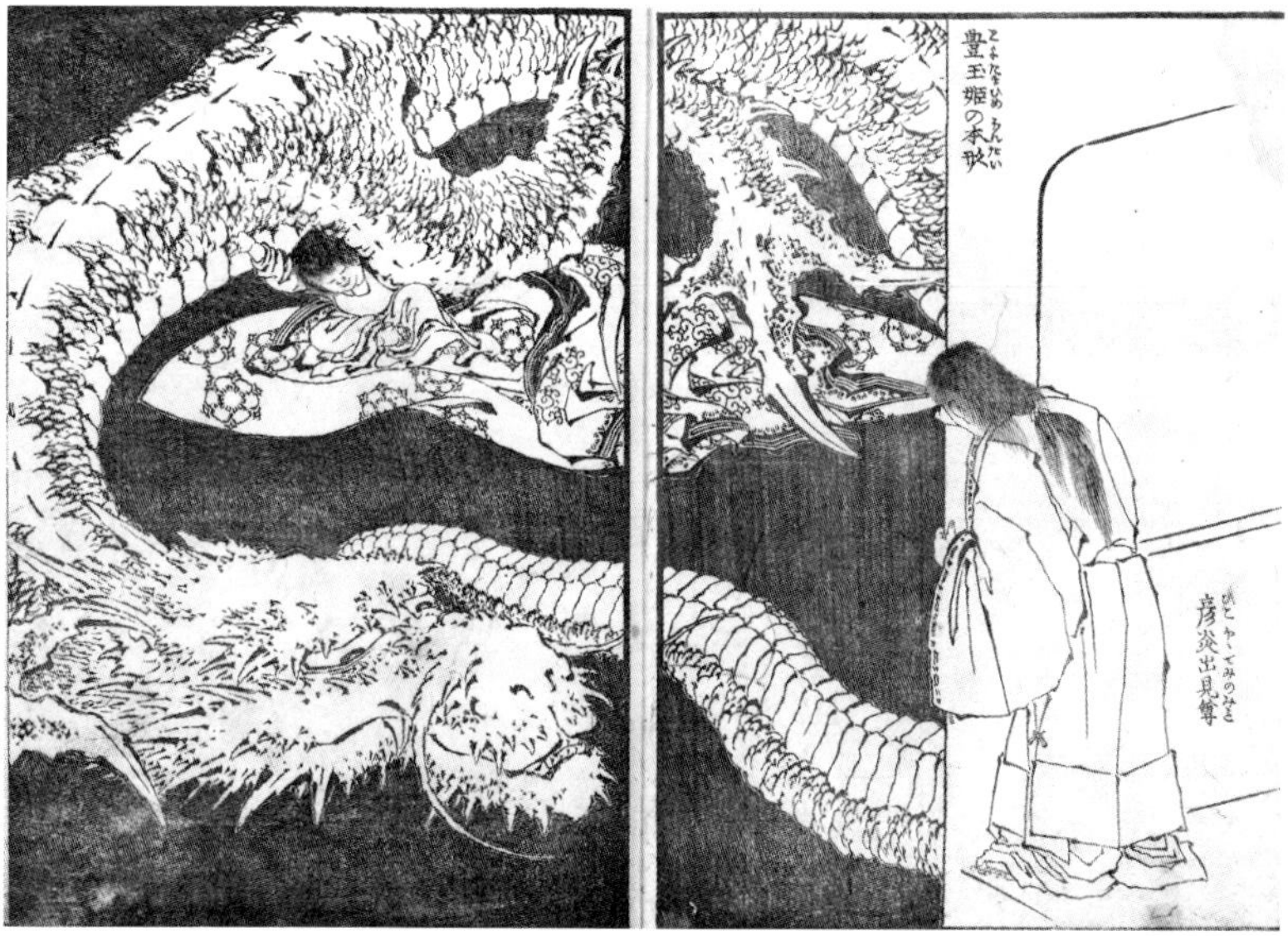

葛飾北斎
《和漢絵本魁》
一八三六年
墨田区蔵

しょうか。

葛飾北斎《かつしかほくさい》『和漢絵本魁《わかんえほんさきがけ》』の絵は、『日本書紀』の豊玉姫《トヨタマヒメ》神の説話を描いたものです。この絵のなかで、生まれてきたばかりの赤ん坊が描かれていますね。出産する妻が入った産屋を夫が覗いてみたら、妻の姿が龍に変わってしまっていた（『古事記』では、豊玉毘売命《トヨタマビメノミコト》は大きなワニの姿に変わる話になっています）という場面です。やはり最初に、妻が「見るなの禁止」を夫に課して念を押しているにもかかわらず、夫に覗かれてしまう。私は強い動物であるはずの龍が、牙を抜かれたかのように、何かもの悲しく、恥ずかしそうな目つきで、夫のほうを見ています。

「見るなの禁止」の昔話としてもっとも有名なのが、覗いてみたらツルだったという「鶴女房」（『夕鶴』『つるのおんがえし』）のお話でしょう。

木下順二の戯曲『夕鶴』では、村に住む男性の主人公「与ひょう」のもとに、「つう」という女性が、いわば「おしかけ女房」としてやってきます。つうが機織《はたお》りをしてできた「鶴の千羽織」という美しい布が評判を呼びます。与ひょうは、つうから、「機を織っているところを決してのぞいて見ないこと」として、「見るなの禁止」を課されています。しかし、もっと布をつくったら儲けさせてやるという提案に目がくらんだ与ひょうは、つうに、もっと布を織ってくれないと一緒に暮らせないと脅し、つうに機織りを強要します。泣く泣くつうは、ぼろぼろの体を酷使して機織りをしますが、他人に覗かれてしまい、ツルが機を織っているという言葉を耳にした与ひょうはついに、つうの「見るなの禁止」を破り、自分の目で確かめてしまうのです。

これは、『つるのおんがえし』の絵本から掲載したものですが、ツルが出血しながら機を織り、

そこには　むすめは　いなくて、おおきな　つるが
一わ、くちばしで、じぶんの　わた毛を、ぬいては、
糸に　はさみこんでいるではないか……。
はたの　おとは、ぷっつりと　やんだ。

『つるのおんがえし』（絵・太田大八）にっけん教育出版　二〇〇三年

体を痛めていますね。つうは自分の羽を犠牲にして、与ひょうのために懸命に布を織っている。これは足を広げて、ツルが出産をしている場面ではないかと想像します。出産しているように、鶴は出血し、傷つきながら布を織り上げている。産屋と同じく、「見るなの禁止」として『夕鶴』も描かれています。

『夕鶴』の与ひょうも、つうという女性が見られたくない、見られたら恥ずかしい場面を覗くという「見るなの禁止」を破る点では、『古事記』のイザナミと同じく、「みにくさ」「きたなさ」が描かれていると言えるでしょう。しかし、「イザナキ・イザナミ神話」と決定的に異なるのは、『夕鶴』のつうがとても美化されたかたちで、終わりを迎えることです。イザナミが醜女たちとともに怒って追いかけてくる恐ろしい姿とは全く対照的です。つうは、主人公のもとを美しく去っていくという方法によって、与ひょうは、あたかも自分が感じるはずの罪悪感に気づかぬままでいるかのようです。

罪悪感は「すまない」物語である

与ひょうは、周囲の村人とは違って、最後の最後まで、つうがツルであったことに気づかない人物のように描かれています。もっと布を織ってくれとつうに頼む場面でも、はじめのほうこそ言い出しにくそうにしている与ひょうですが、ついには開き直って、つうに機織りを完全に強要するようになっています。

物語の中盤で、じつは私は昔、お前に助けられたツルだったんだということを、つうが独り言として回顧する場面があります。『夕鶴』における、次のつうの台詞に注目してみてください。

「あんたはあたしの命を助けてくれた。何のむくいも望まないで、ただあたしをかわいそうに思って矢を抜いてくれた。それがほんとに嬉しかったから、あたしはあんたのところに来たのよ。そしてあの布を織ってあげたら、あんたは子どものように喜こんでくれた。」

木下順二はここではっきりと「子どものように」という言葉を使っていますが、夫婦関係としてのつうと与ひょうに、明らかに母子関係が入り混じっていると読めます。他にも、眠りはじめた与ひょうに「何か掛けてやる」場面があることからも、母親的なつうが、子どものような与ひょうをあやしている光景が目に浮かんできます。与ひょうは、つうのことを、自分が助けて介抱した鶴だとはまったく思いも寄りません。おしかけ女房としてやってきただけで、頼めばいくらでも布を織ってくれる女性として、好意に甘えるばかりです。ここには、クラインが母子関係で考察したような罪悪感が見られるでしょう。与ひょうにとって、つうは自分が甘えるだけ甘えられるよい女房です。自分のわがままのせいであっても、命を縮めるつうのことを、機織りができなくなる悪い女房と考えてしまう。与ひょうがつうに対して抱く、よい女房と悪い女房の割り切れなさ、すまなさこそが罪悪感であり、クラインの良い乳房と悪い乳房の間の葛藤、根深いアンビバレンツがあると思うのです。

「はかなさ」と「すまなさ」の間を生きること

『夕鶴』のつうは、きれいに主人公のもとを離れて、はかなく消えていく別れ話として終わっています。ハッピーエンドで終わっていない。日本人はそこにやはり美しさを感じてしまうのでしょう。茫然と立ち尽くす与ひょう。つうの恥とはかなさ、美しさばかりが物語で際立っています。

しかしここで、女性のつうが一方的な被害者で、男性の与ひょうが加害者だという決めつけはしないでおきたいと、精神科医の私は思うのです。これは男女にかぎらず、女性にも起こりうる男性的なこころのアンビバレンツの傾向と考えることができるからです。つまり、相手に侵入して傷つけておきながら、最後はすまなかったと思う。けれども、すまない、すまないと言っては、同じことをまた繰り返してしまう。これを私は、日本人の男性的自我の傾向と呼んでいます。

たしかに、去っていくものははかなく、とても美しい。私たちはつい、このはかなさに同一化してしまいがちです。つまり、こんなふうに死にたいと思う。私が診ている患者さんの中にも、私はつうのように潔く死にたいと、はかなく死ぬことを美化する人がいます。そうなってくると、誰も彼もみんなはかなくどこかへ消えていってしまうんですね。

みんながはかなく消えていく。居座ったつうは誰一人としていない。これははかなく消えていくことこそ、みんなに愛される存在だと言わんばかりですね。自殺者の心理でもあるのではないでしょうか。「立つ鳥跡を濁さず」というとおりだと思うんですね。煙のように消えゆくこと。はかないことは美しい。

ここでひとつ、姥捨て山伝説を紹介しておきます。姥捨て伝説は、その名のとおり、老婆が山に捨てられて死んでいくというお話で、深沢七郎という作家が『楢山節考』という小説でそのことを描いています。

老婆のおりんは、息子の辰平におぶさりながら、こう言われます。登山のさいに雪が降りはじめるんですね。「運がいいや、雪が降って、おばあやんはまあ、運がいいや、ふんとに雪が降ったなあ」と言って、辰平は楢山へ祖母を置いて下山していきます。これも死者の醜い体を覆い隠してくれる。それを雪が降ってくれることで成就した、可能にした。だから運がよかったと言っているわけです。でも、雪なんて降りませんよ。ほとんどの場合、雪は降らない。雪が降ったように語るんです。ですから、ここにも、日本人の美学としてはかなさ、潔さがある。潔い対象になっている。日本人の自殺はクリーン・エンディングっていうんですが、まるで日本人にとってはハッピーエンドさながらですね。

人の世話になりたくない。人の世話になるくらいだったら死んでやると思って、一生懸命働き、日本のためあるいは家族のため、そして、自分の家が立ちゆかなくなったら死んでゆこうとする。そう考える人も多いのかもしれません。そうした人たちは、周囲にすまなかったと、罪悪感を手放して死んでしまう。そうすると、その罪悪感を引き受けてしまう子どもたちは、また「自虐的世話役」（自己犠牲を払ってでも、他人の世話をしようと振る舞う人を指す）になってしまうのです。『古事記』のスサノヲもそうですが、夕鶴の物語はまた夕鶴を生みつづけることでしょう。これはなぜかと言うと、悪かったと、すまなかったと思うこころが、与ひょうの中に残り続けるからだと思うのです。この繰り返しの「すまなさ」が、また「すまない」物語を生む。『夕鶴』の物語がハッピー・エンディングでないということは、この話が永遠に「すまない」物語として、日本人の心の台本のように、繰り返し続けるということです。

私はこれからの時代、老人が増えて、私たち団塊の世代に対するプレッシャーがたいへん大きなものになると思います。もし私たちのなかに、「はかなさ」という心の台本が繰り返され、人生をついそのように送ってしまうとしたら、それをもう一度ここで考え直してみる機会が必要ではないかと思う。美しいと感じ、愛し続けてきた「はかなさ」を手放すことは、なかなか難しいことでしょう。しかしながら私は、「はかなさ」よりも「すまなさ」のこころの反復に踏みとどまることが重要だと考えてきました。

精神科医は、「はかなさ」に逃げ込むわけにはいきません。「はかなさ」を取り扱い、理解しようと努める一方で、「すまなさ」にも耳を傾けつづけなくてはならない。「見畏《みかしこ》みて、逃げず」のあり方ですね。日本人特有の罪悪感があるのだとしたら、それを徹底的に自己を通じて分析していく。それが何であるのかをきちんと取り扱い、それをおそれることなく、引き受けていく。いわば、「すまなさ」と「はかなさ」を織り込んで生きることが、精神分析医の役割だからです。

対話

雑草のように生きることが難しい

よしもと　はい、非常に納得。ただ納得して終わっちゃだめなんだけど（笑）。今回は何か、新しい考え方をひとつ、読者に提示していくというのが大切なことだと思うんです。前回は、たしかに日本人ってそうだよねーって、本当だ、本当だ、というところでいいと思うんです。潔く、さっといかないということ。あとはたとえば、「はびこる」とか、「しぶとい」とか、「生き抜く」とか、そういう感じを、たぶん、こう例えていったら、やっぱり雑草のようにというんですか、雑草のような生き方の方向性をやっぱり日本人はもう一度持つといいんじゃないかなというようなことをいろんな角度で提示できるといいですよね。

きたやま　そうですよね、そうですね。

㋩　今回は、読む人に役に立つようなことを話しあえたら、と思います。

㋖　そうですね。だから悲劇の終わり方のね、結局、自分の醜いところがさらけ出されると逃げていく、あるいは、恥ずかしいといって消えていく。あの終わり方はたしかに美しいけれども、今おっしゃった「雑草のように」というのは、図々しく、ふてぶてしいということで、はかなく美しく生きるということに反する生き方だよね。

ば　そうですね。またそれを日本人がどこまでできるか、たとえば土地がいくらでもあって、どこかに逃げていけば何とかなってしまうという状況じゃないですよね。また性格的にも、そんなことするくらいなら死んじゃうってなっちゃうのが日本人ですよね。舞台裏を見られたら終わりだ、みたいな感覚は、たぶん欧米の人にもあるけど、日本人に特有の、舞台裏を見られたらもう消えたほうがいい。それは極端に強い感情ですよね。原節子はその後表に出てこないですもんね。エリザベス・テイラーみたいにならない。やっぱりあれをみんながよしとする美学があります。

き　うん。だからね、本当、そういうふうに口では言えるんだけれども、政治家たちを見ていると、失言が表に出て、自分のみっともないところが公開されたとたんにね、みんなあそこで消えようとする。

ば　そうですね、本当に消えちゃいます。

き　消えちゃいますよね。それはむしろ消されると言っていい場合もある。最近、私の友人で亡くなった芸術家がいるんですが、なんか最後のところで、潔く、まあ本当に清潔にという言葉どおりに消えようとする。これはもう本当に、物語が反復され、再生産されるという、ものすごい強制力だろうと思うんですよね。「雑草のように」と簡単に言ってみても、難しいことですよね。

㋫　なかなか難しいし、あとやっぱりこの間もちょっと話題に出ましたけど、私は今の子どもたちを見ていて生々しく感じるのは、もう私たちの世代でやってきた、戦後の、アメリカの文化を受け入れればとりあえず表向きいい感じだよっていう、まあある意味洗脳のようなものから、ものの影響を受けた二代目三代目ですから、劇場型っていうんですか、人生の。それが極まっているように思えます。

㋖　やっぱりそうですか。

㋫　もうひどいことになっているように思えます。

㋖　教えてください。どんなふうにひどいことになっているんですかね。

㋫　というか、私たちは知的にいろいろ考えて、親御さんもしっかりしているような人たちに接することが多いので、普段忘れているんですけれども、もう、字が書けないとか、十二歳で妊娠とか、そんな話ばっかりですよね、一歩世間に出ると。こんなに多いのかと思う。それで、お化粧しなきゃ外に出られないという子どももいて。これはやっぱり、表向き、テレビに映っているようなこととか、雑誌に出ているようなことが本当だって、こころから思っているという人、あるいは、その前の前の代でいいますと、こういう生活をしていたらこういうことに触れなくてすむという感覚が、極端な人が相当にいるんだろうなっていうふうに思うし、そういう人たちだったら、それがなくなったら、もう死ぬしかないって追い詰められ方をしちゃいますよね。

ⓚ ああ、つまり、今おっしゃったのは、舞台の上とか。
ⓑ はい。表向きの姿とか。自分をモニターで見なれている世代。
ⓚ 表向きとか。スポットライトを浴びたときの、要するに立ち居振る舞いとか。
ⓑ そうですね。日本人の共有する文化と、強制された欧米型のスタイルがちょうど難しいかたちで混ざり合ってしまって、その矛盾が自殺者とか病人を生みやすいんじゃないかなというように現場として感じられるというか。先生のほうが最前線ですが、私は日常の中で感じますね。
ⓚ だから、劇場型っていうふうにおっしゃったけれども、僕もそうですね。
ⓑ 自分をフィクションにしちゃうということですね。
ⓚ もともと日本人には、その劇的な人生の考え方があって、表と裏、本音と建て前、あるいは粋、わび、さび、いなせとかですね、とにかく見た目美しく、外側はとにかく大事で、中身は別物だったりするみたいなそういう文化のあり方を提案してきたところがあるんだけど、そこにさらにアメリカ的なものが加わって、余計に、かえってそれが強化された。
ⓑ そうですね、そんな気がします。それが二代三代になって、もっともっと強化されているという感じが、今の若い人たちとか子どもたちを見ているとあります。
ⓚ そうですよね。だから、逆にそうだとすると、表と裏のいちばん健全なあり方と

いうのは、裏で支えあったうえでの表であって、あるいは楽屋裏を共有している仲間同士のある種の連帯感があったうえでの格好のつけ方であったわけだけれども、中身がないうえに、急に表がなくなってしまうと、外にも内にも居場所がなくなって孤立してしまったり、連帯感を失ってしまったり、外れてしまったりするという、恐怖が進行していることになりますよね。

ⓑ　そうだと思います。日本人って徹底的にやるときはやるから。私は興味があってセレブ的なものを見比べてみたことがあって、つまり、欧米のセレブと日本のセレブの。そうしたらやっぱり欧米のセレブは、こなれているから、それこそ、長年の文化の中で。完璧な服装で鼻をかんだりするし、あと、意外にストッキングにぴーっと線が入ったり人間味があるんです。こういうところはやっぱりさすがだなと思うんですけど、日本人はね、もう完璧にやっちゃうんですよね。潔癖に。

ⓚ　そうですよね。

ⓑ　だから、鼻もかまないし、トイレも行かないし、やぶれたら誰にも気づかれないように、そっと着替えてくるし、そのためには、鞄の中にいつももう一枚ストッキングが入っているみたいな状況も隠していますよね。あれはやっぱり、こなれるまでにいたらないで無理に取り入れちゃったから、矛盾が生じているんだろうなと思います。

文化と幻想のはざまを生きる

㋖　文化というものにどの程度重きを置くかという話なんですけれども、宗教を含めてですけど、文化というものを非常に尊重しておられるのがユング派ですよね。私たちフロイト派は、文化、文明はそれなりに評価するけど、結構怪しい部分を大量に持っていて、どんな理想的な文化も人びとの不平を生む、最終的には悪さもするというようなところがあって、あまり文化に対して楽観的ではないんだな。だから、さっきから言っているように、日本人らしさだとか、日本人の創造性だとか、それは一方では大事な人間の価値の高いことなんだけれども、しかし、創造的であることがそんなに健康かというと、そうでもないように思うんですね。表現活動って、とても楽しい部分を持っているけれども、一方では、それで悩むし、苦しむし、限界もあるし、表現すればすっきりするかというと、また悩ましさも引き受けるわけで、あまり文明や文化活動に楽観的ではないんですよ、フロイト派は。ユング派の先生は、日本人のことだとか宗教的なことに対して、一定の評価を置いておられると思うんですよね。私たちは、どんな文化でも結局は人間を悩ませる、苦しめるという部分は、棚上げ、あるいは先送りはするけれども、結局舞い戻ってくる問題だと思います。フロイトとユングは、ある意味で人間の違いと言ってもいいんですよ。フロイトはすごいまじめなんだよな。えらいまじめな人で、最後の最後まで科学者であるということに自負と誇りを持って、最終的には自説がやがて科学的に証明されることを考えていたように思うんですけど、ユングは、どこか彼自身シャーマンみたいなところがあって、あえて言うなら、どこかでいい加減な人という印象ですかね。病気も抱えておられたんじゃないでしょうか、彼自身が。だから、ぜんぜんパーソナリティが違うと思う。でも、信用するか信用しないかとなると、フロイト学派ですから僕はフロイトの言っていることのほうが信用が置ける。特にペシミスティックであるというところね。

㋩ イメージ的には、ユング派の先生たちのほうは、ちょっと夢見がちですよね。ユングだけに夢見がち。

㋖ 楽天的であることは治療的ですが。おっしゃるとおりなのでしょうね。

㋩ 気分はよくしてくれるんだけど、でも、「今日のところ気分はいいね」というところになっちゃうことが多いように思います。手塚、藤子と言ってもいいでしょう（笑）。

㋖ なるほど、そうかもしれないな。手塚と藤子の違いと言ってもいいかもしれない。だから、その二人は、なかなか共存しないんだよな。また文化がいちばん話題になるところなんですけれども、フロイトにとっては、文化というものは幻想でしかない。人が生まれ落ちたときによるべなさを経験する。本当にひとりでは生きていけない。話を整理すると、人間にとって育児という文化がなぜ必要かというと、哺乳類の中でも、人間の子どもが、残念ながら未熟なままで生まれてくるからですね。馬や鹿の場合、ある程度成熟したかたちで生まれ落ちたら、ほどなくして歩きはじめるわけですよね。食べ物も自分で獲りにいくことができたりする。でも、人間の子どもは食べ物を獲りにいくことができない。そんな状態なのに、人間の子どもが早く生まれるようになったのは、乳児の頭が大きくなりすぎたから、お母さんが直立歩行をしたからといろいろな説があるんですが、とにかく未熟なままで生まれてきてしまう。それで、その未熟な子どもが生き延びるためには、人工の保育器をつくらなくちゃいけない。未熟児を成長させるための真綿みたいなものが必要になる。この人工の保育器が文化なわけです。この保育器が一種の錯覚を生む。ある意味で、子どもだましという構造を生むわけですよね。子どもだましでしかないので、私たちは成長するにしたがって、子どもだましにだまされていたということに気づくんだけど、ある一定期間はしっかりとだまされて成長せざるをえない。このある錯覚とは、たとえば子どもにとってのお母さんがわりを果たしてくれる毛布の端っこだったり、今お子さんがいらっしゃるからおわかりでしょうが、お母さんがわりになる人工物がまわりにいっぱいつくられる。フロイトはわりとペシミスティックに「しょせん、これは子どもだましなんだ。幻想でしかないんだ」ということを強調したんだけど、ウィニコットは、「ある一定期間、この幻想がなくては人は未熟な状態から大人になることができないんだ。だから、このおもちゃ、あるいは文化というものは、錯覚、イリュージョンとして成長のために必要である」と言って肯定した。ウィニコットの立場は中間的なもので、私もそうですが、矛盾した考えを何とか取り持とうと二重性を生きることを肯定しています。子どもから青年期にかけては、その幻想は欠かすことができない、文化には「人を育てる」という意味があるんだけど、育む装置として文化があるというのがウィニコットの文化論なんですね。

「表と裏」で二面性を解消する

㋖　僕、三十年前に「自切俳人」という名前を名乗ったときから、あるいはその前から、パーソナリティが二重であるということにずっと関心があるんですよね。だから、あのときに『ジキル博士とハイド氏』（スティーヴンソン作。人間の内面に潜む二重人格を描いた小説として有名）から芸名をとったのも、こんな関心事からなんですよ。

㋩　なるほど。

㋖　僕は京都の駅前で育ったんですよね。これはデリケートなことなんだけれども、京都の駅前というのは、差別というものが根強く残っている地域だったんですよね。人間の営みの中で、屠殺といった出血や死にまつわることに手を染めている人たちを差別の対象にしていたでしょう。その差別の対象になるのが、私の友だちや知人であったり、地域の方々だったので、私は「何でなんだろう」と疑問を感じました。精神分析に関心を持ったのはこのことが最初だったんですね。こころのメカニズムとして、「差別ということがどうして行われているのか」ということにすごく関心があった。その理由を解き明かしてくれる心理学や精神医学といったものがないか、僕はそういうものを求めていたんだと思う。ところが、そのことについて考えたり研究する学問があまりなくて、精神分析だけがタブーに関心を寄せているように思えた。もうひとつ、私のこころをとらえたのが、メアリ・ダグラスの『汚穢と禁忌』という本だった。文化人類学というものが当時流行って、それも構造主義的文化人類学が、世界中の人たちの忌避するタブーを研究対象にしていたわけだよね。どの民族においても、何かをとても毛嫌いするとか、これだけは触っちゃいけないとか、この日にはこれを食べちゃいけないという習俗や慣習を持っている。こういう慣習がどうして起こるのかということを、世界のさまざまな地域をフィールドワークして、共通項を探してくる文化人類学の研究者がいた。なかでも、メアリ・ダグラス、エドマンド・リーチ、日本では山口昌男さんがそういうことに関心を寄せていたんだけど、僕の目を開かせてくれたのは、人間はどうしてもわかろうとしてしまう動物だということです。ダグラスが聖なるものとタブーについて考察していることなんだけど、「わかる」ということを考えてみたときにはじめて、分けられないものに直面する。「わかる」って「分かる」という字を書くように、どうも「これはあれだ」と分けることができたとき、「これってこういうものなんだ」と腑に落ちて、あるカテゴリーに分類することができる。そのとき人は、「ああ、わかった」ということになるのね。ところが、たとえば獣と鳥に分けようとすると、どうしてもコウモリというどちらでもない動物に直面しちゃう。つまり、鳥でもあるし獣でもあるというものにどうしても出会わざるをえない。世界というものはだから、本当には分けられない。男と女に二分しようとしても、中間の人が存在してしまうし、大人と子どもと簡単に言うけれど、青年期というどっちつかずの時期を通過しなくてはならなかったりする。晴れと雨であれば曇りの日があるとか、この分けられないものに出会うたびに人間は、不気味さや気持ちの悪さ、あるいは腑に落ちない感じを抱いてしまうんです。そのときに、怪訝《けげん》なものや不安、わけのわからない未消化な感覚を味わうんだろうと思う。これが私たちの恐怖であったり不安というものに共通する要素なのではないか。そのことを当時の文化人類学者たちが言い出したのね。僕はそれを聞いて、「要するに、生々しいものときれいなもの、善と悪のように、人間をふたつに分類しようとすると、嫌いなんだけども身の回りに置いて置かざるをえないどうしようもないものがあり、それを気持ちが悪いと感じてしまう。このどっちつかずで中途半端なものを抱え切れない、処理できない状態が、不安や恐怖、不気味さの対象になるんだな」ということを、二十代半ばから

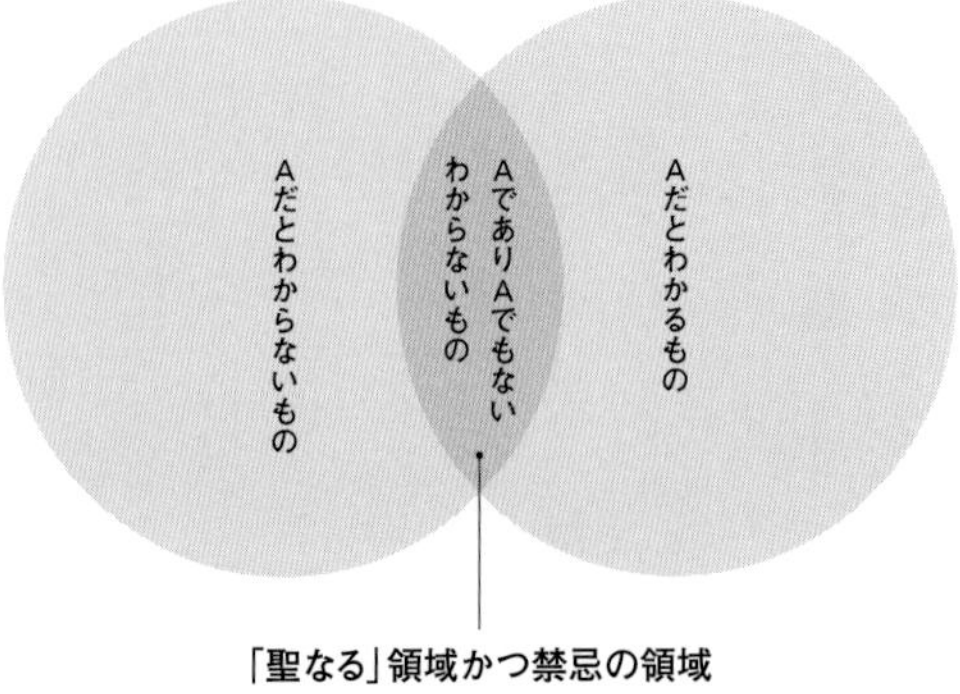

聖なるもの＝タブーの中間領域の図

三十代のころに僕は学んだ。「人は気づいていないんだけれども、無意識に不安になってしまったり恐怖を感じたりしているのは、どっちつかずな中途半端の状態、わからないものについてなんだな」ということを教えてもらった。それを医学で積極的に取り扱っているのが精神分析だということを知って、関心を持ったわけです。人のこころは、AでありながらAでないという領域を持っているんだけど、これがとても私たちを苦しめたり気持ち悪くさせたり不愉快にさせたりする。だから、今の放射性物質による汚染のことについてもそうだけど、危険なんだけど、いったいどの程度危険なのかがはっきりとわからない。これは非常に悩ましい。食べていいと言うけれども、食べちゃいけない気もするのが本当に苦しい。わからないもの、腑に落ちないものがどんどん増殖していっている気がします。これを処理することができないままだから、人はいつも苦しむことになる。

㋩　まず、表と裏は本当に日本人固有のものなんでしょうか。まあ、固有ではないと思うんですけど、特色と呼んでいいものですよね。

㋖　もちろん。私の敬愛するフロイトは、精神分析という無意識の心理学というべきものを打ちたてた人なんだけれども、私が話したどっちつかずの不安という現象を、「アンビバレンツ・コンフリクト」と呼んでいるんですね。「アンビバレンツ・コンフリクト」というのは、ひとつの対象について、相反する情緒や態度を抱くことですね。「アンビバレンツ・コンフリクト」というのは、世界中の人間が抱えて、のたうち回っているものと考えていいと思います。だから、一人の人間に対して好きであると同時に嫌いだという両方の気持ちがある。その起源は、私たちがお父さんやお母さんに抱く情緒で、一方で大好きなお父さんのことを「死んでしまえ」と感じてしまったり、「お母さんなんて鬼」だと思っているど同時に、「この人がいないと私は死んでしまう」くらい大事に思っている。だから、私が世界について感じる情緒というものも、もともとは、親に対して感じる「アンビバレンツ」がもとにあるんだとフロイトは言っているし、それがフロイトの精神分析の中核になっているのですが、その後、それはお母さんに対しても子どもは持つんだというふうに考え直されていて、私の考えでは、世界中の人がこの「アンビバレンツ・コンフリクト」に悩まされている。だから僕は、文化の違いで、人間の悩みが異なるかというと、そんなことはありえないと思う。「生きるべきか、死ぬべきか」、あるいは「戦うか、逃げるか」という葛藤は、世界中の誰もが日々苦しんだり悩んだりしていると思うんだけど、その悩みの解決方法に、日本人らしい解決方法があると僕は思うんです。それはどういうことかというと、「アンビバレンツ・コンフリクト」に直面したときに、合理的に考えれば、一方を捨てて片一方をとる、あるいは、表裏のある性格を統合してある一枚岩の選択をするんだけど、日本人の場合、解決の仕方が別にある。これを解決するには、表と裏をつくる、つまり二重化というやり方で日本人は解決しているんじゃないかと思うんだ。

ば　ああ、なるほど。それで対処してきたんですね。

き　だから、表向き愛想はいいけど、裏で舌を出しているとか、「大賛成、絶対にやります。善処します」と言っておきながら何もしないとか、それで事が終わってから、「じつは僕は反対だったんだよ」「じゃあ、最初に言え」というようなことで、どうも態度を二重化してしまう。葛藤をこのように処理することは、日本人に固有というわけではないし、世界中の人たちだってこういう解決をすることもあるだろうけど、あまり褒められた態度ではないんですね、二重の態度をとるということは。二重化は「卑怯だ」とか、なかなか態度を決定しないということで評価されにくい、それを私たちは、わりとやむをえないものとしていたり……。

ば　ある程度は受け入れてきましたね。

き　政治家の態度にしても、どれもこれもあまり変わらなくなってしまうとか、あるいは、あの人はAだけど、この人はBだとかって食い違わないで、たいていみんなAプラスBになってしまうという、このあり方を許容しているのが日本の文化かなと思いますね。

ば　なるほど！　単に納得しちゃう。

き　「そうですね」っていうふうになっちゃうんだけど、ただ、私たちは、こういうふうに日本人のことを語ってこなかったんじゃないかと思う。昔は、「日本人は、外国人には通じにくいけど、違うから仕方ないんだよ」という頑固な態度をとって、この話を片づけてしまっていたと思うんだけど、僕は、日本人はきちんと自己紹介しないといけないと思うんだよ。「日本人はどうして態度をはっきり表明しないのか。何に対してもあいまいな態度で、どうして結論がなかなか出せないのか」と問われたら、それは表と裏があるものだから、いつも日本人には答えがふたつあるんです。イエスとノーをどちらも留保してしまって、イエスかノーかが決められないんです、と。

ば　そうなんですね、きっと。

き　だから、「こういう人間なんですよ」って自己紹介していかなきゃ、誤解を生んじゃうと思うんだよね。「私たちは、両方の答えが正しいように思うということで、こういう態度をいつもとっていかざるをえないんです」、あるいは、受容してもらいたくてこういう曖昧な態度表明を行なっているんです、ということを私は表明せざるをえない。私たちは、「イエス」か「ノー」か、ふたつにひとつを決めるということを強要されてこなかったんです、と答えざるをえない。

㊝ そうですよね。そこは外国の人には最もわかりにくい点ですね。ただ逃げているように見えてしまう。

㊔ そういうふうにしてここまで大人になってしまったので、どうも、態度の表と裏を使い分けてしまうようになっているという感じがしますね。

㊝ そうですね。私にはそういうものがあまりないから。珍しいタイプなんだと思います。裏がないとは言わないですけど、どっちかというと表裏がない。私が育った地域もまた、悪いことに、それに一致した地域であった。つまり、ここから先には出ない、下町からは出ていかない、そのかわり、この中では何でも本当のことを言おうじゃないかという村社会が残っていたので、まったくそれが一致したまま成長してしまったので、たぶん、それが原因だと思うんですけど、外国に行くのにあまり苦労はなかったですね。それでも、若いうちから海外の人と取り引きしていると、自分は日本人だなと思うことはいろいろあって、精神分析ひとつとっても、入り口からコンコンと入ってきて「ハーイ」って言ってここにゴロンとなれるでしょう、あの方たちは。それは、やっぱり、日

本人にはできないですよ。その違いはじつは大きいのです。

ⓚ　できないですね。

ⓑ　振る舞いからしてできない。できてもすごくがんばってやっとできる。自然ではない。「それは普及しないだろうな」というのは何となくわかる気がします。私だってここからここまでの間だけでも「こんにちは。お邪魔します。荷物はどちらに置いたら」っていう一連の気遣いが必ず起きるのですが、そうじゃないでしょう、日本人以外の方たちは。話し慣れているっていうんですか、「さあ、しゃべろう」みたいな。

ⓚ　話すのが好きなんですね。

ⓑ　まず、「じゃあ、お茶でも」って言ってお茶しにいったとして、即座にしゃべり出すことができますよね。それは内面的な違いと直結しているような気がしますね。やっぱり出さないことは低く評価されるんですね、それは。「どうして出さないんだ」とか。「もっと思ったことをはっきり前もって伝えて」とか。そうやって考えてみると、振る舞いというのは中身とほとんど同じだなと捉えられれば、日本人にとっては話したいことを、カウチに横になってすぐ話し出すというやり方はなかなか難しい。

ⓚ　そうですね。

ⓑ　裏の部分を一回出しはじめたらもうとまらないみたいなところも日本人にはあり、外国の人にはないです。外国の人は律しますよね、どこかで。外国の人たちは、強く自

分を律するんですよね。若いときは「それっていいな」と思ったんですけど、最近になって、アジア的なものっていうんでしょうか、そういうものの価値がちょっとわかるようになってきたところです。

㋖　だから、なかなか単純化させるわけにはいかないし、洋の東西を問わず、似たような人間がいっぱいいるので……。

㋩　一概には言えないですけれどね。

㋖　一概には言えないんだけど、今おっしゃっている、本音があるんだけれども、それを何とか自我でコントロールしようとする表と裏の調合を、西洋ではいちばん価値の高いものとする。そしてフロイトの比喩で言うなら、一生懸命、自分の中にいる暴れ馬を御者としてコントロールして全体を統合しようとしている、一枚岩になろうとする努力というものがあるわけだけれども、私たちは、その御者の部分と馬の部分とが二重化していると思うんですよね。だから、なかなか、それは、御者が一生懸命自分の中にいる獰猛《どうもう》な馬を乗りこなそうとしているところが私たちにとってはしんどいことなんだ、と。だから、アジア的としてひと括りにできるかどうかはわからないけれども、表面と深層というふうに使い分けてしまって、若干の二重人格を肯定している。これは面白い現象なんだけれども、多重人格、二重人格というものがありますね。診断の頻度を東西で比較してみると、日本人は少ないんですね。

ば　少なそうですよね。

き　それにはいろんな理由があると言われているんですね。そのひとつは、もちろん、診断基準だとか、それについて許容する文化があるかないかというようなこともあるんだけれども、ある程度の二重人格を日本人は許している。

ば　「二重までならいいか」みたいな感じはありますよね（笑）。

き　あえて言うなら、鵺とか、そういう状態をある程度許容していて、私というものをひとつにまとめなくてもいい感覚の中で生きている。だから、欧米の方々のほうが一神教で、ひとつの神様のもとでひとつにまとまる努力をいつも強要されてしまっている。

ば　そうです。

日本人は文化にリスクを負わない

き　一神教のもとで二重化するということは世界からの逸脱なので、たいへんな分裂になってしまうはずです。ところが私たちは生ぬるいというか、どこか「真綿に針を包む」と言いますか、ぬるま湯の中で、表と裏を使い分けることを許容してもらっているという感じの中で生きていませんか。

ば　そこまで断言していいかわからないですけど、戦争に負けたのも相当大きいことなんだろうなと思います。もちろん、ほかのアジアの国の人も戦争に負けたんですけれども、そのときの対応の仕方が日本特有の対応だったんだと思うんですけれども。

㋖ じゃあ、ちょっと教えてくれます？　それはどういうところなんですかね。

㋭ 圧倒的に負けているということをずっと感じ続けているからじゃないですか。私ぐらいの世代は、そうですよね。アメリカ的な考え方とか文化とかを、受け入れざるをえないから、受け入れざるをえないのであれば、自分たちにいいかたちで受け入れて、あいまいに包み込んじゃえばいいんだ、みたいに対応しようとして、微妙に失敗して、今の若人たちになったんじゃないかなと何となく思いますけど。だから、罪悪感がすごく強いんじゃないですかね。

㋖ 教えて、教えて、面白い、面白い。

㋭ ムードとしてはですけれどね。

㋖ どういうことなの。罪悪感って何。

㋭ アメリカ人のように振る舞うことを美徳というかよしとして表向きは生活してきたけれども、どこかで日本人的なものを守れたのだろうか？　という罪悪感があるんじゃないかなと何となく思うんですけれども。「こんなこと本当はいけないんだろうけど、やっちゃってるな」とずっと思っている人たちのような気がしますけどね。

㋖ それは、日本文化を失っていくというか。日本文化に対する罪悪感か。

ⓑ　たとえば、簡単にひとつの例を挙げますと、子どもを産むのも、西洋的な産み方がステータスなんですよね。どういう違いがあるかというと、生まれてすぐ保育器に入れて離れていっちゃう。そういうことをみんなが受け入れて、いいこととしているんだけど、本能的に「やっぱり、アジアはちょっと違うんじゃないか」みたいなことはあるんですよね、見ていると。

ⓚ　今、母子分離させちゃってるの？

ⓑ　建て前だけは一緒ですけどね。数分とか。

ⓚ　一緒に過ごす時間が短いという意味なの？

ⓑ　短いという意味です。だけど、それもまた二重のなぜなんですけど、よくよく聞いてみると、本音としては、すぐ母子を一緒に寝かせてしまうような産院で畳の上で子どもを産みたいなという人が多いのです。だいたいすべてにわたってそういう感じがしてならないんですよね。たとえば、食事とかに関しても、本当は、欧米型の暮らしに対する抵抗が前の前の代ぐらいから常にあるんだけれども、受け入れざるをえなかったから取り入れたけど、「何かちょっと違う」と思いながら暮らしているんじゃないかなと。

ⓚ　その「暮らしているんじゃないかな」というのは、明治維新以来、あるいは、その前からもそうだと僕は言っているので、だから、それの表裏……。

ⓑ　さらに、負けちゃったでしょう。

ⓚ　負けちゃったんだけど、『坂の上の雲』の時代から、あるいは、ひょっとしたら、もっと以前からそうだったのかもしれないと思うんだけど。表面的には適応しておいて、本音のところではえらく違う気持ちを抱きながらこころを二重化して対象と関わっているというあり方をおっしゃっているんだけど、それは、私は、この国はずっとそうなのではないかと思うんだけど。

ⓑ　もっと昔からある意味自然なかたちでそうなのかもしれないですね。外部というものがなかったときはもっと自然だったのかな？　平和というか。

ⓚ　平和なかたちって、これが平和なかたちだと思うんだよ。こころの底から相手と同一化して一体化して相手に基本的な信頼感をいだいて交流しているというよりも、絶えず半信半疑、半身で関わって、五〇％ぐらいは相手と世界を共有してはいるけれども、半分後ろで引いて見ている、こういうあり方って昔からそうなんじゃないかって思う。またキリスト教の例を挙げて恐縮ですが、未信者の祝福というのがあって、キリスト教がミサを行ないますよね。そのいちばん最後のところで……あなたはキリスト教信者？

ⓑ　いいえ。

ⓚ　カトリック教会のミサに出たことあります？　いちばん最後のところで聖体拝領というのがあるんだよ。聖体拝領って、信者が出ていってワインとパンみたいなものを授かるというか。僕もよく知らないんだけど。中にまじって、未信者の祝福といって、

神父さんに頭を撫でてもらう場面がある。つまり、信者じゃないんだけど恩恵を授かりたいという人たちのための瞬間がある。行ってみたらわかりますが、人がたくさん集まるんだよ。こんな光景は世界で見たことがないと多くの参加者が言うんだけれども、でも、信者にはならないようなんだよ、この人たちは。

ば　おいしいところだけ垣間見たいというか。

き　恩恵は授かりんだけれども、こころの底から信者になろうとはしない。

ば　リスクは負わないという。

き　リスクは負わないんでしょうね。おっしゃるとおりです。つまり、不安なんだと思うんだよ。だから、僕は、この話を本当にしたかったので、今日、この話になっていってとてもうれしいんだけれども、今、今の若い人たちもそうだというお話を伺ったんだけれども、僕は、これは延々と繰り返されている日本人のパーソナリティのあり方ではないかと思うんだよ。

ば　あらゆる場面でそうかもしれないですね。

き　だから、七夕も祝い、クリスマスも祝い、そして神道でお正月も祝って、とにかく八百万《やおよろず》の神様たちに対して「よろしく」と言っておく。ひとつに決めるということにはものすごい不安がある。たぶん、そういうことで、アメリカ文化あるいは西洋文化に対してこれがいちばん合理的で、楽しいし、面白いといって、それに飛びついてはいるけれども、こころの底のどこかで、日本文化のよさなり、あるいは日本文化に対する根っこを捨て切れていない。だから、ある意味で二股をかけている感じ。

ⓑ うまくバランスをとっているんですね。

ⓚ そう。そしてその使い分けをどこかで悪いと感じている。

ⓑ 自覚はなくても思っていますね、きっと。

ⓚ まずいし後ろめたいと感じているよね。こういう「分裂」のありようを俎上《そじょう》に乗せて語り合ったことってあまりないと思うんだよね。だから、今回の大震災のときもそうだったんだけど、語弊があるかもしれないけれども、やっぱり、この大地が信用できない、地球も海も何もかもがあまり信用できない、常に半身で関わっていないと持っていかれる、大波にさらわれてしまうと考える。そのようなことで、半身は逃げる態勢でいるという、このあり方を私たちの姿として自己紹介してもいいんじゃないかと思うんだよね。これが、恥ずかしいこと、あるいは、いいことじゃないというふうに感じていたので、あまりこのことを表に出さなかったと思うんだけど、もうそろそろこんなふうに語り合ってもいいんじゃないかなと思って、さあ、どうしたものか。簡単にはどうにもならないんだけどね。

ⓑ はい、そうですね。

生き延びるための「精神分割」

ⓚ　じつは、さっきから言っている「アンビバレンツ」という言葉は、かつて「精神分裂病」と言われていた、「スキゾフレニー」（Schizophrenie）と言ったほうがいい状態の特徴として、使われていたことがあるんですよね。この「スキゾ」（Schizo）には「分裂」という意味があるんですけれども、日本語で「分裂」と言うと、取り返しのつかないものについて使うんですよね。「分裂」と言われちゃうと、どうしようもない感じがそこには生じるじゃないですか。それともうひとつは、倫理的にまずい状態を「分裂」という言葉で言ってしまうようなところがあって、そういう意味で、治癒不能であり、倫理的にも評価されないというようなニュアンスがどうしても「精神分裂」という表現にはあるということや、そのほかで「統合失調症」になったようなんですよね。名前が変わったからといって、実態はそんなに変わらないということはよくあることなので、やがて統合失調症という言葉も手垢《てあか》がついてくると、「やっぱり、これはまずいんじゃないか」というふうに、時代で名前が変わるのかもしれないと思います。私も、時代別に名前を決めればいいのであって、また別の名前になっても構わないんじゃないかと思っているぐらいです。ただ、ここで話題にしていること、話題になっている人間の二重性、ある

いは多面性というか、二面性ぐらいの分割、あるいは使い分けの場合と、分裂した人格という場合とは、ぜんぜんレベルが違う。私たちは、あえて言うなら、「裏と表がありますね」と言って笑ってすますということがほとんど、あるいは、適応のための積極的分割のようなところがあるんですよね。現代生活にしても、コンピュータや携帯電話だって、明日になれば次々と新しい機種に取って代わられていくわけです。だから電話帳みたいな厚いマニュアルが届いて、全部読み切らないうちに、新しい機種の次のマニュアルが届くんだよ。そうすると、どうしても、現代人の適応の方法としては、目の前のものにだいたい三〇％程度で関わりながら、常に退路を断たないままで生き延びるためにも、表と裏を使い分けて生きているんじゃないかな。表と裏の使い分けと、さっきから言っている日本人の生き方って結構重なりあう部分がある。だんだんと西洋人も、表と裏を使い分ければ、日本人のようになってくるのかもしれない。それどころか、結構あちこちですでにそうなっている可能性があるというのが私の意見です。統合しなくていいんだというよりは、それ以前に、統合させようとするとえらい大けがをするということになっていませんかね。だから、バランス感覚というか、表と裏を使い分ける生き方について考えてみることを、僕は提案しているわけです。生き延びるということに最大の価値を置くならば、大波に足元をさらわれないような生き方ですね。そう言われてしまうと「本当にそうだな」と言うしかないような（笑）。

ば　そうですね。本当に「そうだな」と今、思っていますよ。

「私」と自我

ば　話は変わりますが、私の本の読者は何か共通なところがあり、どの国に行っても「あの人は私の本を読んでる」って顔でわかります。
き　顔で（笑）。
ば　顔でわかります。
き　どういうところで。どういう顔してるの。
ば　何となくデリケートで、身ぎれいで。
き　身ぎれい（笑）。
ば　身ぎれいで、一般的には見るからにいい人らしい人。何か雰囲気でわかるんです。それはイタリアでもどこでも同じなんです。サイン会の列に並ぶ人の顔つき。それはわかるんですけど、きっと私は「その人たちの物語」を書いているんだと思う。私の場合、文体は一人称ですけど、一人称じゃないんですよね。誰かの話を聴いて、それを書いているんです。
き　誰かの話を聴いて？

ⓑ　自分ではないんですよ。一応、一人称は、あくまでも両者間の統一見解を発表しているだけで。

ⓚ　あなたと誰かの話。

ⓑ　誰か。その誰かもこの世の特定の人じゃないんですよね。架空の人物なんだけど、それこそ話を聴いて「なるほど」って言って書く感じなので。だから、そういう意味では、日本人としての私を書いているという認識は一回も持ったことがないんですよね。

ⓚ　どこか日本的だと言われるようなことはありますか。

ⓑ　あります。

ⓚ　どんなところが日本的だと言われるの。

ⓑ　自然の描写です。自然と人の内面が重なる表現を特に日本的と言われます。でも、こころの動きに関してはないですね、日本的だと言われることは。なぜかない。ただ、同じ層の人たちを引きつけるということだけはたしかなんですけれども。

ⓚ　同じ層というのは、さっきから言っている表裏の使い分けということから言うと、あまり表裏のない人。

ⓑ　そうですね。「いろいろ感じすぎて生きていくことがたいへんだろうな」という人たちです、簡単に言うと。「そんなに表がなかったら生きていきにくいんじゃないですか」っていう感じの人たちが多いです。今の文化のはざまではそういう人たちが多く誕

生しちゃっているのもたしかですよね。そういうことを引き受けるために書いているというか。だから、世渡りがうまくできないという人がいつの世にもいるんだろうなということは、どの国にも共通しているということが伝わってきます。

Ⓚ 表裏を統合するとか表裏の葛藤に悩むとかっていうことはないんですか。

Ⓑ 私自身ですか。

Ⓚ あるいは小説の中で。

Ⓑ 小説の中では、表裏に関して悩んでいる人はひとりも出てこないですね（笑）。

Ⓚ そうですよね。今、お話を伺っていると、そうなんだね。

Ⓑ だから、日本で生きにくいんじゃないかと思うんです。でも、やっぱり、みんな、そのような生き方に対するあこがれはあるんですよね。どこかで持っているんですよね。統合されているということにあこがれているんじゃなくて、結論を持っているということにあこがれているような気はしますよ。

Ⓚ 結論？

Ⓑ はい。自分なりの結論を微調整しながらバランスをとっていくということに対するあこがれは、かなり強く感じますよ。

Ⓚ 微調整を行なっている主体は何でしょう？　あるいは、使い分けを行なっている人がいるわけじゃない？

ば　はい。

き　「使い分けているんですよ」とかって僕は言っているけど、その使い分けている主人公は誰なんだ。その使い分けている人間はひとつじゃないかと思うんだけど、その使い分けている主、それは自我、それぞれが持っている自我。だから、その結論というものを持っている者が微調整を行なっている主体だとすれば、それは自我なんだよね。「私」なんだよね。

ば　そうですね。

き　その「私」が「私」のことをあまり考えないで生きている。「私」のことを棚上げして生きているということもありうるだろうと思うのね。でも、「私」を持っている人たちに対するあこがれはありますよね。

ば　あるんだと思いますね、強いあこがれが。それはひしひしと伝わってきます。またそれが文学の役割ではないかという気もしますね。芸術っていうんですか。現実よりちょっと離れたところに憩いたいという気持ちが人びとにあるんじゃないかと思いますけど。

き　それと自我とはどう関係があるの。

ば　自我との関係？

き　遠くに憩いたいというか。

ば　私の小説を読むような人たちは、また、物をつくる人というのは、だいたい、現実をそのまま写しているということはあまりないでしょう。田山花袋の『蒲団』も現実じゃないですよね。というか、私小説であっても現実ではないから。

き　ないね。

ば　でも、それは、やっぱり、あこがれている自我っていうんですか、あこがれているヒーローやヒロインのような自分でもないんです。その中間の場所に何か憩い的なものがあるはずだということをアートの人は常に思っているような気がしますけどね。

き　それはどこにあるんだろうな。

ば　どこにあるんだかはわからないんですけど、そういうものを人間は常に必要としてきたんだろうなと思います。

「私」の空間領域

き　私は、何度も言うように、人間のこころの基本構造は、西洋東洋でそんなに違うとは思わない。ただ、その文化や風土、自然のありようがいろいろ異なるから、同じ太陽を見ていても沈む時間が土地土地で異なるというくらいの違いはあるだろうと思う。欧米の方々が「自我」と呼んでいるものと、日本人が「私」と呼んでいるものとは、同じような部分が中核にはあるのではないか。私は表裏を使い分けると言っているわけだけれども、この表裏を使い分けているやつが誰なのかというと、それが「私」であろうと思うんだよね。「私」が表と裏をつくっているわけだけれども、その表と裏を使い分けているというときに、それを渡している。渡すというのは、統合もしていなければ合体もしていないし、その間を置きながらまとめているというか、つないでいるというぐらいのことを「私」がやってのけている。「私」の意味は、「橋渡し」の「渡し」の意味もあります。橋渡すこと、つまり、橋をかけるということは、橋があるかぎりは絶対に彼岸と此岸は統合されないんだよね。こちらとあちらは接点を持たない。だから、分けたものとしてつないでいる。それが橋渡しだと思うんだよね。その渡しのことを「私」と呼んでいる。この「私」を描き出すことが人生の創造性《クリエイティビティ》というか、これは別の対話で大きく話題にするかもしれないけれども、彼岸と此岸の間に何かをつくっていかなきゃいけないわけだから、つくっていくときの表現活動が創造性あるいは作品と呼ばれるものになるのかなと、漠然とながら思うんだけどね。

(ば) 日本人って、だいたい、人を家に呼ぶのに向いていないですよね。その違いはとても大きいものだと思います。海外の人って、まず家に人を呼んだら全部の部屋を見せますでしょう。それで、何時に帰るかまで薄々決まってますでしょう。たとえば、どこの国だろう、「晩ご飯の前」というカテゴリーがあるんですよね。夕方四時ぐらいから

「ちょっと家に寄っていかない？」というカテゴリーがあるんですよね。その場合は、絶対に晩ご飯までいちゃいけない。

㋖　いちゃいけない。

㋩　京都みたいですね、ある意味では。ちょっとしたおつまみみたいなもので一杯飲んで「さあ」って。晩ご飯は晩ご飯で人が来るんですよね。だから、前の人が残留していることはないんですよ。

㋖　そうだね。同じような状況に僕も立ち会ったことがあって、特に、家に招かれて、ベッドルームから何から何まで全部見せて。

㋩　ツアーがありますよね。

㋖　そして、「はい」っていう感じね。そのときに、日本人は内側を置いてある家というものを見せられないじゃない。家の中を見せられないからね。それはこころの内側でもあるからだろうと思うんだけれども、そこが私たちの内と外の間にある空間なんだと思うんだけど、プライバシーの領域なので見せられないじゃない。表裏が両方見えるから恥ずかしいんだと思うんだけど、やっぱり、家の中まで入れてしまうということは、表と裏の間がないんだと思うんだよね。

㋩　なさそうな気がしますね、あれを見ると。

㋖　なさそうな感じがしますよね。西洋人は、だから、裏は徹底的に抑圧している。

私たちが表裏をつくって、土足で入る領域と土足で入れない領域の間をつくって家の中に持っておられるのは、表の顔を脱いで裏に戻れる空間として家の中があるんじゃないかなと思うときがありますね。

ば　そうですね。あと、日本人だけですよね、「家に呼ぶほど親しくない」という表現をするのは。

き　そうですね。外国人も「なかなか家に呼んでもらえない」と不平を言っていますね。

ば　そうですね。でも、「それぱっかりは仕方ないんだ」といつも思うんだけど。

き　家の中のひっくり返ったところは見せられないということが私たちにはあって、簡単には家の中に入れないんだけど、私も、アメリカで人の家に泊めてもらって、お嬢さんの部屋で寝泊まりしたのだけど、お嬢さん、それが平気なんだよね。旅人を泊めるという習慣があって、そのとき、お嬢さんは両親の部屋に寝てましたけれども、人を家に入れるという領域が、家の中でも外みたいな構造なんだよね。

ば　そうだと思います。

き　だから、たぶん内と外の間、こころの中が鉄板みたいになっていて、「抑圧」という言葉がふさわしい構造で生きておられるのではないかと思うね、内と外の間が。

ば　そうですね。そういう日常の場面から最もよく感じますね。日本の人だってそれを一生懸命やろうとするんですよね。家を新築したりすると、もてなしとか。だけど、結局、日本人だから祭りになっちゃうんですよね。みんな、だんだん、だんだん、ソファの前に車座で座って、親しければ、結局、祭りになっちゃうんだなと。

ⓚ 祭りって何?

ⓑ 日本人の村祭り。ざっくばらんな村祭りか家に入れないかどっちかみたいな感じはありますよね。

ⓚ 私の父は医者でした。医者というのは、人びとの裏をあずかるじゃないですか。人びとの裸、プライバシーを扱っているので、この存在は、そのコミュニティに簡単に打ち解けてはいけない存在だと思うんですよね。シャーマンというか、神社仏閣の関係者と同様に、医者というのは、人の秘密をあずかっているぶんだけ、ちょっと別なところに位置づけられていたほうがいいように感じていて。コミュニティのメンバーだけれども、コミュニティのメンバーから外れているという感じの中に僕もいましたね。

ⓑ 父は本音と建て前がなかったので、この世にそんなものがあるって知ったのはずいぶん後ですから。

ⓚ そうなんだ。だから、こういうお嬢さんができたわけで。

ⓑ そうですね。

ⓚ だから、表と裏というものの使い分けなんていうのは、今、初耳だ、みたいな感じでおっしゃるわけね。

ば　ほぼゼロです。しかも、環境も下町で、母がまた下町の育ちで。

き　そうなんだ。表と裏がない。

ば　まったくないので、すごいですよ。ある意味、幸せな環境でしたね。そのぶん大人になってからたいへんでしたけれど。

恩は倍にして返さなくてはいけないもの？

き　そうですね。だから、日本人の、日本人のっていうけれども、今回の東日本大震災でね、とてもそれが日本人らしさとして世界に紹介されたわけだけれども、ああいうパニックになってもおかしくないような状態で、もう、それでもきちんと立ち振る舞うわけです。要するに、みんなが暴動を起こさない、なんか行儀悪く振る舞うということがない。偉い方がやってきたときでも、きちんと静かに立ち振る舞っておられると。しかしながらあの背後には、ものすごい怒りだとか、憎しみだとか、欲求不満が渦巻いているんだけど、それを見せないんでしょうね。

ば　単に、そこを崩したら自分が終わってしまう最後の線なんですよね、それがね。

き　うん。それがでも、欧米であういうことが起こると、もう本当に暴動が。

ば　泣いたり騒いだり喧嘩したり、めちゃくちゃ。

㋖　めちゃくちゃですよね。ここが日本人って、二重三重に自分を苦しめているところがあって、たしかに権力側から、国民を支配する側あるいは統率する側からしてみると、とても見事な国民なんだけれども、精神衛生面から考えると……。

㋩　やっぱり発散しているほうがいいですよね。

㋖　多くが苦しい、気の毒だと言わざるをえないようなパーソナリティを引き受けておられるんですよね。

㋩　そうですね。

㋖　だから、おっしゃるように、ご迷惑をかけるというので、いろいろ我慢して、苦しみも訴えないでですね、自ら命を絶たれていかれたり、自分を追い詰められたりするという方が今でもあとを絶たない。日本人は変わった、変わったというんだけど、ほとんど変わっていないんじゃないか。

㋩　そこは変わっていないですね。

㋖　それで本当に、みんな、おとなしくやっているかというと、そうではなくて、ちゃんと水はなくなるし、買い占めは起こるし。だから、一部では隠れているところでみんな違反行為いっぱいやっているんだけどね。

㋩　そうですね。

㋖　これは変わらないですよね。だから、そこでさ、ばななさん、それで図々しく、雑草のようにとかっていうけど、どこにこの可能性というか、糸口があるんでしょう。

ⓑ　そうですね。外面さえ保っていれば自分は大丈夫だっていう、かろうじての存在の人がたくさんいると思うんですけど、結局それは外面が破壊されたときに全部破壊されちゃうということだから、しんどいですよね、やっぱり。それをそういうふうに思うと、なかなかヒントは見つからないんですけど、ひとつ思うに。

ⓚ　ひとつ思うに、何ですか。

ⓑ　借金を多額に抱えている人たちに取り立て屋が来るでしょう。あのイメージが強くありますよね。私たちの中で。いっぱいお金借りちゃうと、夜中にドンドンとかドアを叩いてきて、子どもを出せとか、やくざが取り立てに来る。あれをね、あれになるとみんな自殺するというイメージもあるでしょう。ある程度事実ですよね。それで、あれに関してね、取りたてる側を含めたいろんな人に質問してみたら、あれはね、返そうっていう気持ちがね、ちょっとでも見えたら、やらないんだっていうんです。

ⓚ　返そうという気持ちが見えたら、あれをやらない。

ⓑ　つまりたとえば月々の返済が滞っているとする。それでまあ、ああやって強烈に催促に来るでしょう。そのときにね、もう、三千円とか、一万円とかでも渡すと、とりあえず帰ると。そういうね、やり方でしか、しのげないんだというふうに言うんですよ。だけど、日本人っていうのは、すぐに全額返さなければ自分は死ぬとか、今月は三十万

返さなきゃいけないから、でも、今手元にあるのが五万円だ、もう死ななきゃいけないってなって、追いつめられてゼロか百かになるようですが、なあなあにする方法がやっぱりあるんだっていうんですよ。

ⓚ　ちょっとずつ返していけば、もう、そこから何年かかろうが、要するに生きていける。

ⓑ　いけるっていう発想を持ちえないのが日本人の特徴なんですけど。

ⓚ　だから、それは僕も考えたことがあるから、それがある種の要するに、取り立てられる不安。

ⓑ　そのほうがね、実際の金額とかの問題より大きいんですよね。

ⓚ　それが対人関係において、借りをつくるとかね。

ⓑ　同じように、それもそうですね。

ⓚ　そういうことをすごく恐れるし、二倍三倍にして返さなきゃいけない。倍返しとかっていって。

ⓑ　倍返し。

ⓚ　お礼は何倍にもして返さなきゃいけないという恐怖なので、自虐的に自分をどんどんどんどん、削って差し出してしまうので、最後、この首を差し出せなくなったら、もう逃げるしかない、死ぬしかない。

ⓑ　そうですね。二千円でも、とりあえず今日は帰ってという、よし！　今日は終わったみたいに思える、こころの持ち方をあらゆるジャンルで持てるといいのかなと思うことはあります。

ⓚ　だから、借りをつくる。借りをつくって踏み倒す。

ⓑ　あとまあ、その場をとにかくしのぐとかいったん忘れるとかね。

ⓚ　とりあえず、国もちょっとずつ返していけばいいんじゃないかって。すぐに、全部返すとか、倍返し、三倍四倍にして返さなきゃいけないというこの思いは、私たちにとって苦しい。

ⓑ　そうですね。

ⓚ　だから、それはどうなんですかね、また母子関係論にまた戻るんだけれども、日本のお母さんは、最後は何とかして、育児に投資したぶんを最後のところ、子どもから返済させて、老後の安定を図ろうというふうに考えている人いるじゃん。ばななさんは持っていらっしゃらないかもしれないけれど。

ⓑ　うーん、持ちえないですね。あの子どもだと。

ⓚ　ばななさんのお母さんは、そういうことなかったかもしれないけど。

ⓑ　母は少しはあったと思います。

ⓚ　そうですか。なんとかして、子どもから、育児に投資したぶん、返そうと、元を

取ろうと。だから一生懸命、献身的な育児を行なうけれども、あとでその返済を取り立てを要するに行なうつもりで、それは、本当に言葉に出して言わないけれども、さあ返せと。それで老後が不安であることを、なんとかして相殺しようとしているところがあるんでしょうね。
ば　あると思います。
き　だから、そこにもうすでに、借りをつくることの恐怖が生まれる。つまり、育児を受けた者の恩を返さなくちゃいけないという、恩返しの何か強迫観念。
ば　ありますよね。
き　お母さんに何か返さなくちゃいけないということ、女親は女の子どもにそれを伝えようとする。だから、そういうようなことが今、強化されていると思いません？　団塊の世代だから余計にそうなのかもしれない。
ば　そうですね。強化されるしかないっていうこともあったのかもしれない。
き　ああ、そう。やっぱりそれは女性がなかなか歳を一人でとるということは。この日本では不安だという……。
ば　夫婦間で回収できないものを子どもで回収しようという動きかもしれないですね。当時は夫婦で、たぶん、夫に献身的に世話をすれば自分で一生は保障されるという状況があったから、まだよかったと思うんですけど、最近はそうともかぎらないのでね。

ⓚ もともと三界に家なしなんて、女の人のことを言っていたんだから、だから、老いては要するに、子どもの世話になろうとか、とにかくどこに行ったって自分の場所がない。

ⓑ うーん。とにかく全員ががんじがらめですね。

ⓚ ちょっと一概には言えないことだけれども、たしかにありうる流れですよね。

ⓑ 潔さに代表される、極端なことをするのが美しいという傾向はありますよね。それはそれこそ、神話の時代からあるという。

ⓚ そうなんだよね。だからひとつはおっしゃるように、人間的な借金をつくって、適当に返していけばいいという感覚で生きていけるはずだ、と。

ⓑ ほどほどにとか。あと、今日のぶんが終わったらもういいや、明日もあるかもね、みたいな感じっていうの、もしちょっと若い人たちが持てたらもう少し楽なのかなと思います。

ⓚ うん、そうですよね。私の患者さんでも二倍三倍にして返さなくちゃいけないという、この恩返しのシステムに苦しまれるケースがある。モノや世話を与えて恩を売り、返してもらってないことをいつも問題にするのです。ところが、罪の意識には、罪は噛みしめることが必要であるということがいちばん大事です。だから罪をあがなうとか、罪を感じてさあどうするかというのは二の次だと思うんだけど、恩を感じるとね、とた

んに返さなくちゃいけない、と思ってしまう。

ば　まず返さなきゃって。

き　好意をね、すぐに要求するんですよね。恩を噛みしめるという段階で踏みとどまるというんじゃなくて、恩を感じたら返せというのが、すぐに動機づけられてしまうのが怖いね。

ば　まさにそうですね。でも、そういう文化ができているっていううえに、それをどう保つと、人からよく見えるかということも入っていますからね。

き　うん。だからまあ人に返せなくなったら、もう自分が人の世話を受ける権利がなくなってしまうので、この世の中から縁を切るということでしょうね。だから、返す余裕のある者しか、あるいは返すことのできる者しか、人の世話を受けることができないということになりますね。

ば　そうですね。また今の、お金がなかったら何もできないから、死んでしまいなさいみたいな社会のあり方も、またひとつもちろん拍車をかけていますよね。

き　そうだね。

ば　お年寄りを見ていると、人の世話になるというか、他人が家に入ってきて介護とかを受けるくらいだったら、もうボケちゃったほうがいい、みたいな、わからなくなりたいっていうぐらい追い詰められている人もたくさんいますね。

ⓚ　そうですか。
ⓑ　本当は身内に世話になりたいけど、身内にも悪いし、それだったらもう、ボケちゃえ、みたいな。
ⓚ　うーん。
ⓑ　幸せじゃないお年寄りも多く見るし、幸せじゃない子どもも多く見るし、本当に難しいところです。
ⓚ　だから、人の世話になることって非常に難しいですよね。
ⓑ　難しいですよね。

甘える覚悟

ⓚ　だから僕ね、そういうふうな話になると結局ね、日本人は甘えっていう、美しい言葉をもっていて、外国人にはあまりないと。そして、甘えっていうことに関して非常に肯定的であると言いますね。甘えというのは、「あ」「ま」「え」と発音すると、若干上を向いて、空に向かって口を開けているような姿勢になるんだけれども、たぶん、上から何か恩恵を受けることを甘んじて受けるという姿勢を取らせると思うんだけど、これって、乳幼児の親に対する姿勢だと思うのね。それで、ありがたいものは上からやっ

てきて、私たちは甘やかされるということなんだけれども、こういうふうに肯定された感じで、甘えというものを受け止めているとはいうけれども、なかなかその大人になって、そういう状態に自分を置くことを潔しとしない。

ば　うーん、しなそうですね。

き　人の世話になることがすごく下手な大人いっぱいいますよ。

ば　うーん、いますよね。不思議な方向に表現してみたり、爆発してみたり。

き　素直に人の世話になればいいのに、甘えればいいのに、なかなか甘えられない。甘えるのが下手。それで甘えて人に面倒をかけるくらいだったら、死んでしまったほうがましだっていう。

ば　死ぬか自分で意識を消しちゃう感じ。

き　そうですね、ボケてしまうっていう。ああ、そういうことありますかね。

ば　あると思います。

き　人を意識して面倒になる、面倒を見てもらうくらいであれば……。

ば　わからなくなってしまったほうがいいや、見ないことにしたい、と。

き　もうわけわからなくなってしまったほうがいいと。

ば　ある意味、緩慢な自殺というか、自我がなくなるというか。アルツハイマー病とか、脳の機能の問題だったらまた別ですけど、そうじゃない人もいるように見受けられます。

㋖　ああ、そう。だからそういう意味じゃ、逃避的な認知症というのかな。
㋩　も、あるような気がします。
㋖　うーん、なるほどな。ああ、どうしよう、老いることは本当に難しい。
㋩　ただ、特に日本だと難しいなというふうに思うことは多いです。外国を理想化しているという意味ではなくて、この国ではきついだろうなって。
㋖　要するに老人たちの連中が覚悟しなくちゃいけないのは、赤の他人に面倒を見てもらうことだと思う。それは知らない人、介護制度で介護の資格を持った人たちがお世話をしにこの家の中に入ってくるんだけど、そこで素直に人の面倒になる、面倒をかけるとかっていうことが、うまくできていないのかもしれない。
㋩　うーん。うまくできていない人のほうが多そうな気がします。急でしたからね、時代の変化が。私が生まれてから今までくらいの間の変化の大きさといったら激しすぎます。
㋖　うん、それは私たちの世代のことを言っているわけだけれど、もっともっとこれを突き詰めていくと、本当はこの団塊の世代は、あれだけ愛と連帯のことを言ったんだから、私たち同士が赤の他人の面倒を見合える、余力のあるものが、余力ないもの、あるいは病んでいるものたちの面倒を見るというシステムが自然に生まれてくるとき、世代なんだろうと思うんだけど、これからそれが問われていくことになる。

ば　そうですね。今、まだみなさん絶好調ですから。

き　絶好調かどうかはわからないけど。

ば　絶好調だと思っていました（笑）。

上流は生きづらい

き　そこで、僕が気になるのは、やっぱり自殺が増加しているということじゃないかと思う。この世代の。つまり格好をつけた、ある意味で、人の面倒なんか受けたくない、面倒になんかなりたくないという人たちの、この国からの退去の仕方が、潔くありすぎているのではないか。

ば　そうですね。あと、団塊の世代といってしまっていいのかわからないですけど、基本的にいちばんよいというか、みんなが羨ましがるようなライフスタイルとしては、まあ、何というんでしょう。たとえばスーパーの紀ノ国屋、書店じゃなくて、的なもの。紀ノ国屋的な。

き　あそこでものを買うという話。

ば　うん、あそこでものを買って、ホーマット的な、ホーマットってわかりますか、マンションがあるんですけど。

Ⓚ　ホーマットというマンションがあるの？

Ⓑ　はい、マンションの種類があるんですけど。まあ、入り口に受付があって、ホテルのような。ホテルというか、住まいですね。まあ病院としたら慶応的なもの（笑）。とにかく、その中にいて出ないでいいっていう状態がまあ今の日本社会でひとつの夢として推奨されていると思うんですよ。その中にいて、なるべく出ない、それから外のことは見聞きしないですませたいという、それがもしできたら、まあ、成功しているといってもいいんじゃないの、という考え方がひそかにやっぱり浸透している気がするんですけど、もうちょっと前、今の世代はそれが崩壊しているからあれだけど、もうちょっと前だと、一生懸命勉強していい大学に入れば、とりあえずそういう生活になる。そういう生活のモデルとはこういう欧米型のモデルだというのがやっぱりあると思うんです。

Ⓚ　セレブの比較というのが出てくるんだな、そこから。

Ⓑ　そうなんです。今、やっぱり格差の問題ってかなり大きい。

Ⓚ　日本のセレブってあんまり知らないものだから。

Ⓑ　私も日常では接点がないんですけど、たまに接することがあると観察をするんです。見ていると、普段ね、うまくいっているときはいいんですよ。うまくいっているときは完璧な世界ですよね。近隣も声を掛け合って、ホームパーティーなんかやって、とにかくその中で回っているぶんにはいいけど、いったん何かの歯車がはずれたら、たい

へんなことになるんですよね。たいへん苦しいことに。つまり、よい病院に行けないとか。まあ誰でも行けますけど、表向きはね。それこそ表向きは誰でも行けるけど、やっぱり誰でも行けないんですよ、じつは。簡単に言いますとね。

㋖　うーん。

㋩　いや、もちろん紀ノ国屋だって誰でも行けますよ、それは、不法に住んでいる外国の人たちだって行けるし、そういう意味では、あたかも門戸が開かれているかのようですけれども、見えない厳重なバリアがあります。何重にも守られていて。

㋖　行けないようになっているんだ。

㋩　奥には。外国はもっと目に見えて露骨ですから、目に見えないというところが日本に特有ですよね。それを、いったん踏み外したらたいへんに悲惨なことになるっていう。

㋖　まあ、そうでしょうね。

㋩　その悲惨というのはやっぱり日本人にとってはかなりきついことなんだろうなと思われるし、いざこの歯車から外れたら。ひとつでも外れたら、行き場がないっていう。で、もうひとつの行き場というものがもし、その行き場っていうものが、どういうものかっていうふうに考えると、これまた、私のことだから、イメージ的にしか言えないんですけど、町工場みたいなもの。市場のようなもの。そういうものが、もう少し日本で認知されると、要するに、裏ですよね。

㋖　僕ちょっと、ばななさんと話しているときに、認識を新たにしているのは、日本で、上流階級っていうのはそんなに際立ったかたちではないんだという……。

ば　だからですよ、だから裏も際立ってないんですよ。

㋖　うーん、目に見えない。

ば　本当はあるんです。

㋖　上流階級があるの。

ば　そして、そこに行くのに、何重もの審査がある。でも、それは海外のようにわかりやすくない。海外って本当に楽だっていうか、わかりやすい。

㋖　わかりやすいよ。社会的なクラス意識ってはっきりしているからね。

ば　はっきりしていますよね、一生それは交わることがないし、上流階級の人が、そうじゃない人と交流するときは場を設けてきっちりしますよね。たとえば作家だとか、学生さんだとか、まあ商人、商人といっても、また商人の中でどういう人と関わる。今日はこういう場だから、こういうお店でこういう服装で、この時間帯、もう全部決まっているから、とても、システム的に楽なんですけど、それがないぶん、日本って、目に見えないけれど、もっと微妙なバリアがやっぱりいくつかあって、関門があって、まあ自分たちはそれを突破して、ここにいたっていると。それだったら死んでもそこから降りないと。降りるときは死ぬときしかないというような、絵をよく見ます。

㋖　うん。

㋫　それは芸能界でもそうだと思います。芸能人として、これと、これと、これと、これができて、誰と知り合いで、どこに何があって、そうしたらこういうレベルだというのが、ものすごくいやらしくはっきりしていて、はっきりというか、ある意味はっきりしていない。

㋖　はっきりしているんだけど隠されている。

㋫　隠されている。そういう階級的なものと関係ないところにいても、ある意味、活気のある人生を送れる場というのが、もうちょっと公に認知されると、私たち日本人全員にとって、きっといいんだろうなと思う。

㋖　うん、うん、うん。

㋫　だけれども、お金ということを中心に考えたことによって、そういうものがどんどん排除されていってしまったので、日本人は今こんなに苦しんでいるんじゃないかなと思うことは多い。

㋖　ふーん。日本人的セレブリティね。

㋫　だから、降りたらもう生きていけない。

㋖　やはりワンランク、ツーランク、スリーランクくらい上ですよね。上というか、生活自体の質感が違うという感じでしょうか。

ば　でも、その生活がものすごく画一的なわけですよ、見てると。それは海外でも同じ。何回も言ってるうちになんだかひがんでるみたいになってきちゃったけど（笑）。

き　そうですかねえ。

ば　その人たちがつながっているところを見ると、海外の上流階級とかなり似ているんだけれども、何かひとつ外したら、もう、その人たちの中にはいられないという恐怖感。経済的にうまくいかなくなったらそこにいられないから。ほとんど自殺するしかないくらいのしばりがあります。

き　でもそれは、まあ、僕の友人にはそのような人種がいて、それで家を建てて呼ばれてたんだけれども、金がなくなって、自殺するみたいなケースはたしかにあるんだけれども、私にとっては、あんまり知ったことではないという感じが若干あって、本人が選んでいるわけだから、本当に金がなくなることが怖いらしいんだけれども、僕たちにとってみれば、素うどんも美味いし、きつねうどんも美味いんだけど、なんで四十万のワインを飲まないと悲しいことなのかが僕にはわからないわけですね。本当にうまいかどうか。厳密にいうと、決定因は仲間の存在だから。二千〜三千円のワインにも十分に張り合えるものがあると思うんだけれども、私にとっては。

ば　それすごくいい解決法ですよ。私はそこに道があると思っています。

ⓚ（笑）。いい加減ないい解決。

ⓑでもそれがね。

ⓚ解決方法といったらそうじゃん、事実は。

ⓑでもほら、赤ちゃんのときから、ずっとそれじゃないとダメだって言われてきたら、それはダメって思っちゃうんですよ。

普通は奥深い

ⓚだから、ほとんどの人間が中流階級だと思っている。あるいは中流階級の中だと思っている。この国の特徴は、みんなに聞くと、どこに所属していますかって、多くは中流だと答える。セレブだと思っていない。上流になると、いつ突き落とされるかわからないから不安が生じる。この国の中流幻想というのがあって、こんなにもたくさんの中流がいる国はないそうだ。小銭を持っていて、何か仕事があってというような中流幻想があって、中流にいれば安心。

ⓑうん。そうです、まさに私の言いたいことをちゃんと解説してくださっている。

ⓚ大学、医学部の話をしたって、ＩＱはたしかに高いんだけれども、そこの先生たちが冗談で言っている、上の大学の上のほうは心理的に極端である確率が高いんですっ

て。本当のところは苦しんでいて、順風満帆じゃなくて、悩みも結構抱えながら恋をし、芸術にもこころが開かれている先生たちは、みんなどういうところに行っているかというと、中心や中央ではない大学にいる可能性もあるんだよ。で、まあ頭のいい特別な連中の一部は、そういったものに目を伏せ、目を向けないで勉強しているものだから、そのおかげで、そういう大学に入っておられるのであれば、大学時代もね、苦労すると破たんしやすいんだよ、また。ね。だもんですから、こういうの、おおよそ誰でも感じていますよね。

ば　そうですね。

き　だから、研究者になる場合は別として、本当はBクラスくらいのところの先生たちに結構普通がわかる先生が多いなと、僕は思うことがあります。中流の上から中というのを、わりといちばんおいしいところ、あるいはクオリティの高いものとして感じている日本の価値観というのは、僕は面白いなと思っているんだよね。

ば　私もそう思います。そこに関してはまったく異存はないですね。一般の人の考えるいちばんいいところというところに、もし属してしまったら、やっぱりそこから降りるのが恐ろしいからそういうことが生じるんじゃないですか。

き　だからこれは、この国の今のその上流というのはもちろんちゃんとあるわけだけれども、上流というのはある意味で特殊。あんまり落ち着かない特殊なんです。で、この国がいちばんいいなと思うところというのは、何につけても中流の中くらいのところにいるのが、きっと、落ち着くということなんでしょう。それは、僕は、これ、僕の精神医学の目標なんだけれども、アンビバレンツという話をずっとしてきましたよね。同じ対象に対して好き嫌いが極端にあって、それでグッドとバッドの間で揺れる。世の中には、グッドとバッドがあると。そして、それが同じ対象に向かうというふうな話をしていたんだけど、このよいと悪いが極端に私に感じられたときにね、最後、あなたのことを好きだけれど嫌いだとか、嫌いだけれど好きだとかっていうようなことが両方極まっていくと。最終的にはどういう相手に対する態度が、結果として生まれるかというと、普通って感情が生まれるんだと思うんだよね。

㋩　ああ。

㋖　嫌いでも好きでもない、あるいは嫌いでも好きだと。相手は六〇点から五〇点くらいの人だと。あるいは、せいぜいよくて七〇点くらいだと、ね。私の主人も、私の子どもも、あるいは住んでいる地域の友人も、まあ七〇点くらいであると。これってグッドではないと思うんだよね。

㋩　うん。

㋖　まあ、区分からいうと、ややよい。アンケート用紙に丸するときは、五段階で分けると、ややよい、非常によい、と、普通というふうに分けると、普通からややよいくらいの間くらいだと思うんだよ。これって、英語でいうとさ、グッド・イナフ（good enough）という感じだと思うんだよ。まあ程よいという感じだと思う。程よいって、程よく嫌いということなんだよ。欠点もある人。でも、いいところのほうが五〇よりもちょっと増しているくらい。こんな町に暮らして、こういう女房をもって、こういう子どもに恵まれて、程よい空気の中で暮らせたら最高に穏やかである。これをわかることが僕の、僕の精神医学の最終目標だと思うんだけど。

ば　そうですね。その状態を自分で「まあいいや」と思えることは「幸せ」と呼んでもいいかもしれない。

き　村上龍さんの小説『イン ザ・ミソ・スープ』で、主人公がこういうふうに言うんだよ。学校や家では「普通の生き方というのがどういうものかは教えてくれない」って。

ば　うん。

き　普通って何だ。というふうに問うんだよね、主人公がね。で、僕は、認知症にしても、今、発達障害だ、統合失調症なんだと言われている人たちの診断は、それぞれみんな違うけど、何がいちばん目標として共通しているのかというとね、普通がわかるかどうかということだと思う。

ば　たしかに教えられないし、体ではっとわかるようなことですね。

き　そうでしょ。

ば　だから普通っていうのをもし、人びとが普通というものに対して、もっといい気持ちを持てるといちばんいいですよね。ハイな状態が幸せだとみな教えられているから。
き　うん。だから、それで、普通って、どこ行ったら教えてくれるのか。普通ってどこから学ぶのか。
ば　やっぱり町と身体からじゃないですか。
き　それをね、僕いちばん関心持っているんだよ。
ば　町と自然と身体から。
き　町と自然と身体。
ば　いや、それはもちろん個々が本当は知っているべきことだったんですよね。
き　町と身体と、何だって、どこで教えられても。いいよ、いいって話だよ、町と自然と身体から学ぶんだから。
ば　さっきの話にちょっと戻ると、あるコミュニティから下りなきゃいけなくなったら死んだほうが、要するに四十万円のワインを飲めないんだったら三千円のワインを飲むなら死んだほうがましだと思った。そういう人たちは、いや、これ三千円、意外にいいんじゃないの、みたいなところをもし見つけられれば、それは治癒ですよね。そうなるといいと思うんだけど、やっぱりみんなそうならないで死んじゃう。
き　だから、それはベストを探すからだと思うんだよね。

ば　だから、そのベストを探さないにはどうしたらいいかっていうと、やっぱり三千円のワインを、楽しめる自分を町と身体と自然から学んで見つけることですよね。

き　だからそれは何が変われば、三千円なり二千円くらいのワインがおいしく感じられるようになるのか。

ば　やっぱり見聞を広めるしかない（笑）。

き　見聞を広めるしか（笑）。だからそうだろ、結局そうなるでしょ。結局、それは、何を言っているかというと、おいしいものばっかり食べていたんでは、要するに普通においしいものがわからなくなる。

ば　わからなくなっちゃうんだよね。

き　だからちょっとはまずいものも食って、本当においしいものを食べて、で、普通の味とかね、みんなが言うおふくろの味とかね。普通に吉野家の牛丼ってうまいんだよ。

ば　その落差や、吉野家の幸せを味わえる幅があるときっと生きていける。

き　そういう、あの普通の味。ね、とにかく普通っていうのがわかるっていうのには、まずいものも食わないと。

ば　そうですよね。

き　だから、悪いものも、嫌いなものも、そしてよいものも、素晴らしいものも味わったうえで、ここが真ん中だというところに、普通があることに気がつくんだと思う。

ば　そうですね。

き　そうでしょう。だから、好きなものばかり食べていたんでは、あるいは上等なもの、つまりベストなものを食っていたんでは、右ばっかり食っていることになるので、左を食べたことがないということになりますから。

ば　ものすごいみじめになるでしょうね、だからね。

き　うん。だから、普通のものがわかる、僕は、この普通っていうのに関心をもっていてね、エッセイをひとつ書いたんだけれども、普通って、普通学級とか、普通車とか、普通預金とかさ、普通郵便とか、あちこちについているんだけど、色がないんだよね。

ば　うん。そこにあえて目をとめないためのもの。色をつけたら、お金を出せばそこに行けるよ、という意味。

き　シルバーシート、グリーン車というと、色つきになるんだけどね、どうも普通ってね、色がないようなんだ。普通って、ひょっとしたらかたちもないのかもしれないと思うんだよね。で、ここにある、あそこにあると、指し示すことができないものが普通なのであって、まずいものと、おいしいものの真ん中くらいにあるんじゃないか、色もないものとして。

ば　そうですね。

き　ああ、そういうことなんだというふうにして、気づくしかない類いの、ものすごい幸せとものすごい不幸せの真ん中くらいにあるっていうふうにして体得していくのが、普通なんだろうと思うんだよね。これがわかるにはおっしゃるように、見聞を広めていくしかない。体験を積み重ねていくしかない。

(ば) そうだよね。だけど、一種類の体験だけを求めていくかたちになっちゃうから、やっぱりつらくなるんだと思うんですけどね。

(き) そういうことだと思う。

(ば) 誰もが一方向、一種類しか許されないという感覚がやっぱり、最もきつい気がします。

(き) そういうことなのですね。だから、あの味しかおいしくないとか、あれとこれとこれが揃っていないと幸せでないとか、あそこに行くには一等車に乗らないと幸せでないというのでは、三等車にも乗っていないから、二等車のよさがわからない。

(ば) わからないですよね。

(き) だからね、今までの、日本的な中流幻想の場合は、上流になるのが怖いから、下流になるのが怖いから、とにかく真ん中のところにみんな集まって、みんな普通ですと言っていたんです。これは要するに、ある意味で、逃げ込み型の普通の選択だったと思うんだけれど、僕はこれからはね、普通を求める幸せとかね。

(ば) 積極的にね、目指してほしい。

㋖　普通の町に暮らしてね、普通のものを食べて、普通の仕事に就いて、基本を押さえておいてからおいしいものがわかるということが、普通のよさとして評価されるんじゃないかな。でも普通って、ものすごい成熟した感覚なんだなと。

㋩　そうですよね。どちらにもいけるわけですからね、また、ある意味では。

㋖　そのとおりです。

㋩　フリーにできるわけですから。とても自由。そして奥深い。

㋖　これは予想外の展開ですよ、それで、普通って何だって考えて、この普通っていう言葉をね、別の言葉で置き換えることができないんだよね。

㋩　うん、そうですね。また普通がいいっていうふうに言われないで育っていますからね、今の世代は。普通にだけはなるなという感じの教育を受けているから、それもやっぱりいいことではないと思いますね。

㋖　なるほど。だから特別になって、あそこへ行ってあの学校に入って、あの職業に就かないと、不幸せだ、となる。

㋩　普通になっちゃうぞという。

㋖　それはお父さんみたいになってしまうんだぞという言い方で。あの人は普通の人だから、あんなふうにだけはなるなよ、という感じかな。

㋩　やっぱりそういう教育を受けている人が多いように思う。無意識でも、それこそ、テレビとか新聞、そういうところから自然にそういう印象を受けている人が多いような。

㋖ 普通じゃない二人が、普通だ、普通だって。

ば でも、私たち普通だと思いますよ、やっぱり感覚は。人間としての感覚はやっぱり普通だと思う。

㋖ 実際のところ、「きたやまおさむ」のことを解説するとね、さっき、なぜ辞めるのかっていうふうにおっしゃったじゃない。

ば 辞め際のテンションがね、普通じゃない。そのことですね？

㋖ だから、コンサートをやっては、バンドをやっては辞めるんだけど、これもね、やっぱり極端になってしまうんだよね。もう、世の中って、何でもとにかくスポットライトを当てて、わーっと登り詰めさせて、ポイっていう感じに私を扱おうとするところがあってですね、普通、普通でいたいっていう思いが、いつも何かこう、特別視されたりするっていう世の中の圧力というか、なんか、特殊なものを求められちゃうというところがね、私にとっては嫌なんですよ。だから、長く特別なことをやりたくないんですよ。

ば うーん。特別なことをして、特別な生活に慣れてしまいますからね。

㋖ そうですよね。そうすると、特別な生き方をしなくちゃいけないでしょ。

ば しなくちゃいけない。やたらに旅に出たり、やたらにツアーをしたりね。やたら、そうなっちゃいますもんね。

㋖　そうです。東京ドームや武道館でコンサートをやったり。

㋩　それがいちばんの目標、その中での普通になっちゃう。

㋖　そういうことになっちゃうでしょ。あたりまえの特別なあり方。だから、そういう決まったかたちでの極端というのが、精神科医であるためには非常に不適切な道ですね。精神科医はだから、普通の人がいちばん向いていると思う。で、患者さんのほうが、僕よりも圧倒的に特殊ですし、特別なものを探しておられる方が多いんだけれども、その特別な方々が、最後のところで先生は普通の人だったんですね、という終わり方があるとしたら、それがいちばん理想的な終わり方だと思うんですよね。

㋩　うーん。それはすごいことですね。すばらしいです。

自分の人生という物語

㋖　結局探していたものは「青い鳥」じゃないけど、ここにはなかったんだ、と。むしろ家にあったんだとか、身の回りにあったんだとかっていうふうに見つけられていくという、そういう青い鳥の物語。それも結局見つけたと思ったら、また最後に飛んでいくという、結局は特別なものって、いつもそんなふうにしか自分の目の前に出てこない。だからそれが物語が教えてくれている真実のような気がするんだ。ツルの恩返しでも、覗くと、美女がいると思っていたらツルだったとかっていうのもね、特別なものを求めると裏切られるんだと思う。多かれ少なかれ、女はみんな動物だし、男はサルだと思うんだけど、それは二面性、三面性をもっていて、当たり前というふうにして世界を眺めると、それが普通なんだということが見えてくる感じが、自分の目の前にいる人は、サルだけど同時に王子様なんだと。王子様を探すと、裏にカエルがいることがいつも気になるし、カエルだって、気持ち悪がると王子様がやってこない。でもカエルさんのことが好きになると、王子様も来る、それが普通なんだ、という。恋人はいつもカエルだけど王子様っていうふうになるのが普通なんじゃないかと。僕の言っていることは、特別なことじゃなくて、いつも教えてくれているのは物語であって、共有された物語がそういうふうに言っているとおりだと思うんですよね。

ば　だから、物語は人びとを癒やすわけですよね。

き　そういうことですよね。僕は作家に対する敬意はやっぱりそこにあるんであって、多くの読者に物語の展開を通して、人生にいく通りもの生き方があるんだっていうことを教えてくれているんとだと思う。僕たち凡人は、物語が、自分の人生を通してしか描き出せない、自分という作品というか、自分の人生という物語をつくることで、その人のいちばんのクリエイティビティが求められるところだと思うんだけど、それは一本の小説しか書けないということでもある。先人の、あるいは文化の中でも、このパターンで最後には、ツルだということがばれたら去っていかなくちゃいけないというふうに教えられて、繰り返されているかぎりは、そういう生き方をみんなしちゃうと思うんだよね。でも、新しい世代の作家たちは、ばななさんも含めて、見られたときに、最後にツルでも居座るとかね、よく見てみたら自分の恋人はサルだったとかね。それでもなんか、一緒に暮らしていくみたいな可能性を書くじゃないですか。

㋩ うーん。それくらい追い詰められた世代だという言い方もありますけど。提示せざるをえなくなったという。私、友だちの音楽をやっている人と話したんですけど、最近、日本の若い人たちの音楽で、別れを歌ったものがないって言うんです。たしかにほとんどないですよ。みんな、前向きになれたりとか、どちらかというと、うまくいっている話が多いですけど、やっぱり別れを歌っていたときはこころに余裕があったんだと思います。

㋖ ああ。でもなんとなく、僕はそっちのほうが僕にとっては嘘っぽいんだけどね。

㋩ 私にとっても、世代的にそうです。ツルは去っていって悲しい、哀切なね、気持ちが残るっていうほうが、日本人にとって本来は美と感じられる感性だったはずなんですけれども、たぶん、今は、あまりに現実的に悲しいから、悲しいことから目を逸らそうっていう方向性になってきた。若い人たちの音楽には、時代が顕著に出ちゃいますから、そうなんだろうねっていう話をこの間しました。

のなんだと。

(き) じゃあ、もう、ああいうものを歌わざるをえないくらいにまで、現実が切実なも

(ば) そうなんだと思います。それで、たぶんツルが去っていって、行かないで残ったというような、いちばん、現実的にというんですか、人生としては正しい対応を見失ったままで、もっと裏返っちゃったというのかな。去っていくことさえも、もうテーマにならないという、そういう切実さは感じますね。それでですね、私の本の表紙をよく描いてくれる原マスミさんという人がいるんですけど、その人はシンガーソングライターとしてのキャリアもかなり長いんですけど、その人もそういうふうに言っていました。最近の若い人って、もう、悲しい歌を歌わない、あるときから、急にみんな、別れとか悲しみとか歌わなくなって、歌謡曲もそういうのが減っているんだよねと言ってました。そして、地震のあった次の週くらいに、たまたま原さんがうちの近所でライブをやったので行ったのですが、彼は悲しい歌しか作らないことで有名なんですよ。全部悲しいの。そして、自分もそうだし、その場にいた人もそうだったけれども、その悲しいときに、あんな大勢の人が死んで、原発もまだそのときどうなるかわからなかったので、まあ来週には自分はここにいるのかどうかもわからないわけですよね。東京にだって避難勧告が出るかもしれなかった。そんなときに、こんな悲しい内容ばっかりの歌を歌うのもなんですけれども、というふうに本人がおっしゃっていたんだけれど、まわりの人は、妙

にそれで癒やされたんですよね。要するに、悲しいときに悲しい歌を聴くことが、どんなに人間にとって慰めになるかというのが、私たちの持っている、ものすごく大切なツールだったはずなのに、それがやっぱり失われているということは憂うべきものなんです。それでやっぱり物語の中でツルが去っていってくれるからこそ、人間は自分の悲しみをそこに映し出して、ツルが生き残ってしまっている現実を生きていけるわけじゃないですか。

㋖　ああ。ツルは生き残っているのかね。

㋭　現実の中では生き残っている。平凡な日々が続く。

㋖　ああ、そうなんだ。

㋭　去っていってしまった悲しい物語に自分の感性を投影できるからこそ、人生の悲しみから何とか生き延びていける面もあるわけで。そのために、物語があったはずなんですけれども、それが現実になっちゃったら、それはもう。要するに本当に去っていっちゃって、何も残らない。という現実だけが残っちゃうので、人間にとって、それは治癒には向かわないですよね。だから本当は物語で去っていってくれて、自分の代わりに、自分がその中に感情移入して悲しめたから、ツルが去っていかないなり、これからもたいへんだ、なり、そういうものを生きていけるというために物語というのはあったはずなのにそういうのが失われていったら、最も問題だなというふうに感じるんです。

㋖　ああ、そうなんだ。いや。

㋩　それでまた、それを本気にして死んじゃう人たちがいるっていうのも、またひとつの問題です。

㋖　いや、そのね、今、現実の認識がね、僕にとっては違うように見えてきました。私が問題にしている多くの人たちにとって、自分がツルだとか傷ついているということが物語としてインパクトがなく役に立たなくなってしまった。

㋩　もういいやって、要らないやって。低めで安定して感情が動かないのがいい、って。

㋖　消えてしまっていくという物語どおりの生き方になってしまうので、要するに傷ついていても、あるいは自分がサルだということがばれても、たくましく、ぬけぬけと生き残っていく物語がこれからは必要だと思っていました。だから、その新たな、今、現代の作家たちはそれを書いているのではないかというふうに思える。最後に、ツルだけのラインダンスになったりとか、あるいはツルでもいい、ツル同士で生きていくとかね、あるいは人間が男のまま、男が人間のままでも女はツルだったというところで生き残っていくという物語になっているんじゃないかというふうに受け止めていたので、現実が、でもツルでもみんな結構もう生き残っていてしまっている。

㋩　生き残っていってしまうことを受け入れるために、あるいは去っていってしまった悲しみを物語と共有するために。本来物語があるべきだったのに、物語どおりにしなきゃいけないと思っている人が多いのが問題なんじゃないでしょうか。

ⓚ　ああ、そうなんだね。

ⓑ　だから、ツルじゃなくなってしまったなら、あるいは去っていってしまったら死んだほうがいいとか、もう役に立たないから。単純に物語どおりにしてしまう。待てよ、それは物語の話だろ、自分の現実はこうだよなって思える人が、いるといいっていうことですよね。そのほうがいいということですよね、現実として、人間の生きるということに。

ⓚ　それが物語になっていけば、そういう生き方もあるんだというふうに、昔話どおりじゃなきゃいけないと思った人たちにも教えてもらえることになるのでね。

ⓑ　そうですね。次の時代はそういうものが出てくるべき時代ですよね。今の状況は過渡期で、たぶん。死んじゃったということさえ歌えないっていう。去っていっちゃったということさえも歌えないぐらい余裕がない時代というんですか。それで夢物語を歌って、ますますそこに同化しなかったらだめだっていうことになっていく。まあ、同じことでもありますけれども。

音楽の世界は「裏」が元気だ

ⓚ それはね、でもね、僕の目から、こういうふうに映っているんだけれども、音楽そのものがさ、二百円で配信されてダウンロードして、一曲を買うじゃない。この買った音楽を、みんな友だちに配信しちゃうわけだよね、メールで。MP3で配ることができる。そうすると、もう、途端に今何が起きているかというと、音楽が売れなくなってしまう。

ⓑ 本当ですよね、うん。すべてが変わってしまった。

ⓚ だから、そういうふうに非常に特殊な、個性豊かな、個別の人生を歌い上げる歌が、ある意味で売れなくなってしまった。

ⓑ そうですね。苦しい戦いをしていますね。

ⓚ もうとにかく、そのアルバムを買ったら、総選挙に投票することのできるAKB48のようなもののつくり方しかない。そうするとね、恋をして、恋に負けて、私一人去っていくのよ、なんて歌じゃなくて、愛している、愛している、愛している、そんな歌ばっかりが流れてしまっている。流行歌というものが今、表面的になりすぎて、ほんの一部の購買層に向けて作られているので、今、その個別の要するに事情に応じたバリエーショ

ン豊かな歌というのが、つくりようがなくなってしまっている。だからライブハウスでは、今のような悲しい歌が個別に歌われるということになる。

ぱ　そうですね。あと今出てきた動きとしてはかなりクオリティが高いものを、口コミで知るっていうかたち。ある意味、いいとはいえますけどね、それはそれで。売れなかったらもうだめだ、みたいな時代が終わっているのは、なかなかいいと思っています。

き　私もそのほうがいいと思っています。私は、とにもかくにも、一時期、誰だって歌は作れて、誰にもチャンスがあって、とにかくギター一本持っていれば、とにかく歌が作れて、発表できて、それでチャンスが与えられて歌がヒットしたりという可能性が、何人にもあった。それで、僕、いろんな「若者の革命」が夢想されたけれども、音楽だけは結構、革命が起きたと、思っているんだよね。持たざるものが持てるものに挑戦して、既成の音楽は、ある既成の作家にしか作られなかったのが、私たちが歌をつくって音楽を提示する。

ぱ　それが広まる可能性がある。

き　誰にだってあったわけだ。大学なんか行かなくったって、あるいは行っていても、みんなにヒットのチャンスが与えられて、それがビートルズのつくった、ある種の革命だったと思うんだよね。それでいったん席巻されたんだけれども、やがて、歌がうまくないといけない。あるいは機材がちゃんと揃っていないといけない。ＣＤの時代になって、音質やクオリティが高くなきゃいけないということになって、僕ら、家で録音してデビューしたんだけれども、ガレージで録音したようなものは、もう相手にされなくなってしまった。

㋩ そうですね。商業になっていくのはすごいスピードでした。

㋖ そうすると、どうしても井上陽水の声じゃないといけない、小田和正みたいじゃないといけないという、ある意味でレベルの非常に高いものが要求されてしまって、誰にでもできるような音楽界ではなくなった。すると特殊な人たちが、日本を制覇するんだけれども、それと同時に複製文化が登場してしまって、もう安価にそれが取引されるようになって、いわゆる、音楽帝国主義みたいなものが非常にしょぼいものになってしまって、結局今や薄利多売の軽音楽のつくり方になってしまったというのが現状のあり方で、本当に音楽を聴きたかったらライブハウスに行って。

㋩ そうですね、自分の足で耳で確かめて自分を音楽といっしょに地道につみあげていく。人としてぴったりのスピードです。

㋖ 自分の個性に合ったライブハウスを選んで歌手を選んでいくのがいちばんよろしいかと思いますよ。

㋩ それができるのはいいですよね。だから、やっぱり可能性は、歌は死んではいないんだと思うんです。

ⓚ　音楽は死んでいない。それと、これもありがたいことに、僕なんか忘れた歌、自分でつくって忘れたような歌があるけどYouTube見たら、載っているんだよね。それで、今、僕の友人に河合徹三というのがいてね、高田渉がつくった「自衛隊に入ろう」を今、つくり直して、「東電に入ろう」という歌をつくっているんだよ。で、この歌詞がめちゃくちゃ面白いんだよ。「東電に入って、花と散る」って歌うんだけど。
ⓑ　はい。素晴らしいことですよね、しかも無料で。
ⓚ　うん。YouTubeにアップするとかっていうことは、誰にでもまた可能になっていますからね。
ⓑ　そうですね。うん。作り手がテレビに出ていなくても、人びとに伝わっていく。
ⓚ　それで、家で、ホームレコーディングができるわけですから。
ⓑ　そうですね。きっと人にとって音楽と親しんで助けられる文化は残っていく。
ⓚ　だから、なんか音楽って捨てたものじゃないなって。
ⓑ　うん。そうですね、それは本当にそう思います、うん。
ⓚ　文学はどうですかね。
ⓑ　文学も、そんなに悪い状況じゃないと思う。やっぱりものごとが悪くなればなるほど、活き活きしてくるのが芸術業界だから、そういう意味では、今、非常にみんないい感じになっていると思う。

ⓚ　なるほどね。うん、うん。いい感じというのはどういうこと。

ⓑ　要するに売れなかったらダメだという状況じゃないっていう。個別にコアなファンがついて、なんとか生活していけるっていう一度失われたホットな状況がもう一回生まれつつあります。

ⓚ　ああそれは、誰にでもみたいなこともある？

ⓑ　ある程度人のこころを動かすいいものを発表すれば、必ずコアなファンがついて、バイトしながらでも、副業があってでも、とにかく読んでくれる人はいて生活はしていける可能性が出てきた、その程度ですが、希望があります。それでもみんな地方に引っ越したりたいへんですけどね、不況だし。

ⓚ　まあ、音楽会のライブハウス状況も似たようなもんですね。

ⓑ　本当に似ている、アートだから、そして日本の産業の中に組み込まれているから。それでも個々の人の営みはやはりいいものを残していこうとしている。

ⓚ　ネット時代のおかげで、とにもかくにも誰にだって自分の存在をアピールすることができる空間がそこにある。

ⓑ　そうですね。

ⓚ　新たな空間があるから、自分のコンサートのことを告知することもできるじゃないですか。

ば　そうですね。

き　あれも、一時期に比べてとても楽になりましたね。

ば　そうですよね。情報を得やすいです。

き　私なんかでもコンサートをやるっていえば、それなりに告知できるわけですから、これは、なんか昔のように、ＣＭソングを歌っていなきゃいけない、ドラマの主題歌を歌っていなきゃいけないというような音楽のあり方じゃなくて。

ば　そうですね。人とのつながりがある、本来のあり方ですね。

き　誰にでも自分の音楽を通して発表する機会が、少しは保証されつつあるかなって。

ば　そういう意味では、小説もそうです。最後の最後にはネットに載せちゃえばいいわけですから。

き　ああ、そうですよね。本当に発表の機会が増えたというかね。

ば　そうですね。そういう意味ではそういう状況は悪くないと思う。やっぱりそういうことを自分で調べに行かれない一般の人たちでも手にできる情報というのが、とても薄くなっているな、とも思う。

き　薄くというのは、どういう……。

ば　たとえば、そういう、ＡＫＢ的なものというか。まあ、とにかく前向きでなんとなく勢いがあって、見たければそれをテレビで何回も見ることができるけれども、それしか情報を得るやり方がない人にとっては、とてもこう、何というんだろうな、深みのない状況ではあるなと思う。

㋖ そうですね。だからメジャーな文化が、深みがなくて薄っぺらになったぶんだけ。

㋫ それこそ裏っていうんですけど、裏が豊かになっている。

現代社会の二面性

㋖ かつてはアンダーグラウンドというか、まあ、僕らアングラといわれたときがあるんだけど、そのアンダーグラウンド文化とか、オルタナティブな、もうひとつの文化というのが、今もなんか、あるね。

㋫ 定着して、成熟してきていますね。

㋖ そうですね、反復されて学習されるようになってきましたね。

㋫ ひとつ質問してもいいですか？

㋖ はい、どうぞ。

㋫ 厳密にいうとふたつになるんですけど、まずひとつめはですね、日本人にとって、並んで何かを見るということが原風景というか原体験としてあるのだとしたら、それって解決方法にも取り入れられると思いますか？

㋖　いいとか悪いとかは、まあないですよね。さっき言ったようにね。

㋫　ないとして。

㋖　そういうふうに条件づけられて、だから。

㋫　その条件づけを利用することもできると思います？

㋖　うん、だから、横に何か面白いものがあると、みんな何何何何って、すぐに首をつっこんでいく。そういう習性を生んでしまっているなと思うから、なんかそれをうまく操作している人たちにとっては、わかりやすいんじゃない。

㋫　悩みには、使いやすい。たとえばこころの病いに陥ったり悩んでいる人に関しても、それはたとえば、本当の意味での治療は精神分析を受けるのがいいと思うんですけど、日常的な意味ではやっぱり役立てられると思いますか？

㋖　世界というのが、一面だけじゃなくて、いろんなものの見方ができる。ひとつのことについて、Aも考えることができるし、Bでもあると。だから、AであったりBであったりすることについて、受け入れられるような、ということがひとつの治療目標だと言いましたが、ものごとはお母さんと一緒に見た光景だけではなくて、すべてに裏があったり下心がある。だから、お母さんにしてみれば、お嫁さんになることが幸せだ、あるいはあの大学に行くことが幸せだ、こういう人と結婚することが幸せだということが、本人の夢であるかのように娘さんに植えつけられるわけです。それはある意味で、追いかけていくべき風船みたいなものを、親が提示してあげるわけで、それには、ひとつの下心があったり、それはお父さんの夢であったりもするわけだよね。だから、そういう裏について考えていくこと、あるいは気がついていくということが、こころや、いろんな世界についての多面的なもののありように対して、目を開かせていくというふうに思いますよ。

(ば) ということに気づくということは大切だということ。

(き) だから、講義で示したように母子像の絵を見せるということは、それに気がつくということです。あれの外に出るというか。あれを繰り返せと言っているわけじゃないけど、あれをうまく使われてしまって、あっちに行くと幸せが待っているよというふうにわれわれは教えられるんだと思うんだ。でも、そっちに行ったって、必ずしも幸せがあるわけではないからね。昔は、大学の先生でもそうだったんだけど、若い人を指導していくときにさ、これを読んでこれを勉強して、これに対しての、ある種の意見が言えるようになったならば、お前はこの勉強の世界ではもう一家を成したと言えた。学問の中には、ある意味で絶対Aだというものが、どこかにあった。でもそうじゃなくて、AでもあるけれどもBでもあるかもしれない。で、Zが次に来るかもしれないし。携帯だってみんなそうじゃない。目の前にある携帯、使いこなしていないうちに、次の携帯が届いてしまうので、その携帯ってさ、こんな機能があるのかって気がついたときには、もう次の機種が来ていたりするじゃない。

ば　そうですよね。ついていけない。

き　だから、もう目の前のものに、適当に関わりあいながら何がやってきても構わないようなこころのあり方というのを、まあ、ひとつの普通のあり方としていかなくちゃいけない。

ば　気づいてもらうということですね、うん、うん。

き　その可能性を僕ら、今、提示せざるをえないので教員としても、あるいは親としてもそうだし。このものの考え方を肯定していくしかないと思うんですよね。その、飛び込むことがない、それに飛びつくことがない。常に相手に半身になって関わりあいながらも、退路を断たないで、次に来る津波のことを考えておく。というようなこころのあり方って、なんか、今いちばん、求められているかな、と。

ば　その普通というのは、ほとんど中庸と置き換えてもいいんですか？

き　中庸なんですかね。すると、飛び込む人、飛びつく人がある意味で、極端になってしまいますよね。でも、飛び込んでみないとわからないことだってある。

ば　うん。

き　ものごとを究めようとしても、そのものごと全体そのものが嘘だったりするから。だって今さらメルトダウンしているとかって言っているんだけど、前はそうは言ってなかった。東電が大丈夫だって言っているのに、やっぱり大丈夫じゃなかった。だから誰の言っていることを信じたらいいのか、みんなわからないと思うわけなんだよね。ね。これだけの準備をしたから津波は大丈夫でしたって、結局はそれ、打ち砕かれてしまうわけでしょ。だから一切が怪しいということになる。

(ば) うーん。

(き) うん。だから、放射性物質の問題にしたって、みんな今、東京人は、いつでも逃げ出す準備をしながら、一応ここで暮らしているんじゃない。今度爆発がおきたら、結構人口減るだろう、関東は。そういうの、ずっとこの数ヵ月過ごしているわけだけれども、絶えず退路を断たない。で、目の前のことに五〇%。

(ば) 今日は今日だから、みたいな。とりあえず今日のことをやるか、みたいな感じもありますしね。

(き) とりあえず。こういう生き方でという感じで、昔は本当はね、地に足を、大地に根を張れとねと言った。

(ば) 絶対離れないっていうふうに決めるか、ふらふらし続けるか、どっちかでしたよね。

(き) 大地に根を生やして、ここに骨を埋めるというような生き方が尊いものだった。それが、ものごとを究めるということにつながったわけだけれども、今、極めている最中に、その極めているところが放射性物質で汚染ということになる。

ⓑ　ねえ。これまでの人のこころはそれに対応できる幅を持ってない。

ⓚ　どうなるかわからないでしょ。だから、絶えず本気にしない、絶えず、これだっていうふうに飛びつかない。

ⓑ　うん。

ⓚ　あらゆるものが怪しいというふうに思って、いろんなニュースと情報を耳にしながら最終的に自分で判断していくしかない。

ⓑ　うん、そうですね。それはかなり一般の人に役立つ情報ですよね、うん。

ⓚ　情報ですか。

ⓑ　プロがもたらす情報です。

人生はふたつの顔をもっている

ⓑ　ごめんなさい。もうひとついいですか。きたやま先生のこれまでやっていらしたことは、極端な例だとは思うんですけれども、要するに外に出る、出ていく姿と、人の話を聴く。まあ簡単に言えば人の話を聴くお仕事。まったく相反するふたつの顔ですよね。もうほとんどそれこそ二重人格といってもいいくらいの、大きい違いですよね。その間にもちろん橋渡しがあると思うんですけれども、その橋渡しの仕方っていうんです

か、そういうところはどういうふうにあったのかというところです。人によっては、ずるいって捉えることもあると思うんですよ。こっちに行けばこれがあるし、あっちに行けばあれがあるし、いいじゃないか、というふうに思う人も、何か一筋にやっている、音楽一筋に、とか。精神分析一筋の人や、まったく人前に出ないで研究をしている人から見て、羨ましがられる面もあったと思うんですけれども、そういうことに、羨ましがることに対する対応ではなく、そういう生き方の中の、うーん、いいところときついところ、もしあったら。

㋖ おお。なかなか本質ついてきますね。

㋩ 参考になるじゃないですか、同じようなことで苦しむ読者の人たちにとって。もちろん作家と主婦を行き来する私にも。

㋖ うん。まず第一番目に、僕の人間観として、裏と表のない人間なんてあり得ないと思っている。一面しかやっていないとか、これしかやっていないなんていう人間は、これしかやっていないところを見せているだけであって、あれもこれもじつはやっていると思う、ね。だから、どんなものごとにも裏があるというふうに、僕、人生観として語っていますけれども、その、これ一筋でやってきましたとかいう人は、結果的にこれ一筋でやったんだけど、一応、あのこともやったし、このことにも手をつけて、迷いがあったと思うんだけど、最後にひとつのことで究められたという方が、ひとつのことをやりましたね、と言っているんだと思うんだよ。で、僕は二十歳のときに、マスコミに巻き込まれちゃったけれども、あれがマスコミで大ヒットしなかったらどうなったか。僕は忘れもしない、あのアマチュアのときの、あのLPレコードをラジオ関西に持ち込んだのがきっかけだったんだけれども、なんで持ち込んだのかというと、三百枚レコードをつくったんだけど、つくるために借金したんですね。売って返そうと思って、一枚千円で売る予定だったんだけれども、売れなかった。で、マスコミで紹介も何もされていないものを買わないよね、今の一万円くらいに相当するのでしょうか。

ば　そうですね、千円ってすごいことですよね、当時の若い人たちにとって。

き　まあ、当時もLPはすでに二千円とかっていう値段だったわけで、そんなに異常な値段じゃないんだけど、マスコミに紹介されてもいないものはタダでくれるもんだみたいな風潮で。街角で詩集を配っているみたいなもの。それは買わないっていうんだよ。

ば　買わないっていうんだよ（笑）。

き　だからね、これは困った、困ったと思って、僕はマスコミにそれを持ち込んだ。そうしたら火がついたんだよ。

ば　はい。その過程を幼い頃にずっと見ていました。

き　たまたま三百万枚売れてしまった。だから、もうそのときに、悪魔に魂を売って歌が私のものでなくなってしまったというかな。そのつもりじゃないのに、持っていったんだよ。ところが僕が持っていった。

ば　持っていったからしょうがない。

き　しょうがないんだよ。それでこんなことになってしまったというのが、今から四十五年くらい前にあった。

ば　うーん。すべてが急だったんですね。私もそうだったのでお気持ちよくわかります。

き　そういう分不相応な昔話がありました。で、だけどもしあのことがなかったら、どういうおじさんになっていたかというと、ひょっとしたら精神分析で道を究めた求道者だったかもしれないと思うんだよ。でも、たまたまそれがくっついちゃったので、二足のわらじとか三足のわらじっていうことになっているんだけど、それで、僕も悩みました。要するに医者になったばかりのころ、小児科の外来に行ったら、お母さんがね、昨日まで芸能人だった人間に、私の子どもを任すことができないと、急に怒って帰られちゃったりもしていたんですよ。

ば　やっぱりきついことですよね、それは。

き　それで一時期、もう音楽をやめよう、あいつらと付き合うのはやめよう、紅白歌合戦を見るのはやめよう。そうやって絶とうと思ったんだよ。そうしたらさ、うつ状態になっちゃった。

ば　うーん。きたやま先生から音楽をはずすなんて考えられないです。

(き) やっぱりそれは自分の楽しみだったんですね。

(ば) うーん。才能はもうすでにそこに動かしがたくあるわけですからね。

(き) 才能というよりは、遊びとか自分のはけ口だったんだよね。これを奪い取られてしまったら、もう本当に嫌なものや、やりたいこともできなくなってしまって、やっぱり私は遊びと仕事、この両方が必要であって、この遊びがたまたま仕事になってしまったけれども、やっぱり遊ぶことの範囲内で維持しようということで、それ以来は自分の趣味で千枚とか五百枚とかっていうCDをつくりながら、もうしばらくはこれは放送局に持っていかないというふうにした。

(ば) 売れて武道館に行こうとしないという。

(き) 下手ですし、遊びですから、そういうふうなリミッターをかけながらやるのです。リミッターというのは、あるところを超えると、自分ですぐ制限してしまう癖がついちゃって。だから、コンサートやっても、すぐにやめる。だから、やめることも含めても、音楽は私の精神衛生上欠かすことができないんですよ。だから、どんなものごとに対しても、裏の遊びを維持しながら表の仕事をこなす。たまたま僕が、裏の楽しみが、趣味が仕事になりみんなにあることなんだと思います。ある意味でこれが生き残る現代人、かけてしまったので、ふたつやっているかのように見えるんだなということがわかりました。だからもう、これこそ、やめろといったってやめられない。精神衛生がかかっていますから。

ば　うーん、なるほど。すごくよくわかります。

鵺のように生きる

き　私が、発狂することにつながりますから、片一方取るとね。それはみんなにおいてもそうなんだと。僕がいい例だ。もうひとつはね、僕の趣味でもありますが、スフィンクス、マーメイド、ケンタウロス、鵺《ぬえ》っていうのが大好きなんですね。人面魚とか、人間なんだけれども覗いてみたらツルだったとか、こういうその、多面性の生き物、多面的動物っていうのがね、僕はね、小さいときから関心の対象なんです。

ば　うーん。何かあるんでしょうね。それがきたやま先生の根底にある夢なんですね。

き　だから、このふたつの顔を持つとかね、こころがふたつの側面を持つということを、まあ、僕ら、端々に出てくるじゃない。

ば　はい。

き　多面的存在であることを把握してほしいというメッセージを身をもって提示しているのでしょう。だから、ここで言っていることを、私は生き方を通して主張してもいると思うんですよ。だから物語を読むと、オイディプス（エディプス）がね、スフィン

歌川国芳
《木曾街道六十九次之内 京都 鵺》
一八五二年

クスに出会ってですね、人間とは、生まれてきたとき四本足で、成長して二本足になって、そして、年老いたら要するに三本足になるもの、なーんだ、とかって、スフィンクスがなーんだ、とは言っていないんだろうけど、何ですかって聞くんだよ。それで間違えたら、旅人は食べられていたのね。それをオイディプスは人間だと答えたの。人間だと答えて、ヨーカスタという女性と結婚した。ところが、その町が不幸になってしまって、不幸の原因は何だ、何だって探していると、じつはかみさんが、自分の母親だったということに気がついて、自分で自分の目を突いて退場ということで悲劇だったんだけど、この話、自分の女房がお母さんであり、お母さんが自分の女房であったという二面性に気がつかなかった悲劇だと思うんだ。

ば　うーん、うん。

き　だからこの話は、もともと多面性の物語であって、人間というのは、二本足になったり三本足になったり四本足になったりしますよという、なぞなぞだったし、スフィンクスも顔は女で体が要するに獣で、羽が生えているんだよ。だからねオイディプスは、僕の理解では、自分が謎を解いたことにおごり高ぶったんだと思うんだよ。で、人間だって答えたんだけれど、じつはスフィンクスが教えたかったのは、ものごとは多面体ですよってことだろうと考えるんです。だから、女は母親ですよって。母親は妻なんですよっていうことを本当は見ぬくべきだったのに、彼は、目が要するにくらんだんだと思うんだよ。ということなので、私はそれ以来、精神分析ではエディプス・コンプレックスというのはすごく重要なテーマなのですが、ものごとが多面体であるということを把握することが課題なのです。まあ、最初から表と裏という話から始めて今日にまでいたっているわけだけれども、そのこともみなさんにお示しするのが人生をかけての何か仕事になってしまったね。

ば　ああ、なるほど。伝えもするし、身をもって示しもする。

き　うん。だからみなさんが、それはミュージシャンでありながら医者であったり、医者でありながらミュージシャンであるなんていうのは、ある意味で、両方もっていて、それはいいだろう。あるいはずるいとかっていうふうに言われて、私を毛嫌いされたり、あるいは一方で、理想化されたりなさるのは、そういう昔からのね、ある意味でスフィンクスたち多面的生物が引き受けてきた役割ですよ。

ば　ああ、なるほど。

き　さらにもうひとつは三番目の主張はですね、ごめんなさいね、大事なことなのでいっぱい言うから。最後の自己に関する説明はね、僕らの幼いころはね、医者であって漫画家であるとか。

ば　同時の方は少なかったのでは？

き　その先輩たちはいっぱいいいたんだよ。手塚治虫さんにしても、医学部を出ても、医学部に入ったときにはもう漫画家として、一家をなしておられた。あるいは斎藤茂吉といって、精神科医でありながら歌人であるとか、あるいは加賀乙彦さんや北杜夫さんも、あるいはもう森鷗外からしてさ。

ば　医者ですね。

き　医者で作家なんだよ。だから、もう昔はね、金井克子さんとか、由美かおるさんがいた、西野バレエ団の西野さんって、あの方も医者だったんだよね。で、文化に参加しながら医者をやっているなんていうことはね、これはわりとなんか当たり前だったんだよね。そんなに珍しいことじゃなかった。ただ、今、ものすごく少なくなっちゃったの。

ば　そうですね。スピードの速い、忙しい現代では難しいかも。

き　うん。だから、珍しがられてはいるけど、医者っていうのは、文化に関わりあいながら、患者さんを診ているということは、ひとつのあり方としてあっていいんだと思うんだよね。それで、歌に造詣が深く、医者をやっている人間のほうが、ある意味、まっとうかもしれないと。歌にも関心がなくて、絵も描けない。文学にもこころが開かれていないような医者が増えてくることのほうが嘆かわしい。そういう主張もあるんですよね。もっともっとありますよ、これ系の話は（笑）。

ば　（笑）。

き　自分のことを考えていますからね、ずーっと。

㋩　うーん。そうですね。
㋖　というようなことで、今日にいたって、もう動かしがたい状況になっていますね。
㋩　うーん、それはまたね、トラックの運転手、タクシーの運転手両方やっていますとはわけが違いますからね。全く違う世界。
㋖　そうかもしれない。でもこころのこと、目に見えないことを言葉にするという意味合いでは、作詞家と精神科医は同じ仕事だと思う。
㋩　そうですね。うん。なるほど、そうかすごい納得しました。
㋖　そうですか、納得させ屋さんですからね。納得させて、これでいいのか、みたいな。ふたつに分かれてしまったような話ですね。
㋩　やはり別れがポイントですね。

何かに出会えば、何かを捨てている

㋖　僕は、恋にしても出会いにしても人生にしても何に対しても、もう、毎度毎度申し上げている、これはもう僕の話の反復なんだけれども、出会いがあれば、別れもあると。で、出会っているということは別れている。何かと出会ったということはね、誰かを捨てているんだと思うんだよ。誰かを好きになったということは、それまで好きだった何かを忘れちゃっていると思うんだよ。ゼロの状態から誰かを好きになった人なんてあり得ない。きっと別の誰かをね、誰かをその前は好きだったのよ。

ⓑ　それこそ赤ん坊だけですよね。その前がないのは。

ⓚ　うん。だから、それが、赤ん坊はお母さんからスタートするわけだけど、一切が、お母さんの代わりですよね。そのあと好きになるのは。ね。それが、キキララになってキキララがとなりのトトロになって、となりのトトロが韓流スターだとかになって、モーニング娘。になったりとかいうふうにして、みんな前のものを捨てて何かを好きになっているんだよ。だから、何かを好きになりましたということは、誰かを捨てている。家のポチのことを忘れちゃっているんだよ。ね。出会いは別れとともにある。で、そして、誰かを好きになるということは、その人のことを嫌いになることでもあるわけじゃない。

ⓑ　うーん。そうですね。時間は流れていくわけですしね。

ⓚ　精神科医的には、そのある一面だけを取り上げると好きになって、恋愛ですっていうんだけれど、明らかに別れもセットになって恋愛ですよ。だから、フォーリン・ラブというけどね、同時にフォーリン・アウト・オブ・ラブもあると思うんだよ。恋から、出るということも含めて恋ですよね。なので、両方が見えます。

ⓑ　たとえ人間は捨てていなくても、時間とか仕事とか何か削っている気がします。

ⓚ　その前、捨てたものがあるよ。それはものだったり、金魚だったり。

ば　あと前の彼女に対して若干減ったりとかね。

き　そうですね、いちばん好きということはね、だから、その人しか見えないなんていうのがあったとしたら何かに目をつむっているんだと思うよ、うん。だから、ということなので、好きと思うとね、嫌いが見える。やっぱりものすごく誰かのことが好きだというのがあったとしたら、ものすごくその人の嫌いがどこかに隠されていると思うんだよ。そうしたら何かをきっかけにして、えらい嫌いになるんだよね。それはよくあることですよ。

ば　やっぱり普通がいいですね。

き　そうですよ。結局全体を見ると普通なんだよ。全体が要するに、極端というのは、もうひとつの極端とセットになっていると思う。

ば　そうですね。普通ぐらいのところがいい加減ですね。

き　（笑）。いいかどうか。

ば　いいっていうか生きやすいですね。

き　それで、ただ、これ患者とよく話になるんだけど、その好きと嫌いがごろごろ変わるという状態から出発して、やがて私たちは普通っていう心境に到達するというのが、まあ普通だとしたらね、幼いときには、『仮面ライダー』のように、怪獣と仮面ライダーしかいないんだよね。あるいは悪人と善人というのが非常にきれいに真っぷたつに割れていて、それがもう悪人がいかにも悪人。しわがれ声でふふふふとかいって笑っているんだよ。で、それに対してノーと言っているのが、いいやつ。たいていね。声まで子どものように高い。それがやがて合わさって、普通の声になっていくというのが成熟であるとしたらね、この、良いと悪いが交替している、あるいは良いと悪いしかなかった時代のほうが人生はドラマチックなんだよね。誰かを好きになったり、誰かに憧れたり、誰かのことをすごく嫌いになったりする人生はドラマチックなんだよ。ところが、普通がいいですね、なんて言っているとね、なんか、もう年寄りなんだよね。それはそうなんだ。野球の何かのファンであるのは、恋愛に似ているんだけれども、僕、ヤクルトのファンなんですけどね、ヤクルトのファンで、今から二十年くらい前にやたら優勝したときがあったんだ。むちゃくちゃ嬉しかったよ。それで監督が、僕の目の前で監督が胴上げされたら、もうこれは少年時代の夢が叶った、みたいな、もう人生最良の日だったよ。古田敦也選手と握手して、古田のサインボールまでもらったりするんだよ。ところがね、今、ちょっとくらい強くても、どうせまた悪くなるし、そしたらさ、またやっぱりまた悪くなってきた、みたいなふうに見えるわけだよ。そうすると強くてもあんまりうれしくないんだよね。自分のひいきのチームが優勝したからって、そんなにうれしくないですよ。みんな、それは経験しているはずだよ。歳をとるということは、両方見えるから多くが普通になってしまう。

ⓑ　ああ、でも、まあその流れ自体が大事なことでもありますよね。
ⓚ　そうなの。だから、人生は面白いだけのマンガからね、芥川賞みたいな、面白くないけれど深みがあるものになる。
ⓑ　（笑）。
ⓚ　面白いけど深みがないというものからスタートしてね、面白くないけど深みがあるというものに移行していくんだよ。
ⓑ　それは成熟への過程。青春時代は勢いが好きですもんね、やっぱりね。
ⓚ　そうでしょ。だから、若いうちは好きになったり嫌いになったりする自由を留保できるんだよな。
ⓑ　だって言ったとおりにしてくれるとかぎらないもん。本当にこのとおりにやったら、大丈夫だと思いますよ、ということをきっちりやれる人はこの世にいないからこその人間だったり若さなのであって。提示する以上のこと作家はできないです。医者じゃないし、それこそ。
ⓚ　医者が言っても、みんなやってくれないよ。
ⓑ　そうですよね。あなたこうして、これはこうしたら絶対こういうふうに改善されると思いますよって言ったって、しないのが人間だから。ただそういう可能性を示唆するというか、あるんじゃないのっていう。あとやっぱり、両面の話じゃないですけど、

ものごとってだいたいいつも、こう、合わせて一〇〇になるようにできているというか。

㋖ うん、そうだね。

㋩ こっちだけ見たら行くとこがないだろうっていう、どんな状況でもそうですよね。だから、私にはこれしかないいんですっていう人が悩んでいる人なんですけれども、もう一方のこういうところを、忘れていないかい、っていうのは作家として、常に示唆したいところですよね。反復はその人が「自分」と思っているものだったりしますから、やっぱりなかなか、反復なんじゃないのって言ってその人自身が取り除けるかどうかというと別ですもんね。

㋖ 正常とは何かというのは、異常を含み込んで初めて正常なの。村上春樹さんが言っているように、普通っていうのは普通じゃないところを含んで普通なんだと思うんですよね。うん。だから、誰しもみんな異常を持っていると思うんだよね。異常と併存させ、ノーマルなところをお持ちなんだけれども、多かれ少なかれ異常なところを抱え込んでその全体が、普通があるというふうに思います。だから、身もこころも一〇〇%、ここの隅々、みんな正常とか普通とかっていうことはあり得ないと思う。

㋩ うーん。バランスの問題なのですね。

はかないものの美しさ

㋖　フロイトもそうだったんだけど、美しいものというのは僕たちの主たる関心の対象ではないんですね。なぜなら、病気の人にとって、美しいものはそんなに困ったものではないですから、病気の人にとって、みなさんを悩ませているのは汚いもので、醜いもの、歪んだものがみなさんにとって苦しいものであって、美しいものは訴えの中には、ほとんど入ってこないんですね。美しいものは美学の領域のものであって、臨床にとって、臨床家にとって、美しいものはあんまり関心の対象ではないんですよね。世の中が美しすぎるとかっていって、訴えてやってくる人はいないんだよ。

㋩　自分が美しすぎて困る。

㋖　勝手にしろという話ですね。でも、なんか、美しいものって何かを考えろと言われるわけでね。このごろ結構そういう依頼があるんでね。美しいものについて教えてほしいって。で、それは汚くないものであるし、醜くないものであるという、反対による定義しか言えないので、そうすると、きれいなことっていうことになるのね。汚れていないもの。きれいなものっていうのが、美しいもののもうひとつの言い方じゃないですか。美しいものじゃなくて、きれいなもののことについて、考えると、片づいていること、整頓されていること、秩序だっていること、まあ、われわれがきれいというのはゴミがないのと同じであるかのように、片づいていることなんだよね。見やすい、見映えが良いというのとほとんど同義です。で、そこに加えて、きれいなうえに、美しいって何だということになると、やっぱり面白いね。美しいっていうのはね、やっぱり欲望が絡んでいる。その、おいしい、食べたい、欲しい、自分のものにしたいという欲求を刺激されると思うんだよ。きれいは、心地よくて、それで見やすくて、よかったねという心苦しくないものです。悩みが少ないという状態を指すんだけど、美しいものってね、まず、おいしそうなんだ。食べてみてどうかはわからないけど。だから、お嬢さんたちを前にしてなんだけれども、なんで若い女が美しいのかというとね、美術館に行ったらなんでこんなに若い女の裸ばっかり並んでいるかというとね、やっぱりおいしそうなんだと思うよ。男にとっても女にとっても。男が言うといやらしく聞こえるかもしれないけど、女にとっても若い女の裸が、均整のとれた体が美しいとすれば、だよ。やっぱりおいしそうなんだと思う。それは、何を思い出させるかというと、われわれ精神分析家に言わせれば、それは、若いお母さんの、裸体を思い出させるんだと思う。赤ん坊ならば誰でも、自分の若いお母さんがおいしそうだと思うし、美しいと思うんだよ。で、美しいものというのは、欲望をそそる。それは独占欲求であったり、ものにしたい、食べたいという気持ちだったり。それで、その証拠といってはなんですが、「うまい」という言葉を辞書で引くと、「美い」という字を書いたり、「上手い」「甘い」という言葉を書いたりするんだよね。うまし国っていうときに、美しいという字を書きますけれども、美しいものとおいしいっていうのは、ほとんど重なるところがあるんだと思うのね。目においしいんだと思う。美しいものは。だから、おいしそうなもの、小説であったり、読みたいということもそうだろうと思うんですよ。おいしいんだと思うよ。そんなことが私がこのごろ考えていることです。

(ば)　一般的にみても美しいっていうものに関してはですけれども、きたやま先生のおっしゃった意味とほとんど同じと言えば同じなんですけれども、死ぬことから遠い。死を思わせないものであればあるほど、人びとは美しいと思うのかな。すごく続きそうな自然とか。永遠に。

(き)　そうだと思いますよ。おっしゃるとおり。

(ば)　あとは、ミミックな、それこそ死体とか思わせない。

(き)　そうですね。

(ば)　腐りかけていないもの。フレッシュなもの。そういうものを、基本的にはやっぱり人間は求め、見て力を得たいと思うんじゃないかなと思うんですけど、小説に関しては、私が書いているものは、完全に現実じゃなくて寓話なので、現実はもうほとんどひとつも書いていないといっても過言ではない。美化しているという言い方もあるけれど、寓話化して備えてほしいと感じています。

㋖ 今の話に付け加えるとね、もうひとつね、患者さんと付き合っていて、あるいは今回の大震災のことを受けてね、この美の議論というのは、永遠の美か、あるいは有限の美かという対立がありますが、それで日本人が美しいと思うものは、花、桜の花に代表されるごとく、短命であることが美しい。

㋫ はかないものですね。

㋖ よく、もののあはれと言われている類いのことでね、その、桜の花であったり花火であったり、鈴虫の音色が美しいとかっていったり、その、短命であることを美しいと感じる意識っていうのが日本人にはある。で、もうひとつ西洋人には、絶対の美、壊れない美、要するに永遠の美というのがあるんだって。外国の方はおっしゃる。

㋫ 永遠の美、日本人にはじつに通じにくい感覚ですよね。

㋖ ミケランジェロにしてもさ、ダ・ヴィンチにしても、本当に永遠なんだよな。もう、がーんとあるんだ、そこにね。だから永遠の美を求めているというのと、短命の美を求めているというのとは、ぜんぜんやっぱり違う、美しさの対立。

㋫ そうですね。違い。西洋の人は永遠にあこがれ、東洋の人ははかなさにあこがれる、いずれにしても死に対するこころの対応だと思うけど、そのかたちが違う。

㋖ で、そうだなと思っているんだけれども、これは非常に高級な議論であって、われわれだってミケランジェロは美しいし、ダ・ヴィンチも美しいと思うし、まあ彼らだって、桜はきれいだと思うんだよ。ね。で、もうひとつさ、患者さんとダ・ヴィンチがいいか、その、桜がいいかなんて話は僕らはしないわけだよね。もうひとつね、普通の、万人に保障された美というのがあってね、私は臨床をやっていて、ああ、なるほどなと思うんだけど、景色が美しいとか、自然が美しいという、この美しさは何なんだろう。このICU（国際基督教大学）のキャンパスに来て、きれいなところですねとかっていうときの、この美しさ。これは何なんだろうかと思うんだよね。これはね、自然の美というもので、自然はなぜ美しいのかという問いになる。これが答えなのかどうかわからないんだけどね、自然はね、再生するから美しいと思う。ね。さっきのおっしゃったようにね、死、一般に私たち老人はなぜ醜いかというと死ぬからなんだよね。死に近いから。で、また若い女の話になるんだけど、若い女は再生するんだよ。生理のある存在というかな。要するに人間の体内にね、ものごとが再生している。そして、子どもが生まれるっていうことをね、可能にしてくれる。男も含めて、若い人たちといっていいんだけど。この者たちはさ、リプロダクティブ、再生するんだよね。そう考えると、再生するというのは、死ぬんだけれども生き返る。死ぬんだけれども蘇るという、存在でしょ。緑が美しいのは、再生するからなんだよね。なんで、がれきの下からも、野生の花を見つけて、ここでも美しいのか。あるいは、あれだけ悲劇の最中にさ、女の人が出産している光景が、なぜ人の感動を生むかというとね、死んでいながら同時に再生する。この再生する美しさを愛《め》でるという、この再生する自然という概念は、有限の美しさと無限の美しさの両方併せもったところにあるように思うんだよね。有限だけれども無限であると。死ぬんだけど、また来年もやってくる。この春の季節はね、あるいはこの夏の余韻はまた来年も来るという、この、終わるんだけれども、また来年も来るという、この円環的時間というかな、直線じゃなくて、有限か無限かというのは、どうもその、直線でものごとを考えていると思うんだけれど、天国と地獄、両方併せもっているところがね、弁証法的だし、要するに、正反合でいっちゃえるでしょ。面白いことだなと思う。患者さんに教えてもらいました。患者さんに教えてもらったというのは、ある特定の患者さんに教わったということじゃなくて、どんな患者さんも、なんか、そういうことに目覚めはじめると、よくなってきている。

㋫ たいていの場合、本当に困っている人は、自然を見る余裕はない。もう見ていないですもんね。

㋖ 風景がきれいだとかさ、今日は満月がきれいだとかなんていうのは、ものすごい余裕のあるときで、健康なことだなと思います。

Ⅲ　人生は多面的

3・11が変えたもの

春が近づいてきた矢先の二〇一一年三月十一日、東日本大震災が起きました。東北地方の大津波、大地震が報じられた直後には、福島第一原子力発電所の事故が発生し、日本全国に激震が走り、世界の人びとのこころをも大きく揺さぶりました。大震災は、被災者の人びとはもちろん、そうでない多くの人びとにも、大きな爪痕を残しました。

3・11以降、日本人の意識は変わったと言われますが、私自身も含め、日本人のこころのありようが少し変わったのではないかと感じています。

天災に続く原発事故に遭遇し、私たち人間がこの豊かな大地を汚し、傷つけ、破壊しているという事実に直面しています。豊かな自然を享受している裏側で、こうした地殻変動、自然の変化が進行していることを知りえなかった。そして、これから何か危険なことが起こるかもしれないと薄々感じながらも、素知らぬふりをして過ごしてきたことが、このような想像を絶するかたちで、われわれの現実となって噴出しているわけです。

想定外だったと口にする人もいるでしょうが、一方では、百年前に起こっていた、千年に一度、日本で必ず起こっている、あの地域で同じ現象が起こっていたんだ、と歴史をひも解きながら説明なさる方々もいる。私が思わず想像を絶すると言ったことは、じつはどこかで私たちの心配事が的中したということではないでしょうか。

たとえば、これまで津波に遭ったことがない世代でも、津波が来たら逃げるということは、無意識に組み込まれているのではないかと思うのです。自然との付き合い方にしても、大自然の中に分け入り、無理矢理入り込んで密接な関係を切り結ぶということはしない。少し腰が引けた感じで、日本人は自然と付き合い続けているのではないでしょうか。そして何かおそろしいことが起きそうだと感じたら、『古事記』の父神イザナキのごとく、すかさず逃げるしかない。津波が来たらできるかぎり高台に避難するという発想が、私たちの記憶の奥深くに刻まれている。今回の東日本大震災で、私はそのようなことを再認識する思いでした。私のものであって、私だけのものではないこの記憶はいったい何だろうか。突き詰めて考えてみると、大自然に対する日本人の不信感であり、あるいは日本人の自然に対する恐怖なのではないか。そのようなことを私は改めて学んだのです。

あれこれ信じて、どれも信じない

私は日本人の表裏のある生き方にたいへん関心を持ってきました。人のこころには、表の部分と裏の部分がある。それは、いつも退路を断たずに、ちゃんと裏では逃げ道をつくっておいて、表側の、目の前のものと関わっているということです。表ではいい顔をしながら、裏で悪口を言っている。台所事情は火の車なのに、人前では格好をつける。歯を食いしばって懸命に生きているくせに、どこかで舌を出して余裕ぶってみせる。アヒルの水かき、自転車操業といいますが、表ではすごく澄ました顔で日々を送っている。

東日本大震災の被災地の様子が世界中に報道され、誰もが驚き、動揺したことでしょう。ところが、静かに電車を待ったり、何か物が届くのをじっと待つような落ち着きはらった日本人の姿も報道されていた。私は精神科医として、長年考えつづけてきたことを目の当たりにしている、そんな思いで報道を見つめていました。裏では本当に嘆き悲しみ、下手をすると発狂しそうになっていても、表では平静を装おうとする日本人の姿がたしかに写されていました。こうした日本人のあり方はいったいどこに起源をもっているのでしょうか。

日本には八百万《やおよろず》の神様が存在します。よく日本人は無信仰、無宗教ということが言われますが、そうではなくて、日本人が多神教であるということです。つまり、あれもこれも信じることは信じるけれども、絶対的なもの、唯一神にはとにかく信を置かないというあり方がある。私はその根底には、ひとつのものに対するものすごい不信の念があるのだと思います。それは、人間が最後のところで裏切るということ、ひいては、自然さえも人間を裏切るものであるということを骨身に染みて知っているのでしょう。多神教であるということは、表では多くのものをみんなが信じながら、裏ではどれひとつとして信じていないということでしょう。この不信感こそが、日本人を生き延びさせるのではないか。日本人の生きるための知恵、生きるための方法になっているのではないか。

私たちは、表向きは外界と関わりあいながら、ちゃんと裏のコミュニケーションを継続して並行してやっている。表向きは、あれが大自然だ、あれがお月様だと話しながら、裏では、世界はこういうふうにできているけれど、外界と適当に関わるのよ、私がいつでも後ろで守ってあげているから、いざというときはここに逃げてくるのよ、と耳元で母親から教え込まれている心強さがある。つまり、「前に倒れず、後ろに逃げろ」と教え込まれているために、私たちは常に退路を断たずに、腰が引けた関わりあい方が身についてしまっている。だからこそ、どんなものが外からやってきても、何を伝えられようとも、いつも私たちは適当な付き合いをし、裏ではそのことをまともに信じようとしていない。それはどうしてか。日本人はいつも裏切られることを知っている。反対にいえば、私たちは「裏切り」こそを信じていると言えるのです。

「裏切る」こころは、生き延びる力

この国の自然は日本人の生活を豊かにする一方で、私たちのこころを傷つけ、裏切ってきたことがわかります。大自然は私たちに豊かな恩恵を授けてくれる一方で、この豊穣な大自然が、台風や地震、津波などの天災に姿を変えて、繰り返し私たちの未来を傷つけてもきたわけです。天災は忘れたころにやってくるといいますが、私たちはその教えをほとんど忘れていないんだと思う。このことをまた改めて念押しされるように、記憶にとどめるのだと思います。

日本人が信じる「裏切り」とは、津波や地震、台風など、自然の裏切りを指すばかりではない。どんなものごとに対しても、基本的に「裏切り」があることを知っている。これは遺伝的なものでもあれば、後天的に育児を通じて教えられるものもあるでしょう。文化のありようとして伝えられていくものでもある。ニュースや芸能番組をテレビで見ながら、こういうふうに映っているけど、実際は違うんだろうなと思いながら眺めていたりする。一方ではちゃんと相手のことを信じるこころもあって、電気を消しましょうと言われれば、真面目にちゃんとそれに従う部分ももっている。

歴史を振り返ってみても、時の権力者だった織田信長が、キリスト教を奨励しておきながら――商業、富につながるビジネス感覚や、仏教に対する抵抗勢力としてキリスト教を利用するということを含めてですが――、最後のところで裏切って、これを弾圧した。信長の弾圧は権力者だったからということではなく、私たち日本人の特質を示しているのではないか。つまり、私たちはこころの外側と内側を使い分けて生き延びている。このとき、表裏なくキリスト教に身を捧げた人たちはそのときに亡くなるしかない結末を迎えてしまう。一方、生き延びた人たちは、たとえ何かを信じていても、それが裏切るものであると、どこか醒めた気持ちで見ている。歴史を少しでも眺めてみれば、「裏切り」が繰り返し行なわれていることがわかるでしょう。

私にとって人間の裏切りに最も幻滅した体験は、一九六〇年代の一連の学生闘争でした。結局、最終的には内ゲバに発展していって、愛と連帯を主張していた若者たちが、お互いを傷つけ合うことになってしまった。私にとってマスコミもそうなのですが、人は裏切るものであり、幻滅させるものなのだということを念押しされて、ついに私自身は、この表裏のある生き方を精神分析するにいたったのではないかと思っています。スキーリフトで山の上まで運ばれて、つるつるとスキー板で滑り降りてくるだけの、ちっとも大地を踏みしめられない生き方を、私は選んだのだろう。いつでもどこでも逃げていける生き方、深く関わらず、半身を後ろに置いておく生き方を、私は選び、距離を取って眺めるという生き方を完成させたのではないか、私個人はそう思っています。

繰り返しますが、私は今回の大震災で、人間も自然も、決して信用できないことを思い知った。これまでに起こった大事件や大事故、今回の原発問題も含め、安全といわれることがまったく安全ではないということが身にしみてわかった。人も自然も、いつでも裏切ることをはっきり学んだ結果として多神教があり、またあれもこれも信じてまいりましょう、そして多くの情報をたくさん仕入れて、そしてその中で自分が判断していかざるをえないというこれからの人間のあり方を再度確認し合うしかない。

「裏切る」ということを、良し悪しだけで評価しようとすると、非常にしんどいものになってしまうでしょう。そうではなくて、生き延びるということを最大の価値に据えてみるならば、あれもこれも信じ、どれも信じないこころは、日本人の上手な生き方ではないか、そう考えるのです。

「ぼちぼち」がんばること

表と裏で「裏切り」がなされていても、そのことでこころのバランスが取れているうちはいいのですが、被災者はもちろんのこと、被災地の現場で復興にたずさわる人たちのこころの行方がとても心配です。復興支援を行なうリーダーたちに、裏を支えてくれる女房役の聴き手がちゃんといるのだろうか、それが気にかかります。チーフであればアシスタント、ディレクターであればＡＤの、裏方にまわってリーダーを支える人たちの役割がどうしても必要になってきます。政治の世界でいえば、首相であればその周囲の大臣や党組織が、大臣たちを支える官僚の組織が一生懸命に支えているように。

人間のこころには表舞台と楽屋裏がある。表向きはどんな立派な家でも、楽屋裏を支えてもらわなくては成り立たない。たとえば自衛官の方々が、被災地の現実を目の当たりにして、自らのプライバシーも顧みずもくもくと働く状況が生まれたわけですが、彼らが被災者のこころの裏を支え、裏で人間がつながっていることを教えてくれているのだと思います。しかし自衛官の人たちの楽屋裏はどうなっているのか。被災者だけでなく、復興支援に取り組まれる人たちの誰もが、こころの裏側でホッとしていたり、嘆き悲しんでいるわけです。こころの裏では慟哭《どうこく》や悲嘆が日々繰り返されているはずです。そんな人びとの状況を支えようと、現実として引き受け、聴き手としてお世話しようとするカウンセラーや医師の方々がいます。彼らは、永続型の支援、つまり、こころの絆、つながりがいかに提供できるかという課題に日々直面しているでしょう。

　私たちは後ろの支えがなければ決して「がんばる」ことはできません。「がんばろう日本」「がんばれ神戸」と言うことは、短期決戦に向いていた標語でしょう。短期間にとにかく決着をつけなければならないときは、この「がんばり」をつづけることもできるかもしれない。しかし、短期決戦にはがんばれても、長期戦ということになりますと、とにもかくにも腰砕けになってしまうおそれがあることを知っておいたほうがよい。長期型の戦略を立てるならば、「ぼちぼちやりまひょか」というように、そこそこにやることが必要なのではないか。

　今回の大震災の処理と復興は長期戦といえます。とにかく悲惨な状況が横たわり、ガレキの山をとにかく早く片づけなくちゃいけない、と思っているところがあった。負の遺産はできるかぎり残しておきたくないものです。もちろん、阪神・淡路大震災のときもそうでした。震災の爪痕を少し放置しておいて、みんなでこれをじっくり考えてみるという余裕がないわけです。見るからに、状況はすさまじく、本当に目のやり場に困っておられました。とにかく早くきれいにしてしまわないといけないという強迫観念にかられていた。それはもちろん私も感じていたことです。しかしながら、こうした神経症的恐怖を処理しようとがんばっていると、すぐにこころがまいってしまうのではないか。こころもそんなにもたないと思うのです。ゆっくり片づける一方で、じっくり復興に歩を進める長期的な戦略がどうしても必要になってくるからです。一所にゴミを集めて焼却ないし埋めているそばで、都市の建築計画に着工していかなくては復興していかない。構築しながら脱構築するという二重、三重にものごとを多重に考える姿勢が、現実的にも、心理的にも、どうしても必要になってくる。全部を一挙に片付けるというのではなく、ひとまず重要なところから手をつけていって、端っこにはちょっと後でやることを置いておき、目の前のことに取り組んでいくという発想です。ぼちぼちやっても、ここはがんばって急ぎましょう、という発想は、これまでのとにかく「がんばろう」とは違う精神のあり方として、今の時代に求められているのだと思います。

長期戦ということになれば、ここまでは自分で片づけたけれど、この先は次の人にバトンタッチして、託さなくてはならない状況も出てきます。私ができたこと、できなかったことをちゃんと認め、できないところは次の人へと渡していく。ひょっとしたら三代、四代かかっても、復興が終わらない部分だって出てくるでしょう。

なかには、断念しよう、我慢しよう、諦めようという、「諦めよう日本」の感覚も生まれるでしょう。ではどこで諦めるのかというと、やはり裏で、ということになってくる。こころの裏側で、楽屋裏では、しんどいねえ、諦めようかという話をする。「がんばろう日本」と表明している手前、「ぼちぼちいこか」と表通りで言うわけにはいかない。精神科医は裏の対話を提供するのが仕事ですから、私はそういった裏方のことを大切なものと考える。患者さんにとっての聴き手を、安心して自分を出せる相手を、パートナーを大事にしなくてはいけない。そして、ひとりで片づけずに、二人、三人がいっしょになって、同じものごとに取り組み、片づけを手伝っていく。復興に取り組む人の絆や結びつきは、ひとりの人のこころの裏を、みんなで支え合い、後ろ盾になろうとしていることの表れなのです。

こころの震災は、何度も繰り返される

東北を襲った津波は、一度、二度、三度と来て、その後小さくなって、潮が引いていきました。自然現象としてはそのようなかたちで収束に向かいました。津波の被害に遭った後、一生懸命に後片づけが始まり、今ももちろん終わっていませんが、数年後にはすっかり片づくのかもしれません。

しかしながら忘れてはならない、とても大切なこころの原則があることを、ここで述べておきたい。それは、こころの中では悪夢に一度苛まれると、何回も何回もこの津波が襲いかかってくるという心的外傷《トラウマ》です。十年経っても、こころの中が地震で揺さぶられてしまったり、さらに状況がエスカレートしてしまうこともあります。子どものこころを考えてみるとわかりやすいのですが、一筋の血が流れただけでもう、死んでしまうのではないかと過度の心配をしてしまうことがある。ほんの数分引き離されて、親の姿を見失っただけで、もう一生親に会えないのではないかと思い込んでしまう。その後、親と再会できたとしても、あのときの恐怖感や不安は心の中に巣食い、「こころの台本」として記憶づけられて、いつまでも残りつづけてしまう。いつでも悪夢として繰り返し想起されたり、夢の中にたびたび現われるということが起きる。記憶や夢の中では片づかないことがいっぱい残って、こころの中ではひどいことという

のは何度も何度も、現実よりもひどく繰り返されたりするんですね。精神科医が取り扱わなければならないのはこちらの現実です。つまり、復興が進み、被災地が被災地でなくなっていくなかで、あいかわらず被災に遭った状態のままであったり、意志とは裏腹に被害意識を引きずりつづけてしまう。精神科医がひとりの仲間として、ある種の家族のように支えなくてはならないのは、誰かに表で話しても、まだ相変わらずそんなことを思っているのかと思われてしまう、こころの現実です。被害というのは、何度も何度もこころの中で繰り返されるというこころの原則がある。この繰り返しに、私たちは耳を傾けねばならない。これは表通りに店を構えていたのでは対応できません。

こころも皮膚と同じです。どんなに面の皮が厚い人でも、ぶち当たったものの衝撃が強ければ切れてしまうし、衝撃が弱ければ跳ね返すことだってできる。また皮膚と同じくこころも、傷つきにくい人と傷つきやすい人がいて、個人差がある。だから感受性の強い人が、普段はとってもよく気が利くという細やかな一面を見せながら、一度たいへんな衝撃を受けたことで、こころの外傷と言われるものを負いやすかったりするのです。

聴き手にも聴き手が必要

こころが傷ついている人たちが近くにいる場合、どうしたらよいのでしょうか。私が伝えたいことはふたつあります。

ひとつは、その人のこころの痛みについて、みんなで話しあったり、よい聴き手になってあげることです。誰にも話すことができず、何度も繰り返し込み上げてくるそのつらい思いを、みんなで分かち合うことです。

もうひとつ重要なことは、こころが傷ついている人が安心できること、人に話してよかったと感じられる体験にならないと、聴き手になってあげても続かないだろうということです。ただ話をすればいいわけでも、相手の話を聴けばよいわけではない。そこが非常に難しいわけですが、一般の人と同じく、私たち精神科医も常に難しさを感じています。こころの秘密を打ち明けたのに、あいつに言わなければよかったかもしれないということが、日常でもたびたび遭遇することですね。大原則として、プライバシーの問題として人から聴いた話は、決して他の人に口外してはいけない。

こころの秘密は大切に扱いが難しいために、秘密が打ち明けられてしまうことによる性被害や犯罪が増加してしまうことさえ起こってしまう。デリケートな問題としてメディアでは報じられないことでもありますが、こうした被害が二重三重に絡まってくると、とてもじゃないけど恥ずかしくて、精神科医やカウンセラーなどプロの聴き手でなくては受けとめてもらえない、本当に信用できる人じゃないと聴いてもらえないことがあります。お母さんが子どもの汚物を処理するような感覚で、看護婦さんが患者さんの体を拭くような感覚をもって聴くしかない類いのこころの問題があり、ここだけの話としておかなくてはいけません。こころの秘密が打ち明けられる場所、空間、時間を提供すること自体が、聴き手で重要な仕事のうちのひとつになってきます。患者さんが落ち着きと安心感をもって話ができ、こころの情緒が自然にほとばしって、そんな自分が受けられていると感じてもらうとき、私の聴き方はとてもうまくいった、患者さんのお役に立ったんじゃないかと考えるわけです。

ところがここで問題なのは、この聴き手の側も、患者の話を聴くことでいっぱいいっぱいになってしまうのです。これは、精神科医として働く私の正直な実感でもあります。つまり、聴き手にも、こころの楽屋が、よい聴き手が必要になるわけです。ですから、よい聴き手でいるということは、その人自身が、きちんとよい聴き手を持っている人たちだと言うことができます。自分がうちに帰ってきても、誰にも自分の話を打ち明けられない人が、他人の話を聴くことはやはりできないわけです。ですから、精神科医の私たちにも、精神衛生を支えてくれる裏方というものが必要です。

精神科医は精神科医にかからねばならないというのは冗談ですが、東日本大震災の被災に遭った人たちの話を傾聴する精神科医やカウンセラーも、同様にして震災被害者であったりする。それを思えば決して冗談とは言えないでしょう。精神科医のこころがいっぱいいっぱいになってしまったら、よいカウンセラーに出会って話さねば、人の話を聴く余裕がなくなってしまうからです。私たち精神科医も時間や期間を区切ることが大切です。一晩もかけて患者さんの話を聴いてしまうと、次の日には私たちも同じようにＰＴＳＤの状態になるでしょう。みんなでよい聴き手を確保し、お互いによい聴き手になり合うということは、一般の人も、精神科医にとっても、今後の長期戦を乗り越えるうえで鍵となってくるでしょう。

よい聴き手の条件は、よい声の持ち主であるということが言えると思います。子どもにとってのよい聴き手は、母親でしょう。母親はいつでも子どもの甘えや要求を一身に引き受け、子どものこころを安心させる大きな存在となります。母親に「安心なさい」と話しかけられて子どもが安心できるのはなぜなのか。安心しなさいと言ってくれた母のこころに反応するだけでなく、声そのものに安心感が宿っているからだと、精神科医の私はそう思うのです。

私が考えるよい声とは、落ち着きのある、共感的で、相手の話を真摯に聴く態度が表れる声です。普段はべらべら喋っていても、時に落ち着いてよい聴き手となることに徹し、相手が何を話しているのかを理解しながら受容する。そのこころの態度が声となって、相手を深く安心させるものに感じられるのです。

揺れない声は、テレビやラジオで流れる災害時のお知らせにも役に立っているでしょう。人がよい声に耳を傾けるのは、単に安心する情報を把握するばかりではなく、安定した声の質感から安心感を得ているところがあります。声の質、震えにもこころの態度が表れますから、声の震えを聴いてしまうと、たまらない、耐えられない気がしてしまうのは、やはり声の質によって、人間のこころが左右されているからでしょう。

こころの消化と排出をよくするために

こころの外傷体験とは、基本的に生々しい体験です。ですから、こころの胃袋の中に収めておけないような生の体験であるならば、消化できないものとしてそのまま溜めておくか、あるいは、とりあえず吐き出してもらうしかないものなのです。しかしながら、こころの吐物として吐き出すことはできても、外傷を負ったこころは、次から次へと未消化物を溜め込んでしまうのです。

津波は何度でもこころの中で繰り返し起こる。被災地で目にした死体は、何度でもこころのなかでイメージとなって、悪夢として蘇ってきます。ですから、何度も何度も外に吐きだす必要がある。そのさい、誰に吐き出すかということがたいへん重要な問題です。母のような、よい声の持ち主であったり、落ち着いた、信頼できる聴き手に語ることができたとき、心の外傷が、聴き手を介して、まともな体験となって本人に還元されることがあります。これは、幼児のおむつが取り換えられるような経験になる。落ち着いて対処してくれる母親のおかげで、赤ん坊は落ち着いて排泄することができるわけですね。これが聴き手が泣き出したり、取り乱してしまったり、反対に非難されたり責められたりすると、本人は言わなきゃよかったと後悔し、外傷が深まってしまうでしょう。

だから、こころの吐物の取り扱い方が大切ですね。やはり信頼関係がものを言うところがあり、ここだけの話として秘密を守ってくれる関係を、「聴き手」が相談相手に対して保証してあげなくてはなりません。精神科医として申し上げておきたいのは、傾聴するのに一定の時間制限を設けることが必要だ、ということです。終了時間がくれば面接を終えることが大切です。そして聴き手が理解してくれるという安心感を相手に与えることです。これに精神科医のような相手を理解する力が備わると、話の中身をよいものに転換してくれる浄化装置に聴き手がなるのです。このとき、聴き手の落ち着きや包容力があり、聴き手の声の質がよいと、患者の未消化な感じをわかりやすいものや、取り扱いやすいものに解きほぐしてくれたり、こころに収めておきやすいものにしてくれたりすることがあります。

W・R・ビオン（イギリスの精神分析家。集団精神療法の発展につとめた）という人が提出した、育児を踏まえたモデルなんです。お母さんが子どものこころの汚物を預かって、「まあ立派なウンチねえ」と言って返してくれるからこそ、子どもは気持ちのよいおむつを手にすることができる。臭いと母親に言われたら。やはり排泄しなきゃよかったとみんな思ってしまいますが、母がそれを歌いながらおむつを替えてくれると、子どもは嬉しくなってしまいます。ですから、この受け取り手の仕事、聴き手の仕事が、相手に対して重要な働きかけをしているのですね。

団塊世代が覚悟しなくてはならないこと

これまで東日本大震災を念頭に置きながら、私たち日本人のこころの行方について、また、被災者のこころの問題について考えてきました。このことは、私たちの世代にも投げかけられている問題ではないかと私は考えました。具体的には、愛と連帯を語った団塊の世代である私たちがさらに歳を取ったとき、どんなふうに私たちが相互扶助的に、互いの面倒を見ることができるのかという課題に正面から向き合う時期に来ているということです。

私たちはもう、自分の子どもたちや家族に面倒をみてもらうことは、今後あまり期待できないと思う。これは震災前から思っていたことです。特に団塊の世代は、もう日本のことは若い人たちに任せて、私たちは自分たちの面倒をお互いにみる準備を始めねばならないと思っていた。子どもたちを含めた若い世代は、明日の日本のことに取り組んでもらわなくてはいけない。つまり、私たちは面倒をみてくれる相手を失うことを覚悟して、お互いにお互いの面倒を見合うことが必要になるでしょう。自分たちのことは自分たちで面倒をみるべきだという考え方に早く転換していかなくてはいけない。私はこれまでもずっとそう考えてきたのですが、その考え方に、現実のほうが追いついてきた。

私たちの世代は、どちらかというと血縁主義、知り合いというものを重視してきましたから、顔見知りじゃないと面倒を見てもらいたくないという人たちです。しかしながら、今後ますます、赤の他人に面倒をみてもらうという時代に慣れていかなくてはいけません。これは被災地の介護ボランティアに限らず、赤の他人に面倒を見てもらう状況が一般的になる。

しかし、家族や血縁のある者の介護よりも妙に心地よかったりするという話をよく聞きます。これは、赤の他人には文句が言えないという先入観があったからということもあるでしょうが、よくよく考えてみると、家族の介護だからこそ、文句を言えないところがある。赤の他人にこそ、かえってわがままになれることもあるのではないでしょうか。

きれいでみにくいこの国の未来

こころとこころが今の人とはもう通わない、という思いを抱く人もいるのかもしれない。戦争体験をした人間は、内地にいる人も、満州にいた人も、戦争の話になると盛り上がって、酒を飲みながら楽しんでいる光景を、子どものころに見ました。私たちが歳を取ったら何を原体験にして語り合うのかということを考えたときに、この3・11に起きたことが、どこかでみんなの原風景のように共通体験として残るのではないか、と思う。被災者だけでなく、この大震災を同時代に経験したということが、私たちの見えない絆となりうるのではないか。

3・11の大自然の脅威に曝された私たちはみな、被害者になったということもできるでしょう。それと同時に、福島の原発事故について、私たちの欲望が海や空気を破壊し、赤ちゃんを危険に陥れていることに対して加害者意識も共有しているのではないでしょうか。電気を使用するという欲望を通じて実現している現実社会の繁栄も少なからずあったわけです。ここで私たちは罪の意識を感じ、次の解決策を考えなくてはいけないと思う。ふたたび美しい日本を取り戻そうと考えるのであれば、ひょっとしたらもう放射性物質による汚染は金輪際消えない、半永久的な穢れとして残されるかもしれないという醜い部分を、教訓にしなくてはいけない。私たちの欲望がこの目の前の海を汚しているというのを嚙みしめることで、日本人は変わるかもしれません。教会に入ればキリストが傷ついているというあの十字架を目にするように、私たちは電気が煌々と灯っているところがあれば、福島のことを思い、罪悪感を噛みしめるようになるのかもしれない。この地点をしっかり踏みしめたうえで、次世代の未来を構想していくことが本当の再出発ではないかと思います。私たちはもう、この事実を忘れることはできない。戦後六〇年が過ぎた今、震災の津波の爪痕も含めて、美しくも傷ついた日本を生きていくことが始まった。3・11はやはり、第二の敗戦として象徴的な事件となったのでしょう。

敗戦によって終止符が打たれ、憲法第九条が戦後に残されましたね。九条を書き換えようという議論が起きると、とたんに強い抵抗が国民のなかに生まれてしまう。それは私たちに、日本人というのは武器を持たせてしまうと何をしでかすかわからない国民だという感覚が刷り込まれているからですね。憲法第九条というのは、私たちの罪意識の象徴だと思いますが、今回の震災によっても、このような罪意識が刻印されたところから何かが始まるのでしょう。

たとえば、多くの人びとが、東北のために、目の前のことをコツコツこなしながらも、とにかく何かを準備していかなくてはいけないという私たちの覚悟なのかもしれない。これからみんながそれぞれに、何らかの成果を後世に残していくなかで、憲法九条のようなものがきっと生まれてくるのだと私は思います。それは外国から押しつけられてるというのではなくて、私たちが私たち自身の手で、何かを決断し、こう生きなくてはいけないというものを象徴するかたちであってほしい。私はあえて、それを希望と呼びたい。今、希望を語ることはなかなか難しいのかもしれません。それでも日本人が未来に負の遺産を残すのではなく、何かプラスになるものを次世代に残すことを、私は希望しています。

対話

両眼視と二重視の世界

きたやま 今度は僕が聞き役になります。よしもとばななのでき方、生まれ方をご紹介いただいたうえで、なぜあなたは作家になったのか。

よしもと 私のことは、本に載っちゃってもぜんぜん大丈夫です。

㋖ 差し支えない範囲で自己紹介いただいて、今日にいたるまでのお話を伺って、創造性の話ができればと思います。この雑誌の眼帯の写真（『本日の、吉本ばなな。』新潮社、二〇〇一年に掲載）がいいですね。

ばな 私、最近知ったんですけれど、目にまつわる秘儀があってですね。

㋖ 秘儀って何よ。

ばな 秘儀じゃないか、何というのかな、修業法？　脳のどこかを活性化させるために、眼帯をする修業をわざとしている人がいるって聞きました。ある意味で、私はそれをやっていたんだと思いました。

㋖ 両眼視しないという意味なのかな。

ばな そうです。両眼視しないで。

ⓚ　両眼視しないと何が活性化されるの。

ⓑ　何が活性化されるかは書いていなかったんですけど、団体でそれをやっている人たちがいるというのを、もうちょっと調べてみようと思ったんですけど。

ⓚ　両眼視というのは、私はよくわかるんですよ。その、こころの両眼視についてはひとつ、自分の意見があるんですよ。片眼を見えないようにしてしまうというと、何が起こりうるでしょう。

ⓑ　すごく知りたいですね、それ。

ⓚ　ぜひその話をしましょう。人間は両眼視をしてしまうがゆえに、両方の眼が、右の眼と左の眼が同じ世界をつくるようになるわけでしょ。両眼で同じ世界を見ることができるようになったらどうなるかというと、要するに、立体感のある世界を手に入れるわけです。奥行きがそこに生まれるわけ。だから3Dになるんですね、世界が。

ⓑ　なるほどね。

ⓚ　うん。だから、左右で別々に物を見ていると、世界がふたつあることになる。人間の脳ってさ、代償する能力があるので、ある情報が入らなかったからといっても、それに対応して他の部分が一生懸命それをカバーするように働いてしまうので、あるところが、ちょっと盲目になったというか、闇になったからといって、そこがガーンとなくなってしまうわけではなくて、それもカバーされてしまう。ところで一時期、眼帯して

いたというのは、どれくらいの期間だったんですか。

ⓑ 結構長かった。ゼロ歳から五歳くらいまでですかね。

ⓚ じゃあ、そのプロセスでかなり深刻なことがあったかもしれないと思うんだけど、両眼視というのはものごとを立体的に見てしまうので、まあ、あえて言うなら、遠近法的な世界が絵の中でも登場するようになる。絵の発展もそういうふうになっていったみたいなんだけれども、いちいち驚かなくてもいいからね。

ⓑ いや、本気で驚いているんですよ。

ⓚ 古代のエジプトの壺なんか見ていると、横顔とか正面の顔しかないじゃない。つまり立体的に顔を見ていない。

ⓑ たしかに。遺跡の壁に書いてあるのもそうですよね。

ⓚ そうですね、目がこっち向いているけれども、顔は横だけだったり、正面だったりして、子どもの絵もそうなんだよね。子どもの絵も、横向いているか正面向いているかというもので、奥行きがないじゃないですか。で、絵に奥行きが登場するというのは、世界を立体的に見はじめるというプロセスがあることになる。おそらく、両面視、両眼視ができるようになるということは、人生を深みのあるものとして捉えるという、ここの発達にも非常に重要なことなんだろうと思う。ただね、目が見えないからといって、まったくそれができなくなるかというと、両眼視に象徴されるようなことは、両手とか

両足によっても、あるいは身体の左右によっても、世界というのは違うんだということがわかるわけで、情報源がふたつバラバラなまか、それを統合するのかっていう、もののの見方の発達をもたらしたんだと思う。フリーダ・カーロというメキシコの画家がいますよね。あの人の絵なんか見るとね、奥行きがないのよ。

㋩ あれは技法でわざとそう描いてるのですよね？

㋖ だから、下手に見えるんだけどね、一見下手に見える、子どもっぽく見えるんだけれども、もしわざとやっていたならば、それはものすごくたいへんな能力なんだと思うし、無意識にそのことをやっていたらどうなのか。フリーダ・カーロは、猿も植物も人間も共存する世界を描いていて、遠くに景色が見えて、手前に人間がガーンといて、お空はちょっと高く見えていてといった、遠近法以前の、人間中心の世界観以前のものがあるのかもしれない。あなたにもね。

㋩ あるのかもしれないですね。今言われてみてそんな気がしました。ぜんぜん違和感がなかったです。

㋖ それって、世界がまったくふたつであるわけで、立体視ができていない。ということはね、そういうことがしばらくずっと経験されていて、にもかかわらず、片眼の中枢だけはそれぞれ機能していて、世界をまさぐっていたとしたらね、二重視がなんか妙に人よりも独立して発達してしまっているという……。

吉本ばなな
『哀しい予感』
（装画・原マスミ）
幻冬舎文庫
二〇〇六年

ⓑ うーん。そうなってしまったかも。
ⓚ 遅れて、どっちの目が中途開眼したのか知らないけど。
ⓑ 左。
ⓚ 左が開眼したわけでしょう。それは、遅れて見えたからといって、その視覚に対して、右がお前、あとから何だという感覚がちょっとあるのかもしれないね。
ⓑ あるような気がします。
ⓚ あるような気がするんだ（笑）。だからそれが、よしもとばなな、なのかもしれない。僕はね、いつも患者さんだとか自分の思考を考えていって、両目が見える人間の悩ましさということをね、いつも思うんだけどね、すぐに世界をひとつにまとめてしまおうとする。その鳥も空も何もかもが、別々に存在しているんだけど同じ平面で、特に奥行きなく、分け隔てなく世界が見えていたという感覚に対してね、すぐにひとつにまとめて、誰がいちばん手前で、誰がいちばん左にいて、誰がいちばん低いところにいるのかという立体的な発想というのをね、いつも持ってしまう。要するに、こいつが何でもかんでもひとつにまとめてしまって、世界をつまらなくしているんだなあ、と。もうちょっとそのままふたつに分けて置いておけないのかというふうに思うことがあって、ひょっとしたらばななさんワールドというのは、人工的に、人為的にというか、そういうふたつの世界が隣り合わせで温存され、育成され、醸成されてですね、まだ統合されないまま

厳然としてどこかにあるのかもしれない。
ば かもしれないです。持っていたものが強化されたような気がするんですけれども。
き 何が。
ば もともと持っていたものが。
き そこに一生懸命、何かが置いてあるのかもしれない。強化されたというのは、何が強化されたのかわからないけど。
ば 私にもわからないんですけど。
き あるものが強化されて、そこに、構築と脱構築、片づけることと散らかすことが、ふたつ別々に、しかも隣り合って、保存、保管されているのかもしれないね。
ば かもしれないですね。それを眼帯療法っていうらしいですね。
き 眼帯療法っていうんですか?
ば うん。アイパッチング。眼帯をすることで脳のバランスを整える方法ですって。
き 両眼視をやめるんですね。だから両眼視をするっていうことは、絶えず世界をまとめていなくちゃいけないという脳の疲れみたいなものか。
ば 疲れるって書いてあります。
き 眼を楽にするわけですね。「愁眉《しゅうび》を開く」というように。ものを書いている人間は、特に三〇センチか三五センチくらいのところに、コンピュータの画面を置くじゃないですか。そこにわざわざ目を寄せているわけで、どんどんどんどんと焦点づけていく。これ、眼の反射なんですけど、眼で対象に近づいていったら眼が寄っていくじゃないですか。これって、眼を閉じたときには、あるいは単眼視するときには、普通開いているんですよ。ね、これが余計に開いている人が外斜位、これが寄せられない人が外斜視で、世界をふたつに見てしまう。これが起こってしまうと、自然に、どちらかの眼で強く見てしまうのですよね。

ぱ　はい。見やすいほうにあわせますよね。

き　それで結局はひとつの世界を見ているということになるので、それが追っかけできるようになったというのは、さっきから申し上げるように、見えている世界の人工的な統合を行わないで放っておける能力があって、逆に言うと、むしろその統合が邪魔なのかもしれないということがあるかもしれない。

ぱ　なるほど。生きていくうえではね。

き　それで、「目開きの不自由」というのはすごくあると僕は思う。それは、『座頭市』という勝新太郎が主人公のドラマがあって、眼が見えないのにばっさばっさと相手を切ることのできる剣道の達人だよね、剣術の達人、いつも最後に目開きは不自由だって、眼が見えないと相手がよく見えるんだって言うんだよね。たしかにそうかも、それはある意味で、私たちが心眼が開かれるなんていうのは、そういうことかもしれないね。

ば　うーん。私には中途半端にそういう状態ができていたんですね、きっとね。

き　うん。まあこれを精神病理学にまで持ち込んで考えてみると、世界を立体的に描けないという一部の患者さんの絵もそうなんですね。いろんな断片的情報を集めて、並べているだけの世界の見え方ということがあるんだな。だから、そういうの、逆に悩ましくて、それが楽しめない人はつらいですよ。

ば　うーん、なるほど。表現できないとつらいかもしれないですね。

き　表現ができるというのはつまりきっとそれについて名前がつけられたり、それを象徴的に処理する能力が一方で発達しているもんだから楽なんだと思うんだけど、もしそれができなければ、それはただの眼であったり、スフィンクスだったり、あるいは化け物だったりすると思うんだよね。それはたいへんつらいことだと思うよ。

ば　批判的な意味じゃないですけど、岡本太郎さんの絵を見ると、これは本当にこう見えているわけじゃないなというふうに思うときがなぜかあります。ピカソは本当にこう見ていただろう、と理解できるんですよ。

き　ふーん。僕、そこがなかなかね、難しいところだと思うんだけど、クリエイティビティの話に移行していくうえでたいへん重要なポイントだと思うんだけど、岡本太郎とピカソの話は。

ば　私も岡本太郎さんが大好きだから、あんまりむやみなことは言えない（笑）。

ⓚ　でも、一方では病理を抱え込んでいる。岡本かの子さんにその関係で多かれ少なかれいろんなトラウマがあったんだろうと僕は思うんだけどね。

ポップとアートの違い

ⓑ　本当に気をつけないとと思っています。子ども育てるの。

ⓚ　作家の子どもなんて、たいへんなもんだと思う。

ⓑ　たいへんだと思います、今から申し訳ないです。

ⓚ　そういうようなことだけど、そうすると、一方で病理を抱え込みながら、その病理を素材にして、それを活かしてというか、それを表現できるというさっきのテーマが出てくるでしょう。世界がとんでもないものに見えてしまったり、気づいてしまったり、あるいは、人が見えないものがよく見えるという状態を、私たちはある意味で手に入れるわけでしょ。それを表現できるとクリエイティビティにつながる。これを表現できないとクリエイティブじゃなくなって、これに苦しんでしまう。

ⓑ　苦しみが偏ると自殺してしまう。

ⓚ　これで悩まされてしまうのね。それはだから、これをうまく表現できるように援助するというのが僕たちの仕事になりますね。あくまで単純化してみるとですが。だか

ら、名前のつけられない飢えとか、あるいはその訳のわからないものがわかるということは大事なことだと思う。分けられないものが見えてしまうと、わかるようにするために、名前をまずつけてしまう。そして筋を通して、ある文脈の中に置く。そのプロセスで詩が生まれたり作品が生まれたりすると思うんだけれども、本当に見えている人と、見えるように描いている人がいる。あえて言うなら、ピカソとダリの差みたいな。

ⓑ　それはとてもよくわかる表現ですね。

ⓚ　その違いは、どこなんだろう。それは本当に、今、勘でおっしゃっている、あるいはちょっと僕も思いつきで言っているようなところがあると思うんだけど、評論家は片方は偽物で、他方は本物だというふうに言うけど、あるいはポップとアート、この区別はどこにあるんだろうね。

ⓑ　偽物と本物というふうには思わないですけど、うーん、でもたぶん、伝記から推察するにはやっぱり。

ⓚ　伝記か（笑）。

ⓑ　ダリは、たぶん、やっぱり劇場型の人というか自分自身を作品と思っていたから、だからあれはひとつのパフォーマー、絵というより、芸術というより、人生を使ったパフォーマンスの一環、そして多才なその中に絵もあったと捉えると、私にはわかりやすいなと思う。ピカソはやっぱりこころの中が本当にああなっていたとしか言いようがな

いと思うときがあります。

㋖ で、後者のほうが価値が高いわけじゃないですか。一般的に。その、本当に見えていたものを、あんまり加工しないでセンスのいい、クリエイティビティによって自分を表現している。そこにはあんまり迎合がないとか、そんな判断でしょ。ダリの場合は迎合があるという判断かな。そのほうが価値が低いんだ。

㋫ 価値は人それぞれだとは思いますけれど。

㋖ どうなんだろう。

㋫ やっぱり普段の生活の中で発散している度合いが多そうだなと思います。ダリのほうが。自分自身のかたちを変えちゃったり、生活自体のかたちをめちゃくちゃにしちゃったり、なんかそういうふうにして毎日が劇場のような舞台のようなもの、作品をつくる状態も、作品もそうだし、全部並列にあったとしたら、価値という意味では彼の人生全体を見たら、結構、クオリティが高い芸術だったんじゃないかな。

㋖ ダリの話?

㋫ 絵だけを取り出してみると、作品的にはそんなにクオリティが高くないような気がするんですけど、もし、彼全体、人生全体を彼のパフォーマンスと捉えれば、クオリティは高いのではないか、そして人をひきつけるのではないかと思います。

㋖ なるほど、そうなんだ。

ば　それで、ピカソは、作品にその全部が入っているだけで、人生全般は、何回も女の人を取り変えたとか、そういう話で終わっちゃいますから。

き　そうですね。やっぱり、そうすると、ピカソのほうが作品で立っているというか。パフォーマーというよりもね。

ば　タイプが違うだけでね。たぶん今でもそういう人たちは常にいるんじゃないかな。

き　どっちが、ですか。

ば　どっちも。同時代を生きてその生き方が作品な人と、作品だけが語る人と。

き　どっちもね。

ば　どっちのタイプもいる気がするし、また、突き詰めて考えちゃうと、だいたいみんな人間は同じなのかもしれない。どちらも理解できる。どこを選んで出してくるかだけで。

き　だから、私自身がポップカルチャーの出身なものですからね、いわゆるハイアートとローアートとかっていうと、ローアートの大衆芸術のほうで、こういう、マスメディアに参加したものですからね。どこからどこまでがアートで、どこからどこまでがポップなのか。表面的に言うと『週刊アサヒ芸能』と『週刊朝日』の差はどこにあるのか、そういうのが僕たちはいまいちわからないんだよね。で、わからないというか、なんかそれは好き嫌いの差みたいな話でね、何が好きかのほうがなんか信用できて、どっちが低いか高いかなんていうのはよくわからない。

ば　やはりそうじゃないと思う。高いとか低いとかじゃなくて、どの部分を表現しているかだけで。

き　そうですね。どこが突出しているかということだけなんだと思うんですよね。

ば　人間全体の中のどの部分を表現しているか、だけなんじゃないかな、違いは。

フリーダ・カーロはマグダラのマリア

き　今日、若いときに売れてしまうというか、名前が出てしまうことの問題みたいな話をしようと思ったのですが、たまたまフリーダ・カーロに関心があって、最近、彼女の番組をつくろうというプランが生まれて、その意義を考えたことがある。彼女が奔放で、男女区別なく付き合って、そして傷ついていて、美しい芸術をつくりあげ、そして、死んでいるようなものを書きながら、活き活きと描くとか、あるいは吐物を描きながらなんとか見れるものにした。今いちばん現代アートの中で求められているのは、私は、醜いものと汚いものと美しいもの、あるいは、聖なるものと俗なるものとか、ややこしいこととわかりやすいこと、とにかくずっと今回のテーマである、世界中の分別しやすいものとしにくいものをひとつの画面の中に掲示することではないかと思う。これ、ビ

フリーダ・カーロ
《小さな鹿》
一九四六年

ジュアルアートの中ではいちばんの課題になっていることなんだけど、フリーダ・カーロなんて早くからそれをやってのけているし、やろうとしていたんだと思うんだよね。彼女も、生きている間に評価され、名声を得てですね、みんなにものすごい見られてしまう。そして、それでもう、おのずとダリ的な外向きのパフォーマンスが生まれてしまって、世界との関わりあい方も芸術的営みのうちのひとつになってしまう。それで、そういう芸術家こそ、人に見られまくって、みんなにああだこうだと言われまくるパフォーマーですね。作品を通していろいろと言われるし、ダリとピカソの存在のようなことに、若くして自分の身を置くことになってしまうということがあるなと思ってね。それでも逃げずに、そこに立っている。そして、自分の生きていることも、あるいは生き方も作品であるかのように立っているというかな、それもメッセージになっているというようなことがある。たまたまその前に話題にしていたジョン・レノンも、若くしてみんなに見られ、若くしてみんなに注目されるというのは、ライトの眩しさみたいなものにどうしても耐えていかねばならない。特に日本人の場合は、そこから逃げるとか、休むとか、休養するとかっていうことがあるんだけれど、休養しないでずっと居続ける人たちがいることに、このごろすごく驚いているんだよね。

㋩ うーん。休養しない、ですね。

㋖ というのが、今でもこの地球が一方で美しいけれども、傷つき、あるいはなんか大事なことがすごくあるのにくだらないことで汚され、あるいは生きていくためには守らなくちゃいけないというんだけど、同時に、その守りが汚職だとか汚い人間の欲望にまみれてしまっている。でも、それでも逃げないというかな。普通は、これから逃げるということが、ある意味で美的なものへの逃避になっていたし、それを飾ったり包むとか、乗り越えるための美しさだったように思うんだけど、今は、それをそこにドーンと置いて、それでも美しいっていうものが欲しいなと思う。これは本当に僕、個人的な欲求でもあるんだけれども、そういう時代であるし、そういう瞬間になっていますね。

㊝　うん、そうですね。微調整をするしかないというイメージがあるんです。みんな大きいことやりたがるでしょ。逃げちゃうとかそうじゃないですか。丸ごと逃げちゃうとか、全部置いていくとか、何もかも変えるとか。休むんだったらほんと、何もしないで休まなきゃ休みとはいえない、みたいな。わりとそういう話が、原発の問題もあって、すごく多いから、ちょっとずっというのをなんでみんな考えつかないのかなって思う。この間の普通の話とすごく似ていますけど。

㋖　似ていますよね。

㊝　今いちばんベストな選択肢はたぶん微調整だろうなって思うけど、それをやろうって思う人がわりと少ないっていうか、注目されにくい。大きく引っ越したり、何かを変えたり、今すぐ生まれ変わろうとか、そういう話にどうしてもなりがち。とにかく原発

を今すぐ全部廃止とか。どれでも同じ感じがするんです。

㋖　そうですね。それで、芸術家の人生はわかりやすいと思うんだけれども、あるいは政治家にしても、宗教家にしても、宗教そのものもそうなんだけれども、もはやどんなに素晴らしいものにも裏があるとかね、どんなに頭のいい人にもばかなところがあるし、どんなにいいこと言っている人も汚いところがあって、私自身も含めて、どんな人間にも表と裏がある。そして、その表と裏の両方を、もう清濁併せ呑んだうえで、最終的に結論を出していかざるをえない。だから、今おっしゃっている大きなことっていったって、絶対に大きなことには小さなことが必要だし、伴っているわけでしょう。

㋩　そうですね。

㋖　言うならば、娼婦と聖人の間を生きる「マグダラのマリア」なんでしょうね。その間の難しいバランス、あるいはその両方を簡単にまとめないでその間を生きていかざるをえないというのももう見え見えで、もうはっきりしていることだと思う。北に行こう、寒いところに行こうとしたって、そこに行くと雪も溶けちゃうし、美しいところに行っても裏で汚いことが進行しているかもしれない。とにもかくにも、今や何かを求めてもきっと裏切られてしまうということを覚悟のうえで、そこに行かなきゃいけない。それでもそこを生きつづけて、その全体は美しいとか、その全体は……。

㋩　強いて言えば好きだな、みたいな感じに落ち着くといちばんいいですよね。

ティツィアーノ
《悔悛するマグダラのマリア》
一五三三年頃
エルミタージュ美術館蔵

㋖　それでいて立っているとかね。それでも逃げない。逃げたいけど逃げないという魂や精神のありようを描きつづけるところが、さきほどの微調整の話だったり、そこが普通なんだとか、結局、居心地のいいところは、逆に言うとそこかもしれない。

㋩　あとはっきりしたこととかね。それこそジョン・レノンも。マハリシのところに行ってたくさん質問をして、失望してそれで帰ってきてヨーコと結婚した。別の目標を見つけただけで、何もやっていることは変わっていない。絶対的なものを求める。人間相手に求めていること自体、難しいんじゃないか。

㋖　だからこんなふうなことも、やっぱり美しいものを求めて裏切られ、汚いものを探っていったら、やっぱりきれいな可愛らしいものがあったということを経験したから、言えるようになっているわけで。その営み、その旅がないかぎり。

㋩　そうですね。

後ろを振り返れないとつらい

㋖　普通でいなさいとか、中庸でいなさいとかっていうと、それは道徳の本みたいになっちゃうよね。

㋩　うん。だから月並みな意見ですけどね、うんと若いときは、極端なことを経験して、ある程度年齢になって、そういうんじゃないんだな、みたいなのが、本当の意味でわかると人間って成熟したって言えると思うんですけど。
ⓚ　うん、そうですね。でも、それでね、いろいろと僕が最初の二十歳くらいでデビューして、マスコミにスポットライト浴びたときに、私たちは、複数の人間でいろんな道を選択するわけだけれど、ここは私たちの求めていたところではなくて、マスコミが一見面白そうだけれども、同じ曲十回も歌ったら飽きてくるというのがわかってきたとき、「酒はうまいし　ねえちゃんはきれいだ」を捨てるのは、なかなかの選択だったと思います、そこへ行くのはね。まあシンデレラ・ストーリーみたいな話で、シンデレラ・ボーイだったかもしれないけど、そのお城から帰ってくるプロセスというのはさ、なかなかつらい、さみしい旅なんでね。
ⓑ　うーん。すごくつらくさみしそうです。
ⓚ　だからね、いつも前に進んで、ここがやっぱり原点というか、ここが普通とかっていってていられない心情でどんどんどんどん先に行ってしまった人たちがいますからね、まわりに。
ⓑ　あととにかく無条件で人から賞賛されたい人は、たぶん、何回歌っても楽しいんだと思います。同じ歌。
ⓚ　どうですかね。そうですかね。

ば　今日は適当にやっておくか、みたいなのも含めて自分のことを楽しめる人たぶん、いるんじゃないですかね。

き　いや、僕はそういう歌手に会ったことがない。

ば　いないですか？　みんなつらいって？　それはすごい、生々しい現場の声だなあ。

き　だから、そこだよ、僕がさっきから言っているのは、その楽しみ、周囲から見るとものすごく楽しそうじゃない。みんなの前で、パフォーマーたちは。おれ、今日やってやるぜとか言っているんだよ。でも楽屋に入ると、マネージャーがここにいて、ちょっとまあ適当にやっておいたほうがいいですよ、って。

ば　明日もありますから、みたいな。

き　そうそう。そうかそうか。声帯のことを忘れて声潰したら明日ないですからね、という。隣の町でまた同じことやるんだよ。で、また隣の町に行くんだよ。それでまた今日やってやるぜ、ガンガンやろうぜ、みたいなふうなことを言っているんだよ。だんだん、だんだん、飽きてくるよ。

ば　そうなんですかね。

き　その、ものすごいむなしさ。それは、もう、ものすごい虚脱感に苛まれていますよ、多くが。もしそれに苛まれなかったら、もうひとつは、もう世界中を舞台にしてしまって、ガンガン前にいくしかない。後ろを振り返らないタイプですね。

ば　うん。その系の人はね、いますよね。やっぱり。きつそうです。
き　それはいらっしゃる。だけど、逆に言うと、悲惨な最後、あるいは……。
ば　最後はつぶれるまで行くしか道がないですもんね。

人生の表舞台と楽屋裏の間がやっぱり面白い

き　振り返ったときの景色を、あるいは戻るところのなさをごまかすために、薬だったり、酒だったり、金だったりがどうしても必要になる。だから、というふうに私は思うんですよね。だからどうしても、僕は比喩として、表と裏、表舞台と楽屋裏という世界が大きくあって、やっぱりいちばん面白いのは、楽屋のほうですね。舞台の上にいることもそれはそれなりに面白いんだけれども、それは隣の町でも、同じように面白いかっていうと、そうでもない。やっぱりオペラを見ていたらわかるようにさ、今日は調子がよかったり、昨日は二日酔いだったんだろうなというべらぼうな舞台がやっぱりあるように、出来不出来というのがどうしても舞台の上にはあるんですよ。
ば　そうですよね。人として当然です。
き　そうですよね。ということで、どこにやっぱり楽しさがあるのかというと、ジョンも舞台と舞台の間の、ヨーコとニューヨークをぶらぶらしていたときとか、軽井沢に行ったときとかっていう話にやっぱりならざるをえない。
ⓑ　そうですね。
ⓚ　そうでしょう。そうですよね。みんなそうじゃないかと、僕は思うんだけど。だから僕、いちばん世界で面白い場所はどこかというと、楽屋と舞台の上へ行くときの通路で。いわゆる袖っていうところがあるんだけどね。その舞台の袖というあたりが、人生にも僕はあると思うんだけどもね、それが、学校と家の間に道草しているところだったりとか、本屋さんに寄ったりしたところだったと思うんだけどもね、もともと。今でも、サラリーマンが赤提灯に行ったりとか、あるいは奥さんが井戸端会議をしたりとかっていうこの舞台の上と、パフォーマーとしての舞台の上と、それは脱いだところの、楽屋裏との間のこの通路みたいなところが面白いな。
ⓑ　うーん。いちばん自我を意識しない場所。
ⓚ　僕はそれが、そこが、目が楽になって、私っていうものが顔を出すところじゃないかと思っているんだけどね。
ⓑ　うん、うん。なるほど、なるほど。
ⓚ　それはいかがなものでしょう。みなさんどんなふうに世界を体験しておられるかわからないけど、こうやって対話があって、飯を食って、帰りの電車の中くらいが、ボーっとしているところあたりが、うちに帰るまでの間が、たまらなく好きなんだよ（笑）。

ば　うーん。よくわかります。

き　どうなんだろう（笑）。そこが実世界、そこでみんな自分に戻っているというか、次の舞台に移るところ、ね。

ば　そうですね。力を抜けるところ。

き　うちに帰ったりしても、役割が待っているわけじゃない。どうですかね（笑）。

ば　たしかに。

き　僕たちの若いころってね、これは、ばななさんがやってくる前の、若いころに変身ものってのが、ものすごい流行ったんですよ。変身ものというのは、スーパーマンとクラーク・ケント、これ、代表的なんだ。普段クラーク・ケントという新聞記者でさえないんだよ。頭はいいんだけどね。弱っちいんだよね。それでスーパーマンになるんだよね。着替える場所が、公衆電話のボックスの中。

ば　ボックスの中で。今は彼、どうしているんでしょ。

き　あの中ね。

ば　公衆電話なくなっちゃって（笑）。

き　あそこが、やっぱり彼の素顔に戻るところ。

ば　はい、いちばん彼らしいというか。

き　そう、彼らしいところじゃないかと思う。それとかですね、月光仮面というのが僕たちの世代のヒーローで、月光仮面は普段はね、祝十郎《いわいじゅうろう》という探偵だったのね。これもスーパーマンと同じで、祝十郎が消えると月光仮面が出てくる。月光仮面が消えると祝十郎が出てくるという物語で、なんであんなに僕たちは、ああいう物語に憧れたのか、いまいちまだ僕は分析しきれていないんだけど、たぶんあの時代は、日本が自分を失い、それでなんか外国がわーっと押し寄せてきてですね、どれを選ぶかというのに、えらい迷いがあって、自分がなかった時代だから、よけいあんなふうな変身ものが流行ったのかなというふうに。

ば　ああ、本当はこうなんだというのをしっかり持っていたいという気持ちの表れだったのですかね。

「きたやまおさむ」と「よしもとばなな」の由来

き　普段はこうだけど、別の自分を持っている。だからどうしても、私たちの時代の物語は変身もの、変身譚というのがずっと私の関心事だったように思うんですね。だから、舞台の上に上がっても、それはひとときの変身状態で、また次のメタモルフォーセスというか、変身があるというようにずっと感じてきている。で、世界というのは一面しか見てくれないのでね。で、一面しか見てくれないかぎりはどうしても、その、誤解されているように感じる残された部分があるので、そういうものがありますよっていうことを言いつづけねばならない。ひらがなの名前を使うというのもそういうことで、「北山修」という漢字の名前になると、もうどうしても個人でひとつということになってしまうわけだけれども、ひらがなの名前になると、まだ手垢にまみれていないし、何かになれるようなところがあるようなそんな感じするんですよ。

ば　そんな根拠があったんですね。

き　そうそう。音にしか過ぎないっていう感じがする。私はよしもとさんの、その「ばなな」っていう名前の由来を聞きたいんだけれども、修という名前については修学旅行の「修」ですとかって常に言っちゃうわけだけれども、「修」というのは勉強しなくちゃいけない。どこ行ったって学習だ、そういう修学院離宮みたいな、そういう感じですね。

ば　すてきなイメージ（笑）。

き　京都の人だからな、あるんだよ。だから、そういう意味に支配されたくない。でも、ひとたびいったん人のこころの中にそれが取り入れられると、ああこいつはああいうやつだとか、AだBだとカテゴライズされてしまう。わかられてしまうのね。わかられていないものが残っている、素の状態というのか、ひらがなの名前が大好きなんですね。そういう意味で使い分けているんですけど、いかがですか。

ば　私はそんなに使い分けていなかった。

㋖　でも、どんどん書かれたものを見ていると、ひらがなになっていくじゃない。最初はまだ漢字の名前だったのに。

㋫　最初、漢字だったときは、たぶんこのままだと結婚とかしなさそうだし、長生きもできなさそうだから、せめて仕事の名前くらいは親の苗字を使ってあげようと思って、吉本は絶対残さなきゃと思っていたんですよ。

㋖　それはどういう意味で、絶対の理由は。

㋫　だから、親に対する申し訳なさ。

㋖　何なの、それ（笑）。ペンネームに、そんな思いがあるんだ。

㋫　あります。屋号を残さなきゃみたいな。

㋖　親に対する申し訳のなさ。それはどんなもの、どこから出てくるの？

㋫　店の屋号みたいなものですね。

㋖　このうちで育ったんだからという。

㋫　うち男の子がいなかったので、誰か一人くらいは苗字を残してあげないと、と思って。もし嫁に行ったら苗字も変わるし。

㋖　お姉さんは変わったんですか。

㋫　変わっていないんです。だからあんまり意味はなかったんですけど、でも、とりあえず残そうって思って吉本は決めていたんですけど、外国に出ていきたい気持ちがあったので、万国共通の名称がいいなと思って。
㋖　ほお。
㋩　それで、なんかそのとき、ちょうどバナナの花を育てていたので、これだと思って。バナナの花を育てていた。
㋖　はい。そうなんです。意外に、インドネシアに行ったら、ピサンとか言って、ぜんぜんバナナじゃなくて、ぜんぜん万国共通じゃなかったっていうことに気づいた（笑）。ふと気づいたのが、もう遅かったんです。
㋖　英語圏なんですか、バナナって。
㋩　そうです、でもまあ、通じますからね、とりあえず。絶対通じるし。
㋖　そうだね。イタリアでもバナナっていうのは通じるの？
㋩　通じます。あとは一見、男か女かわからないというのがいいなと思って、そういうことも含めてしたんですけど、子どもができたときに生命判断したら、なんか、漢字の吉本でひらがなでばななだと、家庭運がものすごく悪かったんですよ。で、やっぱりちょっとは気にするよな、と思って。
㋖　なんでだろう。なんで運命が悪そうなの？
㋩　字画を計算したの。この数字はよくないって、他にもこんな人、こんな人がいて、こうなりましたっていうのが書いてあってすごい嫌な気持ちになっちゃって、これ、だめだなと思って、ひらがなに変えたんです。

㋖ それは、じゃあ私とぜんぜん違うね。

㋬ そうです（笑）、違うんです。

㋖ 手垢にまみれた表意文字の世界というのが日本人にはあって、他方に表音文字の世界があるじゃない。よしもとばななのひらがな表記というのは、あきらかに表音文字が並んでいるわけですよね。

㋬ はい。

㋖ でも、こちらの表意文字のほうは、必ず何らかの意味がくっついてきて、北っていうだけで、もう、なんか北のほうの人。

㋬ 南というよりは北みたいな。

㋖ 要するに意味がくっついちゃう。このことって、私がまたよく言っている二重性というか日本人を生きることっていうのが、どうしても、この意味に縛られている世界と無意味な世界に両方足を突っ込んでいるという、その全体を経験するということが日本人として、絶対大事なことだというふうに、思っちゃいますので、これ、意味にとらわれて、意味に縛られかけると、どうしても僕は、表音文字に戻りたくなるんですよね。

㋬ 私も無意識の中にはあったかもしれないですけど。

㋖ それはたしかに意味と無意味、吉本とバナナを同時に楽しんでおられるように思うんですけどね、この表音文字の世界というか自分の名前が表音になることを。
ば　なんか、いつも勘でしか申し上げられなくてすまないんですけど。苗字が漢字が名前がひらがなの、自分の名前って、この人はどんな人かなっていうふうに思うと、なんとなく、孤独な感じがしたんですね。
き　（笑）。
ば　別に孤独じゃなかったんですけど。
き　ありえないような状態だもんね。ありえない状態というか、めったにない名前の表記だもんね。
ば　そうですね。だから、とっても、でも、ひらがなにしたらちょっと和らぐんですよ、やっぱり。ひらがなの柔らかさというのもあると思うんです。あとやっぱり、世代的にというか、カスタネダ（カルロス・カスタネダ。ペルー生まれのアメリカの作家・人類学者）がバイブルだから、名前っていうのはそう簡単に見せてはいけないという気持ちがどっかにあります。
き　ああ、本名というか。
ば　はい、履歴を隠さなきゃいけないという。
き　あなたの場合はそれはどういうところからくるんですか。だって吉本家を大事にしなくちゃいけないところから吉本の名前を残したというのに。

ば　名前は、姉も母も吉本だし、親せきも吉本だから別にいいんですけど、本当の名前っていうのはやっぱり意味があるから、あんまり人前に出さないのがいいかなって。だから下の名前は本名ではない。人にあまり明かさない。ドンファンの教えで、なんかそうしなきゃいけないんだっていう刷り込みがありますね。

き　それを古い伝説というか、言い伝えで。人に名前を知られてしまうと好きなようにされてしまうので。

ば　そうだと思いますよ、実際。

き　魂を売るのと似ているから、いや、支配されたくないのだと思いますよね。

ば　思いませんか。

き　そうです、はっきり言ってしまえば芸名にしておけばよかったって、僕も何度もそう思いましたよ。

よ　だってね、ひらがなになっただけで、微妙に気分が違うんですもの（笑）。

き　でも、なかなか難しい問題だ。難しい問題で、じゃあ香山リカさんのように、アトムにでもしとけばよかったかというと、それはそれで、それなりの悩ましさが伴うだろうと思いますよね。

ば　そんな気がしますね、はい。

き　そうですよね。だから僕は、北山修でよかったなと思う部分もあるわけです。

ば　うーん。

き　そういうことあります？　名前をまったく違うもの、吉本という名前をつけていなきゃよかったとは思わないでしょ。

ば　ああ、それは思わないですね。

き　そうですよね。だからやっぱり、若干知られてもいたいと思うんだよね。つまり名前、記号と、私についた名前と私との間に若干の血のつながりがあるというか、慣れ親しみがあるということも大事だよな。

ば　そうですね。自分にとっての自分。

き　吉本でなきゃいけないというあたりはそう。それでいて、ちょっと要するに知られたくないという自由も確保しておきたい。

ば　うーん。ま、いいとこ取りをしたという可能性はありますね。

き　そうだよ。上手だよ、本当にそういうの。

ば　そうじゃないと生き延びていかれないような気がしませんか。

き　いやいや、僕はだから、名前と私との関係っていうのは、なかなか微妙でね。

ば　大切だし強い絆がある感じがします。

き　名前で縛られているし、名前を言われると振り返らなくちゃいけないという、ものすごい強制力を持っているじゃないですか。この名前は名刺であるし、肩書であるし、自分というものの代表なの。これの間柄、まったく切れてしまってもさみしいですよ。

㋩ あと、自分のものとして使えるの、すごく時間がかかりそうですよね、たとえば山田太郎とかにしちゃうと（笑）。なりきるまでに、すごくたくさんの時間が必要な気がします。

㋖ （笑）。だから、山田太郎は芸名にしにくいと思うんだよ。やっぱり世界にひとつしかないような名前を、あえて選んでいるとみなさん思うんですね、山田太郎というのでは、どっかの銀行の見本みたいだ。

㋩ そのまま見本になれるっていう。

㋖ なっちゃうからね。という、まあ、そういうことがあるんで、ひらがなだけれども、素に戻ってはいるけれども音の上でだけのつながり、お付き合いはあるという感じが私にはありますね。私はものごとの意味というのは、どんな体験であれ、どのようにそれを受け止めるかということに関わるのだと思う。つまり名前が変わるという体験もそう。それをどのように経験するかということが被害的であったり、加害的であったり、ニュートラルな体験だったりするんですね。だから、どんなことが起こっても結局、起こったいいことは棚上げして、嫌なことばっかり思い出してしまうんですねっていうタイプの人もいれば。

㋩ ああ。それはいますよ。こころのクセのようなものですね。

「私」がこころを橋渡しする

㋖　プレゼントをもらうことがあっても、もらっていないことばっかりやたら覚えている。つまり、悪い記憶しか残らない。そういうことっていうのが、私たちの体験の処理のプロセスにはいつもつきまとっていて、ですから私が言うのは、Aという見方もあるし、反Aという見方もあるんで、このAという見方とまったく食い違っている真逆のものの見方もあるっていうことの間で揺れ動いたときに、引き裂かれたり、片方、目をつむったり、あるいは片方をどこかに置いておいたり、ということが起こるんだけど、「どちらか」という思考は青年のときや子どものときは起きやすい。やっぱりお稲荷様の前を通りすぎるとキツネが出てきて驚かされるような気がする。あの怖さというのは幼いころはありましたよ。そのおかげで、町の明るいところにやってきたとき、ワーッと開けて、ああよかった、助かった、襲われなかったという喜びも大きかったんだと思うんだよ。だから、恐怖と喜びがものすごい落差があって、子ども時代は人生をドラマチックに経験できるんだよな。

㋩　私なんて今でもエブリデーそういう感じ（笑）。

㋖　若いから。

ば　どうしたらいいんだろう（笑）。

き　だから、ばななさんでも、そのふたつの間をね、私なんか毎日がそうといって、笑える私がいるんだよ。

ば　そうですね、なんかおかしいです（笑）。

き　よしもとばななという自我、私という存在、つまり自己の分裂を笑えるところが大事なんだよ、ね。ところが、自我が分裂する自己に振り回されているという場合があるんだよね。

ば　ああ。

き　だって、お稲荷さんの前に行くと怖くなって、町に出たら急に明るくなって、そしてコロコロ人格が変わるということをご自分で気づいていない。そうしたらな、俺は暗いところ行くなって言いたいんだけれども、ついそういう人はふらふらと暗いところへ行ってしまう。で、また怖くなってしまう。でもそのことをちょっと俯瞰で見ると、ああ私って、こういうところがあるのよって言ったときに、世界を笑えるじゃない。世界が、全体が視野が広がる。この私を早くから手に入れる人と、なかなかこれが育たない人がいる。

ば　ああ、それがないとたいへんそうですね。

き　うん、だから、そうすると人格が分裂する。場当たり的になる。好きと嫌いで揺れる。判断がコロコロ変わる。言っていることが昨日と今日と違うという話になってしまって、人はその人間のことを信用しなくなっちゃう。あるいは本人も世界に振り回されてしまって、そのことに気がつかないまま、翻弄されてしまうということなので、この翻弄されて場当たり的に生きている、この好きと嫌いしかない二重人格的な生き方と、その両方を使い分けながら少し楽しんでいる生き方とは決定的に違うと思う。

ば　ああ、なるほど。だから私はギリギリでも今まで病院に入ったことがないんですね。入ったら悪いということではもちろんないのですが。

き　それで、この私っていうのは、まあ、クリエイターだとするじゃない。私という人間の統合本部みたいなもの。これが十全にコンスタントに機能し続けるためには、こいつは、ものごとを記憶したり記録したり、保管したりする装置を持っていなきゃいけない。記憶とかそういった、ある意味でメモリを持っていないといけない。脳を持っていないといけない。ここはちょっと待ちだぞって、判断を控えたほうがいいぞとかって判断をする統合本部を持っていないといけないんだよ。これが私だと思うんだよね。

ば　ああ。

き　これが私はこれまた語呂合わせでいつも楽しんでいるんだけど、渡しているんだと思うんだよ、両極を。で、あるいは世の中を渡っているんだと思う。

ば　うん、渡っている、うん。

ⓚ　で、あるいは楽屋と舞台の間を歩いているんだと思う。この間を渡す能力を持っている、橋渡し機能というのを持っている、この「私」さんが、まあ、ある意味でときどき作品を書いたり、このふたつの両極を総合してものごとをつくり出したり、あるいはこっちにも、こっちにもない「間」みたいなものをつくったりというようなことができるわけでしょう。

ⓑ　まさにその「間」が重要ですね。

ⓚ　だから、そこにたぶん、僕はクリエイティビティの本部があるんじゃないかなと思う。今おっしゃった「この私なんか、毎日がそうよね」とかって言って笑える、この人。

ⓑ　だって笑うしかないですよ。

ⓚ　こいつ、こいつが、あるいは笑っているあなたが、その作者じゃないか。

ⓑ　うーん。なるほど、ここにいたか。

よしもとばななの創造性のひみつ

ⓚ　それで、よしもとばななの「私」はどういうふうにできたのか、どうやって育つんだってことをちょっと聞きたいね。

ⓑ　うまく伝えられるか自信がないんですけど、十三歳くらいのときに、イタリアの

ホラーの映画を見たんです。

㋖　それは『サスペリア』ぐらいの時代ですか。

㋬　そう。『サスペリア』です。『サスペリア』を見て、あれ？　と思って、これは私のカメラだと思ったんです。私の目にはいつもものごとがこういうふうに映っていて、自分がいつもこう見ているというか、よりも、自分自身の、まあ目線の動かし方というのかな、写り方、色とか、色とか感覚とか全部が、これ自分よりよっぽどリアルに自分だなと思って、思ったんですね。それで、まわりの人に聞いてみたらそうじゃないっていうから、初めて違いに気づいてびっくりして、えっ、みんなは違うんだと思って、それで、それからその監督をずっと追いかけて、今まで追いかけているんですけど。

㋖　あの方はまだ同じような系列の作品をつくっているんですか。

㋬　はい。そうです。インタビューを見ていたら、その人が自分にとってホラーを撮ることは愛以外何ものでもないというんですよ。ただ言っているだけかなとはじめは思ったんだけれども、彼に娘がね、生まれたときはね、もう娘が死ぬ映画ばっかり撮っている。彼自身に娘が生まれたときは、小さい女の子が死ぬ映画ばかり撮っていて、死ぬか、生き残る少女が出てくるかって話だけなんですよ。それで、やがて娘が大きくなったら。娘がレイプされる。生き延びるんだけどレイプされたり。

㋖　心配事ばかり。

ば　そうそう、娘が発狂したり。それでね、彼に小さい男の子の孫が生まれたんですけど、そうしたらね、男の子が殺される映画ばっかり。世の中という恐ろしい、何があるかわからないところで自分の愛するものが、生きていることがもはやつらいっていうような表現なんですよね。

き　だから心配事が作品になっているわけ。

ば　そう。心配事を解消するために、自分にとって起こりうる最悪の事態を表現すると、それは起きないっていう愛のかたちなんだな、と思って。理解できた気がします。

き　だから、それも古典的な理解をしてしまえば、その、私たちは心配事の世界と心配しなくてもいい世界っていうのを併せ持っているかたちで生きているということ。でも、それで心配に振り回され、そして、安心になると急に心底安心してしまうというような、私の翻弄のされ方ではなくて、むしろこの心配事を「私」という自我がね、管理下に置く、あるいはある程度把握する、理解する、掌握するためにどうしたらいいかというと、これを言葉で表現したり映像で表現したりして、作品にしてしまうことであると、いうことですよね。なんか今のお話を伺うと。

ば　そうです、うん。たぶん、それとすごく似た理由で、自分が作品を書いているなというのは、ちょっと思うんです。

き　あなたが、ですか。

ば　はい。

き　やっぱりご自分の心配だとか。狂っているような部分。

ば　そうですね。たぶん、私の場合、解決法を書いているんだと思う。自分にとって問題や心配と思われることをいかに解決するかということを、考えているんだと思います。

き　いや、だから、普通考えるとか、解決方法を見出すとかっていうことくらいですませているのを、それを一連の作品にすることが、まあ、作家の特権というか、その能力というかそのセンスというのが、内容を広く共有されるものにできるというのがすごいね、人びとの気持ちをね、勇気づけるものにするというのがすごいと思うよ。それが才能ということなんでしょうかね。

ば　うーん。勇気づけたいしシェアしたい気持ちがいつもあります。

き　まあ冗談でもそうですね。冗談がいちばん、なんかミニ創造性だと思うんだよね。で、言うに言えないこころの思いがあると。それを要するに、面白い言い方でもって表現すると。そしてみんなが笑うと。そうするとこころの中がすっきりしたりとか、ああ、そうだったんだっていうふうになるというのは、こころが抑圧されているものを抱え込んでいて、要するに抑圧が解放されてカタルシスが起きるという、古典的な創造性理論なんですけど。このことを思いつかせる能力、まあ、そこを才能と呼ぶんでしょうが、じゃあ才能はどこから生まれてくるんだ、ということには答えがなかなかないですよ。

㋩ うーん、そうですね。

㋖ でも、私はそれは人のおかげだったというふうに本当に思えるところがあるんだけど、まあたとえば私のうちは開業医だったんですね。それで父も母も働いていたんですね、お店で、お店というかクリニック。

㋩ お店じゃないですよ（笑）。

㋖ お店みたいなものだ。まあどこかのうちの子にはお店だったと思うんだけど。そういう状況ってみんな、うちで商売している人たちにはよくあると思うんだけど、父も母も仕事のほうに振り回されていて、子どもは両親が仕事を終わるのを待っているという、ことがありました。それで患者さんが多かったりとか、お客さんが多かったりですね、商売をやっているようなものだから、お店が忙しいときにはですね、子どもたちは一人で遊ぶとか兄弟で遊ぶしかなかったわけでしょ。そのときに、歌があったとかね、あるいは蓄音機を手に入れた。あるいはレコードプレーヤーですね。それとか、テープレコーダーがあったとか、それは友人の家に、ですけど。というようなことが、ある意味での始まり。あのときに、誰かがそれを与えてくれなかったら、私には、それを表現する機会はなかったかもしれない。そういう機会を僕はね、吉本家だからね、きっとあったに違いないと思うんだよね。だってお父さん、ものを書いておられるわけだし、考えておられるわけだから、こう、さっきから言っている、その難しい目に見えないことの解決方法を考えたり、ものごとを記したりする方法を得る機会が当然吉本家にはあったと思うんだよ。

㋫ あったのかなあ。

㋖ あるいは、そのモデルがそこにいたじゃない、きっと。

㋫ 外に行かなくていい仕事があるって。そうは思いましたよ。

㋖ こいつさ、得しているみたいな。私、この仕事がいいというふうに思わせる流れは当然あったように。

㋫ でも、そんなポジティブなものではなかったです。

片目が追いつかない

㋫ 姉は絵がうまかった。漫画家ですからね、なんといっても。漫画家だから絵がうまくて。絵はだめだし、かといって私には、これでは外に出る仕事は無理だろうと、私は思ったんだと思います。はじめ。

㋖ これではって？

㋫ これでは（笑）。この、のろまさでは。私はとにかくのろいんですよね。いろんなことが。

（き）ああ、そう。でも思えないけど。

（ば）そう、みんな思えないというけど、自分の中ではものすごいのろいんですよ。今でものろいんだけど、訓練で合わせているだけで。

（き）ええっ？

（ば）本当にのろいんです。それで、これはこの世ではちょっと生きていかれないかもなって、子どもこころに恐怖を覚えて、で、絵は姉には絶対にもうかなわない。それはそうですよね。七歳も上なんだから。

（き）何やったってうまいだろうね。

（ば）そうなんです。でも、姉は絵が特別うまかったんです。だから、絵はだめだ。これは外に行かないでいい仕事といったら、作家しかないっていうふうに、強く思い込んだんです。

（き）外に行かなくていいっていうのは、行きたくないというのがあったの？

（ば）やっぱり外の人は速いから。

（き）外に行きたくなかったの？　外の人は速いの？

（ば）速かったの。圧倒的に。たぶん、それは、私が片目だったのとすごく関係あると思うんですけど、何より。とにかく外の人の動きが速くて見えないんです。どうしてそんなに速くものが取れるの、とか。

ⓚ　じゃあ、だからそれが外を向いたのろまな目だった。そして片方が覆われていたというので考えた。で、ちょっとそういうことの分析が今日の役割かなと思って言っているんだけど、ものが違って見える、サスペリア風に見える。あの色遣いに見えるというのは。

ⓑ　あの色遣いに見えていましたね。

ⓚ　見えるというのは、目が問題、それも目の片方はのろまだった。それでもう片方が見えるのにもかかわらず覆われてしまっていて、あとから追いかける格好で、他方の目が活かされてしまったので、合成された色遣いが、ちょっと普通の人よりも違った世界。

ⓑ　はい。めちゃくちゃダイナミックなんですよ。

ⓚ　ダイナミックなの。だから、たぶん、モノクロみたいなところに突然イーストマンカラーというか、極彩色のものがやってきたんだよな。だから、イタリアのホラー的な世界がぴったりみたいな。

ⓑ　そう、本当にそうだったんですよ。

ⓚ　鮮やかだったんでしょうね。

ⓑ　うーん。

㋖ なるほど、わかってきた、わかってきた。

㋭ すごくわかられている（笑）。嬉しい、よかった、よかった。

㋖ つまり、目先のものごとが速い。

㋭ 速くてもうついていけない。

㋖ それは見てられないいんじゃないの。他方の目が追いつかない。

㋭ でも、小さいから目が片方で追いつかないから遅いんだというところに結びつかなくて、とにかくまわりが速い、自分は速くできないという、コンプレックスみたいになってしまい、遅いから何とかしなくちゃって思ったんですよね。じゃあ、お外に出なくていい仕事なら、ある程度自分のペースでできるから作家ならいけるんじゃないのと思って、本当にいけたっていう珍しいケースです。

㋖ だから、頭で考え、目が追いつかないけど、頭だけは追いついている。手は出ないけど、手は出ていないけれども、言葉は、口だけは開けているみたいな。あるいは言葉だけは浮かんでいるみたいな状態が、ずーっとある意味で訓練するかのように、練習期間であるかのように、しばらく続いていたんだと思うんだよ。

㋭ はい。まさにそうでした。

㋖ ね、やっぱりそうじゃん（笑）。僕もじつはね、僕もなぜ音楽なんだっていうと、これは、いろんなところで書いているのでね、告白しているわけでも何でもないんだけれども、僕も目に偏りがあったんです。で、僕は、一生懸命普段は両目で、ものはひとつのものとして見ているんだけど、目をつむると少し違う方向を向いちゃう。でも、まったくひとつのものを見るときに、片方がどっかいっちゃうというわけでもない。だから、普段、一生懸命ものを見ているんだけれども、すごい力を入れているので、目が疲れやすい。

ば　ああ。そうなんですね。共通していますね。

き　読書や書くことなど目を使う仕事をすると疲れるんですよ。で、目をつむるとすごく楽なんですよ。ということのおかげで、私は目をつむっても人の話を聴ける仕事というか、あるいは役に立つ仕事が向いているかもしれないと思うんですよ。だから、あえて精神科医って人の話を聴く仕事なのでね、目をつむってお話を伺っていると、相手の話がいろいろと見えていく。さっきのちょっと心眼が開かれるというようなところまで達成できていないとは思うけれども、私は、目、外のものを見ると、なんか、疲れる。

ば　疲れる、はい。

き　あえて言うなら、目をつむって相手の話を伺うほうが楽なんです。ということなので、やっぱり音楽的になりますわね。

ば　ああ、なるほど。

き　だって、書物とかあるいは文字の世界って、目を使わないでは許されない世界じゃないですか。で、歌って別に書けなくたってできるわけですから。

ば　うーん。なるほど、切実な理由ですね。

目をつむって、言葉を紡ぎだすこと

き　だから、そういう意味では私に、もしひょっとしたら何かに向いている資質みたいなものがあるとしたら、目をつむって、言葉を紡ぎだすこと。そして、それをあるかたちにして提示することというのが、私には小さいときからもう準備されているんだと思うんですね。だからね、フリーダ・カーロは、交通事故に遭って、病気でもともと、ポリオ（急性灰白髄炎《きゅうせいかいはくずいえん》）というような障害があるんだけれども、それでも前を向く。それでも、ものを表現する、それでも何か思いがあって、表向きにそれを出したい、彼女の場合、それを絵にして、表現するというところにやっぱりクリエイティビティがある。そして、その創造性というのは、たまたま世界が求めているものであったりすると、それがたまたま人に喜ばれるとか、共有されるとかっていう順番になっていくわけだけれども、まずはとにかく外に向けて表現するところまでが、第一次クリエイティビティね。それが売れるか売れないかは、そんなものは知ったこっちゃないからね。まあ、私たちにとってみれば。僕はそういう順番で参加したものですから、二次的なクリエイティビティのために、その思いを消費しはじめると違うんじゃないかっていう発想になるんじゃないかな。最初に、ある思いがある。表現したいけれど、何かもどかしくて世界に手を出せない。そう思ったときに、何か言葉にしていくことがあり、ああ、そうだ、私にはこの思いがあるんだといって、ほとばしるようにして描き出す。そこまではクリエイティビティであって、内なるやっぱりニーズというか、表現したいという思いがまずはないと、その二次的にお客さんがあれを求めているからあれでやりましょう、受けたものと同じように、何枚も描くと、たくさん売れるようにとかっていうものは、こころのためのクリエイティビティではないということは当たり前だけど。

ぱ　切実さがないと。

き　そういうことなんでしょうね、うん。だから、やっぱり一見華やいで評価されて、第二次クリエイティビティでみなさんに見られてしまうから、どうしても、うまくやったみたいなことで思われるかもしれないけど、前にある障害を抱え込んで、そして、それをなんとかするべくして生まれてきているという切実さと今、おっしゃったようなところが、何かその人らしさ。

ぱ　でも、そうでないと、やっぱりそんなもの長くやっていられないですよね。その人にとって切実じゃないと、ほかの人の切実さにひびかない。音楽だってね、ただ楽しくつくって楽しく歌っていればいいというもんじゃない。やっぱり。

マスメディアは降りるのがたいへんな階段

ⓚ そうなんですね、だから、前も言ったように、これやめたら本当にうつ状態になっちゃいましたからね。

ⓑ それは、そうなりますすね。いちばん落ち込んだ部分はどこの部分だったんですか。表現できないということ？　それともそれを人前で伝えられないということ。

ⓚ もともとの体験も前から言ったように、こつこつとアマチュアのグループでやっていました。そして、三百人のレコードをつくりました。それで三百人のための歌をやっていて三百人のためのコンサートをやっていて、完結していたわけだよ。それが売れるなんて思ってもいなかった。そして、終わろうとして、それが売れて、で、まあ一年やりました。そして、辞めました。そして、医者になろうとしました。そして、医者になろうとしたところで、やっぱり後ろ指差されるという思いをいっぱいするようになりました。吉本さんだって子どもをクリニックに連れてきて、僕が目の前に座っていたら、こんなのに診てもらうわけにはいかないよって思うだろうと思ったと思います。

ⓑ 診てもらいますよ！（笑）。

ⓚ それで僕も仕方がないなと思ったから、これはまず僕の態度がいけないんだと。

僕のこのちゃらちゃらした生活がいけないんだとか思って、ギターとかをまずはしまって、友だち、加藤和彦とか杉田二郎に、お前ら来るなって言ってしまった。

ⓑ　何ごとも極端はよくないですね。

ⓚ　（笑）。さっきから言っているようにね。その、切実な問題の解決としての音楽活動が必要だったね、もともと三百人のためにやっていたんだから、それでいいんじゃないのっていうような、すごく私には、そのときわかったんだよね。だから、まあ病院のコンサートとか、あるいは友だちで宴会やるときに、カラオケに行くこととか、それはすごく私にとっては健康のために、切実なバランス維持のために絶対必要だと私は思いました。

ⓑ　うん、そうですよね。そのときにそれはそうだっていう人はまわりにいなかった。もし言われても、頑なにもう聞かなかった。ギターくらいちょっと弾いてみたらとか。

ⓚ　それはだから自分でまずは思いついたというか。

ⓑ　せめて曲はつくりためておいたら、とかいう人はいなかったんですか？

ⓚ　まあ、自然にそういうことになりますわね。

ⓑ　いても伝えられなかったのか、そっと見守ってくれたのか。

ⓚ　そういうふうにアドバイスしてくれた人たちというのはむしろ作曲者たちで、彼らはそれじゃあ歌書いたらいいじゃんみたいなね、売れる、売れないは結果なんだから、

というふうな態度で私と接触しつづけてくれたことが僕の今日につながることですよね。一流のミュージシャンがね、僕をはべらせておいてくれたというか、ずーっと。時どきやってくる作詞家なんていらないですよ、めんどくさいかもしれないと思うんだけど。それはでも置いておいてくれたからね。これは彼らに感謝しています。

ば　やっぱり才能が大きいあまりに、ニーズがあったっていうのもあると。そして人びとに好かれていた。

き　まあまあ、それはそうかもしれないけど。

ば　もちろんだってね、水島新司さんのつくったレコード十枚しか売れなかった話とかありますもん（笑）。もうやめておいたほうがいいよ、あれは、ってならなかったということは、きたやま先生の世界は世の中にとってやっぱり必要があった。

き　今おっしゃっているニーズというのは、そういう時代、一九五〇年から二〇〇〇年までの非常に音楽が媒体を通して売れた時代だったからこそ、私が仕事をさせてもらえたんでね。今だったらまたちょっと違うものが。

ば　ああ、そうか。今は違うんでしょうね。

き　だから僕が、本当、今、メディアに参加していたら、いつも冗談のように言うんだけど、吉本興業に入ったんじゃないかと思いますよ。三人は。

ば　とりあえずそこに籍を置いておこうってなったかもしれない。なるほど。でも、当時売れてくださったおかげで、私も、今でもたまに気持ちが暗いとフォークルの「百まで生きよう」を口ずさんだりしていますからね。今なお力になっています。

㋖　もともとは、下から上がっていった人間と大芸能界との差だった、そんな差があって、それがぶつかったという構図がどんどん消えていったんですね。あの瞬間ね。下からビッグになっていくという構図。だから、それが消えて、僕の辞める方向がさらに加速されていった。それじゃまた二曲目、同じ線で、とかって言われちゃうともう、しらけちゃいますね。

㋩　それを断る権利がある状態っていいですよね。やっぱり。ほかに職業があるということは。

㋖　他に職業があるというよりも、まだ職業がなかったっていうか、そこが。

㋩　そうですか、それはいけませんね（笑）。

㋖　そこが、うーん。そこがね、あの十年間くらいが私にとっては本当に綱渡り的な世界だったですよ。それがまあ今でもそういうプロセスを歩もうとするんだけれども、今あるこのふたつの職業とかっていうことは、前も申し上げたんだけれども、最初からあるわけじゃないじゃない。

㋩　うん、まあそうですね。

㋖　みんなが一瞬思ったよ。こいつは医者になれないんじゃないか。僕自身も思いましたよ。
ば そうですか。とても信じられない。
き そこがね、もちろんね、リアリティとして伝わりにくい、たやすくやってのけているように見えるから。
ば たやすくとは思っていないけど。
き その最初のところはたいへんだった。現場に行ったら、患者さんたちが反応する、看護婦さんたちが反応する。そのうえ、病院の中にはメディアは入ってくるわ、それで、編集長が何十万も出すから写真を撮ってこいって言うわ、白衣の写真を撮ったらこれはフォーカスものだとか、ね。ターゲットになるわけじゃないですか。それは、大衆の立場からは当然そうなるだろう。あえて言うなら、格好の被写体。それはそれで、僕は非常に申し訳ないと感じたことを、今でも思い出すけど、僕が診ていた方で、結局亡くなってしまったんですけれども、交換輸血というのをやらねばならない肝不全の患者さんだったんですよね。黄疸症状がひどくなっていって、それでも記者はインタビューしていきましたね。その家族に。
ば 嫌ですね、本当にね。つらいですね。向こうも仕事だからね。でも嫌なことですね。
き うん、向こうも仕事だしね。だから、そういうふうになっていったときにね、私が駆け上がった階段、マスメディアという階段は、降りるのがものすごいたいへんな階段だった。

ば　うーん。上るのは成りゆきでも、降りるのは自分で苦しみながら降りる。

き　だから、畑のど真ん中に目が覚めたという感じで本当に突き落とされた、それはもう、いろんなことがありましたよ。言うに言えないことが、ここで。もう、このまま辞めさせるわけにはいかねえ、みたいな連中が当然、取り巻きますよ。

ば　まあ、この人で食べていけると思ったら、みんなどこまでも食い下がってきますからね。

き　そうなってしまったときにね、私は私の身を守るためにはね、よっぽどの覚悟が必要だったと思います。それで、外国に留学せざるをえなかった面も今から思うとあったと思うんだ。そうすると外国に行くと、まあ。

ば　とりあえずゼロになるから、はい。

き　ゼロになるわけですね。ですから、さっきからおっしゃっている、普通に戻るプロセスを経験したからこそ、このところの十年くらいはそれなりに楽ですよ。戻る作業が要らないから。

ば　バランスがうまく取れてきたのですね。

き　取れていますからね。そのような次第なんですよ。だから、それで二足のわらじというのは、苦労が絶えない。手塚治虫さんも最終的には学生さんのときに辞められたのかな。たしかに両立というのはたいへんなことだと思いますよ。でも、本当に正直に申しあげて、片方を取り上げられると私はうつ病になってしまう。だから、両方必要なんだと思うんだ。だから、たまたま片一方の音楽活動のほうが売れちゃったから両方やっているように見えるけれども、僕は、ずっと今回の流れの中で言っているように、裏は絶対あると思うんだ。どんなに立派なお医者さんでも、しょうもない趣味を持っていると思うよ。僕はたまたまありがたいことに口で言えるけれどもね。

ⓑ うーん。表に出ていますからね。

ⓚ 僕が行っている歯医者さん、治療台の目の前にギターが置いてありますよ。僕はまだ、これに触れない。

ⓑ 歯医者さんに行ってギター（笑）。

ⓚ そのうち、聞いてみようと思うんだけど。彼も趣味を持っているんだと思うんだよ、ね。そういう重要な楽屋を持ってはじめて、私たちは片一方ができるんじゃないだろうかと思う。私たちって、目に映るものは全部片面しか見えていないんだと思う。そういう人生観なんですけどね。世界は一面しか見ようとしない、なかなか。で、今おっしゃったようにね、両方見えるときは、両方あるからだっておっしゃるんだけど、その間に汲々としている私がいる。もう、今や、もう完璧にその間の橋渡しについて、完璧じゃないけれども、人よりは上手になりましたけどね。

ⓑ　ああ、なるほどね。
ⓚ　そうですよね。いや、もちろん自分の体験としては、片一方のややこしいものごと、亡霊みたいなものが、私を追いかけてくるんですよ。それで私にとって悩ましいものごとは、世界、外にあるように感じているんだけど、それも明らかに私の中で引きずっている過去がつくりだしているわけでしょ。だから、私が統合されないかぎり、あるいは私がその間をうまく取り持てないかぎりは、この目の前の世界をうまく取り扱えないと思うよ。
ⓑ　うーん、そうですね。内面が現実に反映するのですね。

文化と精神病理のつながり

ⓚ　そういう狂気というもののおかげで、文化というのは盛り上がっています。狂気をある程度収容して、コンサートにしても、サーカスにしても、映画にしても、文化はどれだって盛り上がっているんだと思う。だから、ある程度文化の中に狂気を抱え込めるだけのキャパシティをもった文化じゃないと、文化はある意味で薄っぺらなものになる。狂気をある程度引き受けた文化じゃないと、文化って本当に心底楽しめるものじゃないと思う。しかし今は、夏目漱石だって、芥川龍之介だって、作家なんかにもなる前

にもうすでに登校拒否になっていたみたいな現代文化じゃないか。若いときに、彼らが生き残っていけないような文化状況ならば、われわれは夏目漱石も芥川龍之介も手に入らないわけだ。

ば　うん。

き　もちろんそのはけ口がないし、表現能力がないので発病するということを覚悟のうえで、誘い込まれてくる人たちもいる。あるいは覚悟もないまま、誘い込まれてくる人たちもいる。でも、一握りの、表現方法を見出して作家になったり学者になったり、文化人になったりしている人たちもこの中には当然いるわけで、その人たちとともに文化運動は展開している。あなたのお父様にこのお話をしたら、そういう方から電話がかかってくるんですよと仰っていたことがあった。ある程度それを引き受けていただかないと、結局その人が、文化の中で出口を失って、精神科に行かなくちゃいけないというところもあるし、それをやってしまうと文化も痩せ衰えると思う。

ば　バッサリしたものはたいてい含みを生まないです。

き　これは、私にとってものすごく神経を遣うところで、困ったことがありますかと言われると、人生を通して取り組んできたことは、今ここでも続いています。さあ行こうぜ、やろうぜ、とことん行こうぜとかっていうような、ある意味で、エキサイティングで、乗せて、ストリップティーズの手前くらいまでやっておいてよ、こっちで、まあまあとかって、興奮するのはちょっとまずいですよとか、ちょっと落ち着いてくださいっていうような仕事をやっているということは、たいへん、ある特殊な特定の人たちに対して、たいへん狂おしい状況を、僕は相手に強いたと思う。そうでしょう。それは、世の中でいちばん狂おしい状況と言ってもいいくらいのテーマなんですけど、エキサイティングでリジェクティングであるというふうに言うんですけれども、誘っておいて拒否する。この両方をひとつの人間が併せ持つと、人は、幼い魂、幼いこころ、あるいは弱いこころや脆弱なこころは発症するしかない。

ば　ああ。

き　僕は全部把握しているわけじゃないけど、僕の患者さんで僕のコンサートに来られるということは当然ありえるわけですから、その方については、私はなるべく自分の神経を張り巡らせて、あるいは持てる手段を張り巡らせて行動を観察し、そして考えるというところまでやるんです。

ば　でも、治療の妨げになるからコンサートに来ないでっていうのは言えない。

き　もちろん言いますよ。医者ですから。あなたはやめたほうがいいから、というので僕は切符を払い戻ししたことがあります。まだ早いかもしれない、もう少し強くなってほしいから、と。

ば　やっぱりそうですよね。

㋖　こういうことは、大なり小なりみんなやっておられるんですよ。あなたのお父様もやっぱり何というかな、僕の味方だと思っている読者をやっぱり抱え込んじゃうわけで、そういった方々のその手紙を受け取ったり、電話を受けたりされておられましたよ。

㋫　うーん。私も受けていましたよ。もちろん私自身に関してもありますけど。

㋖　そうですよね。ですから、一方で私の本を買ってくださいといってニコっと笑うことと、もううるさいなこいつっていうような思いとが矛盾するというのが。

㋫　それが強化されやすい環境ですよね。私の場合は私生活は関係ないですからって言ってしまえば、ある程度逃げられますけれども。どっちもお仕事となるとやっぱりね。

㋖　楽屋担当でもあるし、舞台でもお目にかかるということになるとね、世界でいちばん苦しいことを人に強いている可能性があるんですよ。

㋫　うーん、あるかもしれないですね。でも、それで意外にこころのバランスがとれて平穏さが長持ちしている人もいそうだから。

㋖　いや、だから、長持ちってどっちが。

㋫　患者さん。

㋖　いや、そうそう。

㋫　患者さんの人生が豊かになっている。

㋖　だからその二重の体験を可能なかぎり、大事にしてあげなきゃいけないと思うね。

ば　ちょうどいい塩梅があるといいですね。

き　そのとおりです。それを活かせれば、と思います。自我を鍛えるために。

ば　結局数多く応援してくれる人びとを獲得してしまう人には宿命的にある問題ですね。

き　それはそうです、もちろん。妄想や疑惑の受け皿であることと、人びとの願望や要求の受け皿であるとかは、重なり合うところがありますからね。だから、いつもなんか手際よく対処できているなんてことは絶対に言えない。僕だって、片一方は責任取らなくちゃいけない立場、片一方はあえていうなら無責任な立場かもしれない。この両方の両立の狭間で橋渡しの苦労を強いられる。でも、こんな苦労はね、障害をもった方々のご家族であったりとか、あるいはそういったもののターゲットになった方々のご苦労だとか、あるいは人気のある先生で何の身に覚えのないことで、セクシャル・ハラスメントの疑いをもたれたり、痴漢行為を働いたということで訴えられて教職を追われた学校の先生だとかね、もうみんな結構共有しているテーマなんです。

ば　そうですね。表に出ている、出ていないはそこでは関係ないですよね。

き　でも、それでもね、それでも生きていく、それで本当に相反する矛盾みたいなところに自分の身を置くことがあるんだけど、それでも生きていく。それでも前を向く。できたらそうありたいなと思うんです。

地獄だったひととき

㋨　若いころはまだ自己慰安のために書いていたんだと思います。人に見せようという気持ちはぜんぜん持っていなかったと思います。全部とにかく自分のため。卒業したらこれからどうしようかなと思って。他人に読んでもらって大丈夫そうなら地味にやろうと思って。教授とか、ぜんぜん自分とはかけ離れた世代の人に評価されるようならまあ大丈夫だろうと思ったら、賞を取れたんですよ。学部長賞だったかな。あ、これはもしかしていけるかもしれないと思って、就職しなかったんです。作家になってからはとにかくマスコミに出ることが、やっぱりつらかったですね。人生設計が狂っちゃって。それこそ三百人くらいを相手に生涯やっていこうと思っていたので。有名になりすぎたらやばいなという感じがして、今はちょっと静かにしていようと思ったんだけど、なかなか放っておいてくれなかった。さすがにちょっとピンチでしたね。これはまずいことになったなと思った。収集がつかないというんですか。同じく戻る道がたいへんでした。でも自分のあり方は変えないでいなきゃいけないから、だけど簡単にね、やっぱり揺らぎますよね、人間って。お金の問題があるし、生活レベルの問題があるし、あと約束して話が違うとか、言えないことができてきたり。

㋖ 本当にそうですよね。やっぱり矛盾したくはないし、自分を失わないでいたいしとかっていうんだけど、それでも矛盾は生じるし。

ⓑ そうですね。

㋖ 裏切ることになってしまったりとかっていう。

ⓑ あとなんだかわからないけどいろんな人に怒られたりするし。

㋖ ああ、そうですね（笑）。

ⓑ 二十四歳くらいって、ちょうどそのときのお友だちはみんな社会に出てまだペーペーの状態なのに、自分はいきなり部長みたいな感じ。そうするとギャップも生じてお友だちもいなくなるし、もう、新しい世界をつくり上げるまでがもうやっぱり地獄でしたね。これを地獄といってもいいって思いました。毎日地獄だなって。

㋖ そうなんだ。

ⓑ 私は動物を常に飼っていたので救われました。

㋖ ほお。動物はどういう意味合いがあるの？

ⓑ 昔からいたんで、いないことがあり得ない。いっしょにいると自分に戻れます。

㋖ 何を飼っているの？

ⓑ 今はうちが犬が二匹、猫が二匹、亀が一匹です。農場みたいでたいへんですけど、無心で世話しなきゃいけないので、楽しいです。昔はなんかもっといろんな変なものを

飼っていましたよ。モルモットとか、ニワトリとか。アヒルとか。姉がとにかく動物好きで、はじめ獣医を目指していたんです。それと漫画家デビューが重なったりして、漫画家になったんですけど、獣医か漫画家か悩んで漫画家になった。

(き) お姉さんの話？

(ば) うん。私も好きですが姉にはかなわない。

(き) 猫を育てるとそういうこともあるよな。

(ば) うーん。たぶん私も姉も人間があんまり好きじゃない。どっちかというと動物のほうが。

(き) 猫とかそういうの、大好きですよ。動物系は、動物も植物も好きだけど動物のほうがもっと好きですね、人間が好きですから。

(ば) 人間が好きって羨ましいです。でも人間が好きじゃないと、きたやま先生のお仕事はむりですね。

(き) でも、今ちょっと表現が出たように、あれは地獄だったという、そのことがね、プライバシーを失うというようなことでもあるんだろうと思うけど、表には出ないところで地獄を見ることがありますよね。

(ば) あります。だって、お金の問題ですよね。主に地獄の問題は。私にとっては。

(き) ああ、そうですか。だから、言うに言えない類いのことなんですよね。

ばちょうどバブルのころでしょう、私が世の中に出たのが。それでわりと、何といったらいいの。ちょうどそのときに、みんながバブルバブルでこころが上に上がっているところで、そのときにちょうどこころがバブルについていききれなかった人たちが無意識に何かを求めて私のところに来たんだと思うんです。そんなにお金、お金っていうところまでもいけないいし、かといって他の生き方が今、世の中にモデルがないわ、みたいなところの人がパーッと全員来たのです。

き全員来たの。

ば全員来ました。だから、たぶん。

き何しに来るのよ。

ばだからあのときあんなに売れたんじゃないですか。私の本が。バブルに疲れた人たちのこころの中のマイナー性が一気に爆発して、たぶん私の作品に憩いを求めたんだと思う。私の作品は寓話だから、具体的なことも書いていないから、ある意味では癒やされるし、でも、その時代の本質的な病いに関しては必ずかっちり捉えているから、そのときの病いとしては、バブルの社会におけるこころの疲れ。それに寄り添ったんだと思います。

最後は自分で決めるしかない

ば　そのあとバブルがはじけて、どうやったらあの生活を維持できるのかっていうことに人びとの関心が移って、やっぱりその中での身の振り方にものすごく困りましたね。

き　あなたの身の振り方？

ば　うーん。そうですね。自分のしたいような生活というのは、まったくかき乱されたから。これはもう、どうしたらいいんだろうという感じになって。私の場合、アルコールに逃げるんですけど、肝臓も強いので何とか切り抜けたんですが。本当にぎりぎり、ぎりっぎりの綱渡りで。今はそんなに飲みませんけどね。禁煙するか、減らすかといって、お酒は減らすことができるなら、もうとっくに禁煙しているってみんな言うじゃないですか。でも、お酒は減らすというのは意外にできた。たぶん小説を書こうと思っていたからだと思いますね。書かなきゃって。

き　じゃあそういう意味じゃ、バブルが終わったとか、あるいはその病気の手前でとどまることができたというのは。

ば　いつもぎりぎりで大丈夫です。

き　それはついていた、というような感じなの？　たまたまというふうにおっしゃるように聞こえるけど。

㋩ あれはついていたとしか思えないです。まだ役割があった。

㋖ ああ、そうなんだ。自分でやめたわけじゃないんだ。

㋩ 自分でももちろん最後を決めるんですけど、これはちょっとまずいな、自殺しかないのか、みたいなところになると、ちょっとしたことがあって、それはやっぱりつかみが強いんでしょうね、自分の生命力というんですか。

㋖ つかみが強い。

㋩ うん。この瞬間がきた、よし、うまく二ミリ戻った、みたいな感じで、明日もなんとか生きられる、みたいな感じ。あれはかなりついていたんじゃないかなと思いますけど。

㋖ それは、片方の目が不自由だったという、そのときにもあった、何か半身のしつこさというか。

㋩ ああ、まさにそうだと思います、はい。

㋖ 絶望しなかったの？

㋩ 常に絶望はするんですけど。

㋖ だって地獄を見るでしょう。なんか、何となく地獄を見ているじゃん。

㋩ これは地獄だなというのを見ますよね。あとなんか、そのころは本当、アル中みたいな生活をしていたから、なんかもう本当にしょうがない飲み屋ってあるでしょ。言えないような場所にある、場末の飲み屋。

き　悪質、爆弾を売っている。

ば　カウンターにいたうち六人は全員、今はもう亡くなっていますみたいな感じのところ。そういうところでお酒をひたすら朝まで飲んで、みたいな感じの生活をしていた時期があんまりきれいごとじゃなくて、ありましたね。

き　あるけど、なんで戻ってこられるのかというところが、ここはポイントだと思う。

ば　最後まで観察しちゃうからだと思う。

き　うん、半分酔って、半分観察しているんだと思うんだよ。

ば　自分のことの観察を多少はしているし、まわりを見ていて、ああこの人も、この黄色さ、もうこれはもたないかな、みたいな。

き　黄色さ（笑）。

ば　黄色いですよ、気をつけてと伝えるんです。でも、だいたいみんな死んじゃいましたね。死んじゃった、お見舞いに行ったりしてもつらくてね。救急車乗っていっちゃって、それっきりみたいなことはわりとそのころ、周囲にある感じでした。まあ一般的に言うところの、こんなことやっていちゃだめだという状況。どうしてそこで大丈夫になったのか、ちょっと今でもわからないですけど。

㋖　そこだよ。戻ってこられる能力というのが。
㋩　どうやって戻ってきたのか覚えてないです。
㋖　それが自我だと思うんだよ。そいつが黄色信号を感じる。
㋩　うーん。
㋖　ずっと話題になっていること。そこで、私小説作家の一部がそのまま落ちてしまって、貧乏とセックスと貧困の中に。
㋩　落ちていくのは簡単ですよね。
㋖　落ちていくじゃない。そこまでいかない作家たちの自我というのは、やっぱりわれわれの健康に通じる。
㋩　でも、これ、ちょっと身も蓋もないけど、やっぱり親がまあ小さいころに自分をちゃんと一生懸命育ててくれたということだろうな。
㋖　そうでしょう、だから、育ちですね。
㋩　でもそれがない人に、どうしてあげていいのかというか、どう言ってあげていいのか、わからないのですが、とにかく完璧な親はこの世にいないので、うちだって特別素晴らしい親ではなかったですから、何歩かずつ進むことだと思います。だから、来年の今日何しようとは考えないで、みんなそういうことを考えないで、一時間後とか十分後のこと考えたら？　っていうふうに思いますけど。

㋖　（笑）。

㋪　それができるようだったら生き延びていけるので、それを伝えたいとは常に思っています。

㋖　でも、それはだから、やっぱり帰ることを考えていることと同じですよね。

㋪　そうですよね、はい。

㋖　やっぱり一時間後、三十分後の自分のことを考えていられる観察者であり、表現者である人が、あるところまでいくところまでいっちゃって地獄は見るけど、まあ、地獄に入らない。

㋪　一歩一歩戻ってくるわけです。やっぱり一歩一歩は結構、地獄まではすごい速いけど、帰りの一歩一歩は重いじゃないですか。そこでみんなたぶんやっぱり挫折しちゃうんだと思うんですけど。そこの粘りを大切にしてほしい。

㋖　そうですね。それを描いていただいているようにも思うし、それをみんな見ているようにも思うし。やっぱり自我は、もう消えたかと思うと、おっとどっこい、生き残っているっていう部分でもあるし、私もなんかそういうものと一緒に、自分の人生を生き残ってきたと思うし、この運命を生き残ってきたと思うんですよね。でもこれは、学校で教えてくれないし。

㋪　くれない。自分で学ぶしかない。

㋖　どこで学んだのかっていわれてもね。

㋩゛　その地獄までは速いって、さっき申しましたけど、速いけど一秒とかではないんですよ。積み重ねで地獄まで行っているから、ダイエットも同じですけど、一二〇キロまでになるには、そんな簡単じゃなかっただろう。だって、八〇キロだったら別にダイエットしなくてもいいじゃないですか。まあ五キロとか、一〇キロ減らせばいいわけだけど、一二〇キロとか、一二〇〇キロになって、痩せないと死ぬ、生きるっていう話になったときに、でも昨日今日でなったわけじゃないでしょって。その途中で気がつかなかったというのは。どこかで自分を観察していれば、自分は最近、ここがおかしい、それってほんのちょっとでもよく見ていたらわかる。わずかな違和感だと思うんです。昨日と今日の自分の違い。そこを見ていれば必ず行きすぎなくてすむ。

注意信号でストーリーが変わる

㋖　だから、先へ、どんどんいくと面白いけれども、「帰ったらどう？」っていうことを言ってくれる友だちっていなかったんですか、あるいは、さっき僕にも言っていたと思うんだよね。ストーリーが変わるとき、そういう友だちっていうか、そういう声が聞こえてきているんだと思うんだよね。

ⓑ そのころ、私、友だちがいなかったですね。本当にひとりでした。
ⓚ 友だちって、こころの中の誰かが。
ⓑ 自分には自分がいました。あと、代わりに動物が死んだりするんですよ。
ⓚ（笑）。それをね、ちゃんと注意信号が点滅するというか、なんかこう、アナウンスが聞こえてくるから帰るんだと思うんだ。
ⓑ 動物が死んだからだと思います。あまりにもストレスフルな環境の飼い主に飼われていると動物って本当に死ぬんですよ。犬が二匹死んで、これは本当にまずいと思って、別にエサをやらなかったわけでも、散歩に行かなかったわけでもないですよ。ただ本当、ストレスとしか言いようがない。受けちゃうんでしょうね。
ⓚ それで気づく。これはやばいぞって気づく。
ⓑ すごく胸が痛んで、立ち直ろうと思えました。
ⓚ あれだね、なんか炭鉱で鳥を飼っておいて。
ⓑ それです、それ。
ⓚ 先に窒息してしまって、これやばいぞって気がつく。
ⓑ そうですね、それが本当にありました。今は動物たちに長生きしてもらえるようになりました。
ⓚ 酸素欠乏に気がつく。

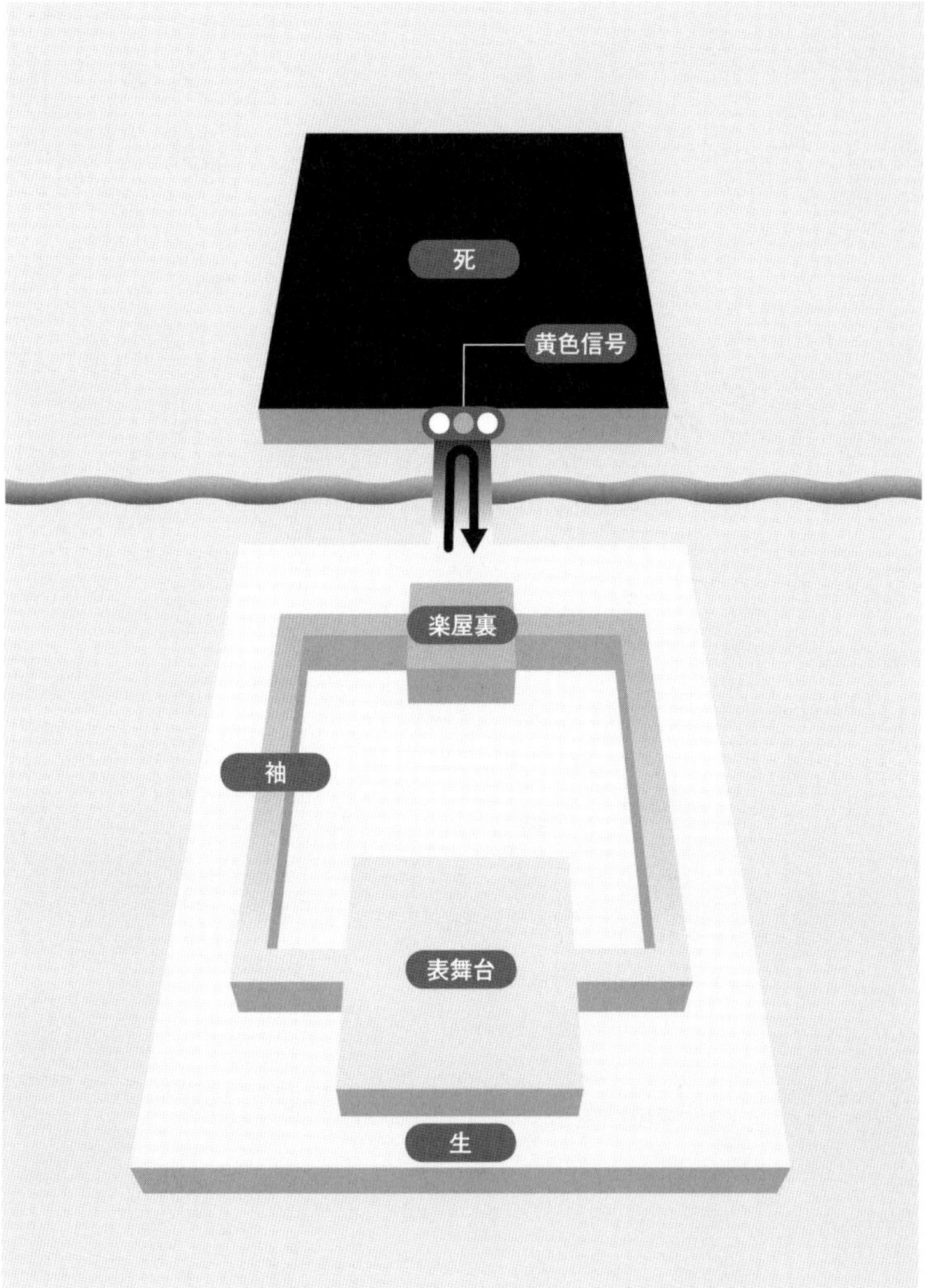

生と死の境には、黄色の注意信号がいつも点滅している

ば　うーん。自分でもかなりまずいと思っていても、まだ、まあいけるだろうと思っちゃっている。

き　そうか、二股かけてますね。

ば　もちろんいろんな人にもその時々に助けてもらいましたけれども最後はひとりでした。

き　そういう意味で、地獄を描くことがもし作家の課題であるならば、それを描く能力っていうか、それを観てきたことを、みんなにおーい、見てきて、こんなんだったよということのできるのがまず作家の表現活動では絶対に必要なわけだから、そこっていうのはやっぱり戻ってくる力じゃないかなと思うんだよね。

ば　戻り方をうまく伝わるよう描けるといいと思います。

き　だから、戻ることのできる人が、やっぱりそのままいっちゃう人と、作家、クリエイターとの差をつくるんじゃないだろうか。

ば　そうですね、やっぱり、この間漫画家の人と話していて、それで、どんな高校時代だったのということを聞いたら、高校時代を楽しく過ごしていたようだったら、こんな漫画家になるまで絵がうまくなるわけないじゃんって言われて。

き　楽しいばっかりじゃない。

ば　楽しくてバンドやったり、彼氏をつくったりしていたら、こんなに絵がうまくなるわけないじゃんって、みんながそういうことしている間、コツコツと絵を描いていたから。

㋖　そうだよ、私もそれが言いたい。私も、音楽をやったおかげで多くをたぶん犠牲にしたんだと思うし、逆に親が忙しかったから音楽に手を出すしかなかった。何かを得たということは、きっと何かを失ったんだと思うんだよね。そのことを知っていないと、なんか、いいことばっかりに見えてしまうし。

ば　傍からみたら、悩みなんてないんでしょう？　って。

㋖　そういうことだよな。

ば　毎日編集の人にちやほやされておいしいものを食べているじゃない、みたいな。

㋖　そうだね、でも、おいしいものを食べていると、なんか帰りたくなるというか（笑）。どうもあるみたい。これ、早く家帰って書かなきゃ、みたいなね。メモしとかなくちゃ、というような類いの神経が働くんだと思う。これは、観察している自分とか言葉にして、表現している自分とか、そういう部分なんだろうと思うんだ。たぶん距離ができないと言葉って生まれないと思うんだよね。私はいつも別れが言葉を生むんだと思うんだけど、もしお母さんと別れなかったならば、「お母さん」って呼ぶ言葉も生まれないと思うんだよね。子どもがいちばん最初に覚える言葉って、「お母さん」という言葉が代表だって思うけど、ママって言葉は、ママがいなくならないと言葉にならないし、ママがいつもいて、ママ楽しいね、じゃ、やっぱりぜんぜん言葉にも何もならないと思うんだ。きっと表現者も、そういうふうにおいしいものを食べたというんだけど、そのおいしいものを失ったという経験が言葉を生む。

ⓑ まあひとりにならないと何も始まらない仕事ですからね。

ⓚ そういうことですね。それはそうだろうなと思うし、よくわかりますよ。

ⓑ 私はあんまり子どもといたから、子どもは「パパ」から覚えましたよ。「ママ」なんて呼ばなくてもいるから。

ⓚ ああそうか。

ⓑ うん。

ⓚ だから、いつもいる人は、呼んでも。

ⓑ 別に覚えなくていいんですよね。手が届くから。

ⓚ そういうことになりますね、うん、そういう失ったものを呼ぶのが言葉ですからね。

ⓑ 初めての言葉がパパかよと思いましたもん、ええーって（笑）。

ⓚ そうだね。うん。だんだん結論に向かっているように思いますね。

ⓑ 価値観を共有していないと対話にならないからよかったです。自然というのはやっぱりすごいです。きたやま先生が仰ってたとおりだと思う。私、いちばんダメなときって、自然を見ることさえできなかったですよ。病気の人に旅行に行くといいよ、なんて

むやみに言えないなっていつも思うんですけど、元気な人だからいけるんだろうって思いますけどね。自然を見たり、自然から力をもらえるようになっているときは、もう相当大丈夫なときでしたからね。

こころの中に襲ってくる大津波

㋖　これは僕のほうが話しやすいことかもしれないので、僕が先に言いますけど、本というのが第三者に向けて語られる媒体だと思うんです。これは本ですから、ここで話されている場所も含めてもう本の中だと思うんだよ。私たちは本の中でしゃべっているわけですね。この本の中で語ることでは、これはもうちょっとごまかして書き直さなきゃいけないところ、編集の段階ではここはちょっとカットしなくちゃいけないとかって言いながら、本番ではこうしゃべっているわけだよね。これは本の中だからね。でも本では言えないものがいっぱいあると思うんだよ。これはもうずっと私の関心ごとで、その私たちが見てきた地獄とか、私も普段から、それはもうういかない、いろんな悩みごとやとんでもないことを聴かされながらだし、自分でも考えながら、苦労を味わいながら生きているわけじゃない。そんなたやすい人生をみんな歩んでいるわけじゃない。

㋩　たやすい人生の人がいるというのはあくまで幻想ですよね。

(き)　お金のこともあるし、友人関係のこともある。そんなものって、本当にそこで津波がおきるんだと思うんだ。そこに、そこに人が、そこで人が死んでいるんだ。決して本の中で人は死なないよ。

(ば)　うん。どんなにリアルに書いても、死にませんね。

(き)　血も流れないし、血が流れたとは報告されるけども、実際の当事者であるということと、その話をしているメディアの中とはぜんぜん違う。なんか大きな隔たりがあるように思うんだよね。

(ば)　うーん、そうですね。とても大きな、埋められない距離です。

(き)　だから、片方のそのリアリティというもので出会っている人たちのことを大事にしなくちゃいけないし、そこにアドバイスをしてくれる友人がいてくれるかどうかによっても違うし、まあ本当に家庭内暴力や虐待されたという話はたしかに話としてはあるけれども、虐待している家族の当事者でいるということは、もう本当に地獄だと思う。だから、ここにどう立ち向かうか、ここでどう生きるかということを、つまりこの本の中とは違う次元の、もうひとつの現実のあることを言葉で人にどう伝えるかのモデルとして、この本の中でその二重性を報告しながら本と関わることが、僕はすごく大事なことではないか。

(ば)　そうですね。

㋖　もう、そのこと、リアリティ、ここで津波がやってくるかもしれない。そして、ここで人が死んでいる。決して、本では人は死なないんだというふうなことを言いながら、この人の死なないメディアと関わって、メディアを通して人とコミュニケーションをする。

ば　まあ、死なないからこそ救われるという点もあるから、その人たちにとってのひとつのツールにはなると思うんですけれども。

㋖　私にとってもそういうツールにはなっているんだと思うんだ。文化のおかげでもって、私は地獄のことを忘れられて、地獄のことについて語ることができているという救いにもなっているという。この構造を絶えず意識して、お客さんたちともみなさんと別れるさいには、みなさんが戻る地獄に向けてちゃんと送り出して、夜道に気をつけてくださいよって言いながら見送るしかない。送り出すしかない。私も夜道に気をつけなくちゃいけないし、ここは照明が明るいけどね。というようなコミュニケーションの方法が私はもっともっとこれから進むんだと思う。今までこの二重性について語らない、そのことは、あんなこと言ったら不吉だとか、そのことを言わないほうが、売れるんじゃないのとかそんなことを言ったら、なんか興ざめじゃん、とか。

ば　あと、夢を売るのが商売でしょう、的なね（笑）。

㋖　そうそうそう。

ば　（笑）。

き　でも、この劇場の中にも波はやってくるし、津波は襲いかかってくる可能性だってあるわけだ。そのことをいつも織り込んで、それでもここにあるものは美しい。それでもここですっくと立ち上がれる者は立っていくという、魂の強靭さみたいなものを描きだしていくのが、今まであった、エンディングでみんな死にましたとか、みんな去っていきましたとか、みんな帰りましたというのではない終わり方につながると思うし、これを、よろしくといって、差し出していきたいなというのが私の考えです。このテーマ、今回のお話の中でずっと出てきていたと思うんだよ。醜いものを恐れる美しさではなくて、あるいは醜いものを壊す、穢れとか汚れとかを一生懸命取り去って、美しいものをつくり上げていく、美しいものを壊す醜いものを一生懸命排除しながら美しいものを構築するのではなくて、この醜いものを織り込んで汚いものを見たうえでの美しさとか、何か夜明けみたいなものが、今、日本にいちばん今必要とされている。そういったものを、この場においても、この本の中においても強調して、お疲れ様でしたと申し上げたいね。

対話を終えて

よしもと　本は地獄から戻ってくるツールのひとつでもあるので。病院にいる人にも役立つと思いたい。

きたやま　病院というのは精神病院の話？

㋩　病院からよくメールをいただくんです。

㋖　ああ。

㋩　「私、ここにあなたの本を持ってきています」って言われることがとっても多いんです。そういうときは、何というんだろう、そういう人が読んで、「これはおとぎ話で自分と関係ない」っていうんじゃなくて、何かしら真実が感じられるからこそ手に取れるわけで、だけれども寓話だから、傷つかずに一緒にいられる。それをリアリティと呼ぶのはどうかとも思いますけど、私の思っているところのリアリティというか、そういうものをやっぱり、そういう人が読んで、これはちょっと軽いなというふうに思われないような重みを書いていきたいなといつも思っていますし、「うちの娘がね、自分の命を絶ったときにあなたの本がそばにありました」と言われるのは、とてもつらい。本当につらいことだけれども、救っている部分も必ずあるなと思う。自分が書いて楽になったんだったら、読んで楽になる人も必ずどこかにいるはずだっていうふうには、どこかで思っていたいですね。

㋖　それはそうですね、そうだと思いますね。それは、やっぱり私たち精神科医も当然発病するわけで、あるいは患者さんの話を聴いて、共感していたら、こちらのほうが痛みを感じすぎる体験だってありえるわけですね。だから、そして、それをわれわれがある意味で乗り越えることなくして、患者さんの役に立つなんていうことが言えるわけもないんですね。だから私たちが、行って、見て、そして帰ってきて、この帰るプロセスの少しはなんか、迷いもあるし、道に迷ったりとかいろいろなことがあるわけだけれども、それでも曲りなりにも帰ってきたので、こういう旅行記が書けるといったお話だろうと思うんだけど、そのプロセスで初めて人に、道のりとか、道順とか、そういう道のことは教えてあげることができないかもしれない。個人がたどったルートなのですが、道のあることくらい、ひょっとしたら可能性があることくらいは、示せるということくらいだな。

㋩　きたやま先生はたとえ風邪をひいていても声が通るからたいへんだなと思う。いちばんくだらない感想だけど（笑）。よく声が通ると、風邪をひいていても弱って見えないからたいへん。

㋖　（笑）。

ⓑ 私にとっては小さいときから聴いていた声で、ファンというよりは、もはや自分に染み込んでいるというか、自分の身体を形成している一部分みたいなものなので。私はきたやま先生はもっと今は芸能っぽくない感じなのかなと思っていたんです。

ⓚ 芸能っぽいですかね、僕。

ⓑ いい意味でとても芸能っぽいですね。だから、本当にこの人は、人の前に出るべくして出ている、そう思いました。人の前に出る、生まれながらにして、芸能の才能というんですか。

ⓚ ああ、そうですか。でも、あなただってそうじゃない。

ⓑ 私は人前に出るタイプではぜんぜんない。

ⓚ そうかなぁ。芸能っぽい？　ある意味嬉しいけど。

ⓑ それは思っていたより、ずっとずっと大きかったです。このことは、この間、フォーク・クルセイダーズの再結成のときのライブでも思ったんですよ。それからさらに年月が経っているので、もしかして、もう少し内向きになられているのかなとかってに思っていたので。

ⓚ そうでも、それは、それこそが錯覚じゃない？

ⓑ 錯覚、じゃないです（笑）。

ⓚ 錯覚じゃない。そうですかねえ。

ば　ＮＨＫでやっていた「最後の授業」の講義を見ていたのですが、あの、最後の授業の。そのときは、テーマがああいうがっちりとしたテーマだったし学生さんの前だったから先生らしい方だって思ったんですけど、お目にかかってみると、やっぱりこの人は歌を歌ったりして、人前に出る人の姿とはこういうものだ、と感じました。才能の大きさを。

き　私はよくわからないな。やっぱり人に言われないと。

ば　やっぱり人前に出る人ってこうなんだなって思いました。再結成のときも、普段違うことをずっとやっていてぱっと出てきたときの感じじゃなかったですもんね。根から人前に立つために生まれてきた人っているんだなって。申し上げにくいけど、あとのお二人はやっぱり違うんです。やっぱり、今は主に他の仕事をしているけど、今は出てきているよっていうかたちなんですよ。でもそうじゃなかったから、これはやっぱりすごい、そうなんだと思って。あと、そのことに対する鍛錬を怠っていないという。

き　鍛錬を怠っていないかなあ。

ば　加藤さんは、ずっと人前に出ておられたし、加藤さんがそういうふうに見えると思ったんですよ、自分の中では。常に姿をお見かけしていたので、道でもお見かけして、「あ、加藤和彦さんだ」と思ったことが何回もあったので、だから、あの方こそが普通に、ずっとライブをやって、あ、フォークル、再結成だって見えるのかなと思ったけど、そうじゃなかったんですよ。そういう意味ではきたやま先生はまったく同じ状態、むしろ人前にいればいるほど輝いていく。これはすごいなと思って、それを今回も改めて思いました。

（き）　まったく、それは何なんだろうね。

（ば）　やっぱり才能っていうんですかね、持って生まれたものだと思います。私、フラダンスを習っていて、先生が元サンディー&サンセッツのサンディーさんなんです。あの方もいちど音楽を離れ、フラをやり直して、先生になったんですよね。最近になってまたやっぱり歌だっておっしゃって、ロックに戻ったんですけど、面と向かうとキラキラキラキラキラって、人前に出さずにはおられないような、やっぱりオーラっていうんですかね、やっぱりそう、同じものを感じますね。やっぱり、まわりが放っておかないというのかな。やっぱり生まれながらにそうなんだろうな。

（き）　そうではないんです。それは表の印象で、人は多才とか、マルチだとかって言うけれども、それは、僕の言いたいことはそこにあって、人は印象を得るときに、顔だけとっていくとかね、足だけ触っていくとかね、という感じがしてならないですね。だから、内面的には本来人前に出るのが得意だとは思っていなかったですね、今日言われるまで。

（ば）　でも本当にそういう人なんだな。サンディーさんもそうですけど、とにかく輝きをおさえておかれないというか、みんな、ぱっと見ちゃう感じというんですかね。そういう仕方ないんだなって、宿命。

㋖　宿命。なんか、別に嫌じゃないんだけど。

㋩　そのことを、すごく強く感じました。

㋖　へえ。私はさっきのばななさんの、私に関する印象とかみなさんの僕についての印象、人前での私のことを聴いて、やっぱり裏側はわかってもらえないと痛感した。だから私の楽屋はここにないんだと思うんだよね。私は、私の楽屋は、私が家に帰るまでの間にある。で、今日、この対話が終わって、タクシーに乗り込んだときに溜息が出たり、笑いがこみあげてきたりするんだよ。だから、それからまた診察室に入ったりすると、本当に笑いごとじゃない話を今度は聴くことになる。でも、ここにはやっぱり笑いがある、ね。そういう意味じゃ、ここには地獄にない文化的なものがね、あるんだよ。そして、あっちにはいない自分が多少はいるんだと思うんだよね。きっと。

㋩　それにしても普通は、やっぱりそんなに差が出ないから。

㋖　そうですかね。

㋩　やっぱりそれは生まれ持ったもので、本人にもわからない、どうしても人目を引いてしまうような、何かがある。

㋖　それはもう私は、場数をめちゃくちゃ踏んでいるからだろうなと思います。

㋩　そうですね。人に見られなれている。人前で声をすぐ出せる。

㋖　うん。やっぱり場数はものすごい踏んできたという思いがあるな。それはたしかに、孤独な作家活動よりは、テレビカメラの前やステージやらというのをものすごい状況ですね。あれに上がるとき、僕の感じていた、どきどきして、本当に上がってしまって、どうしようもなくなっていたときがあるんですよ、じつは。私が上がってしまってパニック起こしてしまって、舞台の上で。それが二十五歳から三十歳くらいまであった。人前で緊張してしまって。ステージフライトという、舞台恐怖というものです。それが、四十五歳から五十歳くらいのときもたしかに消えましたよね。だんだんだんだん消えていきましたね。だからそれは、どこへ行ったんでしょうね（笑）。

㋫　（笑）。慣れたということなんですか？

㋖　何といったらいいんでしょう。表と裏の落差や人のこころの裏切りに対する、ある種の慣れかもしれないね。うーん。ものすごく緊張して自我が鍛えられていたことを、今、思い出したな。

㋫　でも、たぶん緊張しておられても、普通の人が緊張している状態とちょっと違うように見えたと思うんですよ。

㋖　いやいや、それが、ものすごい緊張して、本当に、立ち往生したことを何回か経験しているんです。それはまあ、だから、今日はもう本当にそのかけらも見せなかったのかもしれないし、そのときですら、ちゃんとできていたんじゃないのって言われそうだけど、いやいや、それを見抜かれている場面があったんですよね。で、やっぱり先生は人前に出ておられるだけあって、みなさんとは違いますねって本当に言われることが多いし、やっぱり違うとかって、最近も本当によく聞くんですが、そのたびに思うのは、あの緊張感とかね、あの上がっている感じ。あのことを思いだすな。なんか今また、そう言われてそう思い出した。でもそれは結局今は出ない。やっぱり面の皮が厚くなったというか（笑）。

ば　（笑）。単に慣れちゃっただけなのかな？　だったらすごいです。

き　うん、場数と自我です。昔、高校野球の甲子園の最後のインタビューのところで、泣いたりわめいたり、言葉にならなかったり、特に、地方の人たちっていうのは、言葉がまったく出てこなかったみたいな少年たちがいっぱいいいましたよ。

ば　ただ、赤くなって黙っている子、いましたよね。

き　でも、このごろは。

ば　ぺらぺらしゃべって、すぐ歌いだしそうなくらい。

き　あらゆる人たちが、みんなさ、ちゃんと発言する。

ば　あれはやっぱりホームビデオが普及したからですよ。

き　まあ、そういうね、みなさんも、なんか。

ば　小さいときから舞台慣れしちゃう。

ⓚ　舞台慣れしてきているし、場数踏んでいるんだよな。
ⓑ　場数である程度はできるんですね。
ⓚ　写真写りが悪いなんて言葉が最近なくなってしまったかのようですが、きっと編集され、自分でも編集する、自分でも人前に慣れるっていう構造をいろんな機器や場面で経験しているんだろうと思う。
ⓑ　そうですね、あらかじめね。
ⓚ　だから、これは、私のこころの中がちゃんと受け止められるようになったとか、理解されるようになったとか、言いたいことがちゃんと言えているかというと、そうじゃないいんだよ。さっきもちょっとある方に怒ったことがあって、私がきたやまおさむってひらがなの名前で仕事しているのにね、届いた紹介文に漢字が使われていた。ここへ出ている漢字の北山修が抱えている不自由さだとか、生身の悩み、悲しみというものがみんなに伝わっているなどとは絶対に思えない。だから、ものすごく怒ったんだよ。この絶望があなたにわからないのかと怒って帰ってきたばかりなの。
ⓑ　（笑）。それはわからないですよ、私もまだよく漢字で書かれますもん（笑）。そして言い知れない嫌な気持ちになります。でもそれはなかなか人に伝えることができない。どう嫌なのか、伝わりにくい。
ⓚ　そうでしょう、そうでしょう。だから、その思いに、なんか、えらいこだわりが

あると思うんだよ。吉本という名前を出さないことにはとか。本心を明かしちゃダメだよという、あの教え、だから、その教えも僕にはやっぱり重要だな。こんなところで、あんた、私的なことを出せますかとか。思うんですけど。だから、ここでも裏があるということだけは言っておきたい。そのことを言ったうえで、ここはまたいつものようにやらせていただきましたので、みたいな（笑）。だからやっぱりこれはお互い様なんですよ。さすがやっぱり舞台出ている人は違うとかっていうのは、いつもみなさんの想像で錯覚（笑）。

ば　いやでもやっぱり、なんか違う、才能を感じる。うまく言えないんだけど。

き　（笑）。まあ、この対立というのは、これもね、あなたがファンだったからですね。

ば　ああ、そうかも。染み込んで、刷り込まれているのかもしれない。でも、芸能人って理由があって芸能人になるんですね、やっぱりね。まわりがそう見るんですね、その人をね。だから、誰しもが自分からなりたいと思ってなれないものなんだというのを、ものすごく思いました。

き　そうかもしれない。

ば　まあ放っておいてもらえないというか、押し込めておけない。

き　まあ今やね、芸能人であることも話題にできるし、精神科医であることにも話が及ぶから、まあ面白いですよね。精神科医の方法として自分を隠しながら生きているし、人気とか有名というのはね、「けれん」が多いということだと思うんだよ。すでに編集されたエピソードが多いといったほうがいいかな。

ば　そうですね（笑）。

き　大学の教授であるミュージシャンが、ばななさんと対話しているというだけで変かもしれない。だから、あれもやっているし、これもやっているという、注目をしてくれる。

ば　いやいや、何の前知識もなくてもやっぱり。やっぱり前から歩いてきて、あの人芸能人って思うわ。

き　やはり、先入見ですね。まあいいや、わかってもらえないことに耐えて、これくらいにしておこう。

ば　はい（笑）。ここだけは対立したままでいいです。

き　これは面白かった。この幻想を砕いてやろうと思ったのにね、普通になるのは無理だったか。そうか。

ば　私はものすごく多くの人を見ていますからね。

き　その幻想を砕いてやろうと思っていたのに。やはり、千回くらい会わないとだめだったね（笑）。

多重視のすすめ

きたやまおさむ

初めて『キッチン』を読んだ時の、あの大天使が突然東京の品川辺りに舞い降りてきたような衝撃を今でも覚えている。あの「突然」というか「唐突」の感は、「吉本」と「ばなな」という名前の連なりにもあった。漢字の隣に平仮名だったし、日本語に英語が並んでいたし、人間に果物を同じ平面で接ぎ木するという、この突然さを平たく置くやり方は、本書の文中に出てくるフリーダ・カーロの絵でも描出される。傷ついていても、取り返しのつかぬ喪失があっても、生と死の遠近法を脱して前を向くなら、見やすいものと醜いものの二分法が、同じ視野の中で実に自然な一体と人工的な連続性を作り出す。

それが正しく、私がその著者に会ってみたいと思った、名実共のきっかけなのである。そして、会ってみて、話してみて、それがそうなった、なるほどそうならざるをえなかった理由が文中で明かされる。そこでは、奇妙な接点が生まれたのだが、対話する私たちが共有していたのは、複数の世界がひとつにまとまらないまま、その場に置かれるのが自然、あるいは普通と言う感覚なのだと思う。

昨年、ひとつの和を成して調和することをいつも求めるこの国が、突然深く傷ついて、今はまだ片付いているところと片付いていないところを、調和させずに置いておかねばならない。その上、すぐに水に流そうとする奇麗好きのこの文化が、大量の汚染した水と土地を抱え込んだのだ。この現実に向かい合うときに、この複数の世界をひとつにまとめずに置く多重視とは、実に現在、我が国で深く広く発展中の方法なのではなかろうか。豊穣と傷つき、天国と地獄、建設と破壊、人間と動物、動物と植物、男と女、大人と子ども、低級と高級、賢者と愚者、娯楽と学問、舞台と楽屋、有名と無名、フロイトとユング、生と死、表と裏、言語と非言語、こころと体、喜びと悲しみ……そのどちらなのだと問いかけられて、これを対立させ選択させようとする力を捌《さば》くかたちで、それらを併存させる多重の焦点付けという難しいあり方を、ここに提示できた。このことは、まったくもって瓢箪から駒の収穫であり、しかもこれがその理由と共に示すことができたというのは貴重なのである。

彼女は恐怖と美しさを同居させるイタリアン・ホラーを媒介物とするが、私ならクリント・イーストウッドの作る善玉と悪玉の葛藤を生きるダーティな主人公たちを挙げておかなければと思う。共通項は切れ味の良さ。その手がかりが、二人の性別や年齢差はやはりテーマの唐突な展開となりがちだったが、実は人間臭い接点のあるやりとりを作った。

そして、精神科医はプライバシーを明かさぬことが、患者さんの空想や想像を引き出すための方法なのだが、それが本書で私の裏として表面化され示されたとしても、それがまた全部ではないし、情緒的な空想や誤解を呼び込み、その背後に真実は置き去りにされる、というありがちの現象が示されたと思う。その二重性は「よしもと」の隣りにジューシィな「ばなな」としてフルネームで記され、「きたやま」の奥に「北山」が見え見えであるということで、看板にも記されている。

ということなので、この世界の掌握は、裏と表の二重視のささやかな留保しかないのではないかと、私たちは思う次第である。つまり、この世の対象に純粋などなくて、どんな人為的な純粋にも裏があり、その人工の全体はいつもちぐはぐであり、その矛盾感が新たに焦点づけられたまとまりを作るが、結局その具体的な立体イメージも、裏を作って裏切り、不純なのである。だからここで、焦点の定まらないまま複数の世界を目指して、そういう目とこころの多重視の運動をリミッター（制限）付きで発生させようとするのだから、この本から得られるかもしれない地平の有り様は、単細胞で単眼視の純粋主義者にとっては正に前衛的なのである。

それは決して「穿った見方」なんかではない。もう私たちは、これが好きだというわけでも、嫌いだというわけでもないのだろう。なぜなら、どのような作品も、それが示す真実や現実の方が不格好なのだから。

さて、この対話を挟んでの数ヵ月、私は話すと咳が出るという症状が続いていた。それで、体調が悪い、風邪をひいてるという説明になったのだが、それでも気分は普通だった。それが、体調が悪くともしっかり機能しているという、私本来の裏腹の印象を強くしたのだと思うが、同時に、ここでもパーソナリティの表裏という、言いたいことが形になったというわけである。咳は夏の終わりと共に消退し、後にアレルギー性で声帯の乾燥、及び老化が関与していたと判断された。

Ⅰ・Ⅱ・Ⅲの講義は、次の講演をもとに加筆・再構成したものです。

『きたやまおさむアカデミックシアターＤＶＤ』

①vol.1「あの素晴しい愛について」

②vol.2「日本人の心のしくみ」

③vol.3「悲しみは水に流さず」

（発売元）アカデミックシアター製作委員会 http://academic-theater.jp/

Ⅰ・Ⅱ・Ⅲの対話は、次のインタビューをもとに再構成したものです。

第一回　二〇一一年八月二十九日（ウエスティンホテル東京）

第二回　二〇一一年八月三十一日（国際基督教大学・北山修研究室）

第三回　二〇一一年九月十四日（山の上ホテル）

参考文献・資料

北山修『最後の授業 心をみる人たちへ』みすず書房、二〇一〇年
『劇的な精神分析入門』みすず書房、二〇〇七年
『幻滅論』みすず書房、二〇〇一年
『心の消化と排出 文字通りの体験が比喩になる過程』創元社、一九八八年
『悲劇の発生論』金剛出版、一九八八年
『日本人の〈原罪〉』（橋本雅之との共著）講談社現代新書、二〇〇九年
『共視論 母子像の心理学』（北山修編）講談社選書メチエ、二〇〇五年
『罪の日本語臨床』（山下達久との共編）創元社、二〇〇九年
遠藤利彦編『読む目・読まれる目 視線理解の進化と発達の心理学』東京大学出版会、二〇〇五年
小林忠監修『母子絵百景 よみがえる江戸の子育て』河出書房新社、二〇〇七年
ジュリア・スィーガル『メラニー・クライン その生涯と精神分析臨床』（祖父江典人訳）誠信書房、二〇〇七年
ソポクレス『オイディプス王』（藤沢令夫訳）岩波文庫、一九六七年
サン＝テグジュペリ『人間の土地』（堀口大學訳）新潮文庫、一九五五年
蓮實重彦『監督 小津安二郎』ちくま学芸文庫、一九九二年
R・D・レイン『ひき裂かれた自己 分裂病と分裂病質の実存的研究』（阪本健二ほか訳）みすず書房、一九七一年
『浮世絵の子どもたち 帰国展図録』くもん子ども研究所、二〇〇〇年
『本日の、よしもとばなな』新潮社、二〇〇一年

JASRAC 出1209508-201

きたやまおさむ

一九四六年淡路島生まれ。精神分析学者。京都府立医科大学卒業後、ロンドンのモーズレイ病院などを経て、北山医院（現・南青山心理相談室）を開設。一九九一〜二〇一〇年まで九州大学教授。現在、臨床の傍ら白鴎大学教授、国際基督教大学客員教授を務める。他方、ミュージシャンとして、六五年、ザ・フォーク・クルセダーズを結成、解散後は作詞家としても活躍。代表作に『戦争を知らない子供たち』『あの素晴しい愛をもう一度』などがある。著書に『みんなの精神科』『ビートルズを知らない子どもたちへ』、近著に『帰れないヨッパライたちへ 生きるための深層心理学』。

よしもとばなな

一九六四年東京都生まれ。小説家。日本大学藝術学部文芸学科卒業。小説「キッチン」で海燕新人文学賞、『キッチン』で泉鏡花文学賞を受賞。『TUGUMI』で山本周五郎賞受賞。また『うたかた／サンクチュアリ』『アムリタ』『不倫と南米』などの作品でも海外を含めた数々の文学賞を受賞、『キッチン』など諸作品は現在海外三〇ヵ国以上で翻訳・出版されている。近著に『ジュージュー』『スウィート・ヒアアフター』など。

幻滅と別れ話だけで終わらない
ライフストーリーの紡ぎ方

二〇一二年九月二〇日　第一刷発行

著者　きたやまおさむ
　　　よしもとばなな

発行者　原　雅久
発行所　朝日出版社
〒一〇一-〇〇六五　東京都千代田区西神田三-三-五
電話　〇三-三二六三-三三二一
http://www.asahipress.com/

印刷・製本所　図書印刷

編集担当　仁藤輝夫・中村健太郎
協力　稲村香菜
校正　中島海伸

Printed in Japan　ISBN 978-4-255-00672-7